琼瑶作品
01
光影辑

琼瑶 著

华语世界
深具影响力作家

窗外

湖南文艺出版社
HUNAN LITERATURE AND ART PUBLISHING HOUSE

博集天卷
CS-BOOKY

我為愛而生，我為愛而寫
文字裡度過多少春夏秋冬
文字裡留下多少青春浪漫
人世間縱然沒有天長地久
故事裡火花燃燒熱情依舊

瓊瑤

浴火重生的新全集

我生于战乱，长于忧患。我了解人事时，正是抗战尾期，我和两个弟弟，跟着父母，从湖南家乡，一路"逃难"到四川。六岁时，别的孩子可能正在捉迷藏，玩游戏。我却赤着伤痕累累的双脚，走在湘桂铁路上。眼见路边受伤的军人，被抛弃在那儿流血至死。也目睹难民争先恐后，要从挤满了人的难民火车外，从车窗爬进车内。车内的人，为了防止有人拥入，竟然拔刀砍在车窗外的难民手臂上。我们也曾遭遇日军，差点把母亲抢走。还曾骨肉分离，导致父母带着我投河自尽……这些惨痛的经历，有的我写在《我的故事》里，有的深藏在我的内心里。在那兵荒马乱的时代，我已经尝尽颠沛流离之苦，也看尽人性的善良面和丑陋面。这使我早熟而敏感，坚强也脆弱。

抗战胜利后，我又跟着父母，住过重庆、上海，最后因内战，又回到湖南衡阳，然后到广州，一九四九年，到了台湾。那年我十一岁，童年结束。父亲在师范大学教书，收入微薄。我和弟妹们，开始了另一段艰苦的生活。我也在这时，疯狂地吞咽着让我着迷的"文字"。《西游记》《三国演义》《水浒传》……都是这时看的。同时，也迷上了唐诗宋词，母亲在家务忙完后，会教我唐诗，我在抗战时期，就陆续跟着母亲学了唐诗，这时，成为十一二岁时的主要嗜好。

十四岁，我读初二时，又迷上了翻译小说。那年暑假，在父亲安排下，我整天待在师大图书馆，带着便当去，从早上图书馆开门，看到图书馆下班。看遍所有翻译小说，直到图书馆长对我说："我没有书可以借给你看了！这些远远超过你年龄的书，你通通看完了！"

爱看书的我，爱文字的我，也很早就开始写作。早期的作品是幼稚的，模仿意味也很重。但是，我投稿的运气还不错，十四岁就陆续有作品在报章杂志上发表，成为家里唯一有"收入"的孩子。这鼓励了我，尤其，那小小稿费，对我有大大的用处，我买书，看书，还迷上了电影。电影和写作也是密不可分的，很早，我就知道，我这一生可能什么事业都没有，但是，我会成为一个"作者"！

这个愿望，在我的成长过程里，逐渐实现。我的成长，一直是坎坷的，我的心灵，经常是破碎的，我的遭遇，几乎都是戏剧化的。我的初恋，后来成为我第一部小说《窗外》。发表在当时的《皇冠杂志》，那时，我帮《皇冠杂志》已经写了两年的短篇和中篇小说，和发行人平鑫涛也通过两年信。我完全没有料到，我这部《窗外》会改变我一生的命运，我和这位出版人，也会结下不解的渊源。我会在以后的人生里，陆续帮他写出六十五本书，而且和他结为夫妻。

这世界上有千千万万的人，每个人都有自己的一本小说，或是好几本小说。我的人生也一样。帮皇冠写稿在一九六一年，《窗外》出版在一九六三年。也在那年，我第一次见到鑫涛，后来，他告诉我，他一生贫苦，立志要成功，所以工作得像一头牛，"牛"不知道什么诗情画意，更不知道人生里有"轰轰烈烈的爱情"。直到他见到我，这头"牛"突然发现了他的"织女"，颠覆了他的生命。至于我这"织女"，从此也在他的安排下，用文字纺织出一部又一部的小说。

很少有人能在有生之年，写出六十五本书，十五部电影剧本，二十五部电视剧本（共有一千多集。每集剧本大概是一万三千字，虽有助理帮助，仍然大部分出自我手。算算我写了多少字？）。我却做到了！对我而言，写作从来不容易，只是我没有到处敲锣打鼓，告诉大家我写作时的痛苦和艰难。"投入"是我最重要的事，我早期的作品，因为受到童年、少年、青年时期的影响，大多是悲剧。**写一部小说，我没有自我，工作的时候，只有小说里的人物。我化为女主角，化为男主角，化为各种配角。写到悲伤处，也把自己写得"春蚕到死丝方尽"。**

写作，就没有时间见人，没有时间应酬和玩乐。我也不喜欢接受采访和宣传。于是，我发现大家对我的认识，是："被平鑫涛呵护备至的，温室里的花朵。一个不食人间烟火的女子！"我听了，笑笑而已。如何告诉别人，假若你不一直坐在书桌前写作，你就不可能写出那么多作品！当你日夜写作时，确实常常"不食人间烟火"，因为写到不能停，会忘了吃饭！**我一直不是"温室里的花朵"，我是"书房里的痴人"！因为我坚信人间有爱，我为情而写，为爱而写，写尽各种人生悲欢，也写到"蜡炬成灰泪始干"。**

当两岸交流之后，我才发现大陆早已有了我的小说，因为没有授权，出版得十分混乱。一九八九年，我开始整理我的"全集"，分别授权给大陆的出版社。台湾方面，仍然是鑫涛主导着我的全部作品。爱不需要签约，不需要授权，我和他之间也从没签约和授权。从那年开始，我的小说，分别有繁体字版（台湾）和简体字版（大陆）之分。因为大陆有十三亿人口，我的读者甚多，这更加鼓励了我的写作兴趣，我继续写作，继续做一个"文字的织女"。

时光匆匆，我从少女时期，一直写作到老年。鑫涛晚年多病，出版社也很早就移交给他的儿女。我照顾鑫涛，变成生活的重心，尽管如此，我也没有停止写作。我的书一部一部地增加，直到出版了六十五部书，还有许多散落在外的随笔和作品，不曾收入全集。当鑫涛失智失能又大中风后，我的心情跌落谷底。鑫涛靠插管延长生命之后，我几乎崩溃。然后，我又发现，我的六十五部繁体字版小说，早已不知何时开始，已经陆续绝版了！简体字版，也不尽如人意，盗版猖獗，网络上更是凌乱。

　　我的笔下，充满了青春、浪漫、离奇、真情……各种故事，这些故事曾经绞尽我的脑汁，费尽我的时间，写得我心力交瘁。我的六十五部书，每一部都有如我亲生的儿女，从孕育到生产到长大，是多少朝朝暮暮和岁岁年年！到了此时，我才恍然大悟，我可以为了爱，牺牲一切，受尽委屈，奉献所有，无须授权……却不能让我这些儿女，凭空消失！我必须振作起来，让这六十几部书获得重生！这是我的使命。

　　所以，在我已进入晚年的时候，我的全集，再度重新整理出版。在各大出版社争取之下，最后繁体版花落"城邦"，交由春光出版，简体版是"博集天卷"胜出。两家出版社所出的书，都非常精致和考究，深得我心。这套新的经典全集，非常浩大，经过讨论，我们决定分批出版，第一批是"影剧精华版"，两家出版社选的书略有不同，都是被电影、电视剧一再拍摄，脍炙人口的作品。然后，我们会陆续把六十多本出全。看小说和戏剧不同，文字有文字的魅力，有读者的想象力。希望我的读者们，能够阅读、收藏、珍惜我这套好不容易"浴火重生"的书，它们都是经过千锤百炼、呕心沥血而生的精华！那样，我这一生，才没有遗憾！

琼瑶

写于可园

二〇一七年十一月十日

回忆是个贼，

它窥探着每一个空隙，

偷偷地钻进他的心灵和脑海里，

抛不掉，

也逃不了。

目 录
Contents

窗
外

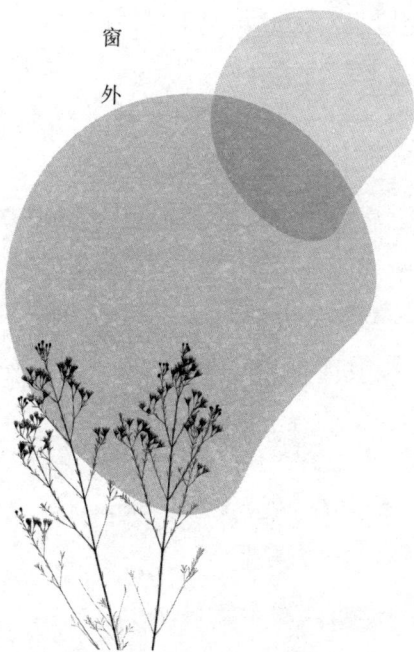

窗
外

壹

ONE

有窗子就有人，人生活在窗子里面，可是窗外的世界比窗子里美丽。

九月的一个早晨。

天气晴朗清新，太阳斜斜地射在街道上，路边的树枝上还留着隔夜露珠，微风柔和凉爽地轻拂着，天空蓝得澄清，蓝得透明，是个十分美好的早上。

在新生南路上，江雁容正踽踽独行。她是个纤细瘦小的女孩子，穿着培人女中的校服；白衬衫、黑裙子、白鞋、白袜。背着一个对她而言似乎太大了一些的书包。齐耳的短发整齐地向后梳，使她那张小小的脸庞整个露在外面。两道清朗的眉毛，一对如梦如雾的眼睛，小巧的鼻梁瘦得可怜，薄薄的嘴唇紧闭着，带着几分早熟的忧郁。从她的外表看，她似乎只有十五六岁，但是，她制服上绣的学号，却表明她已经是个高三的学生了。

她不急不徐地走着，显然并不在赶时间。她那两条露在短袖白衬衫下的胳膊苍白瘦小，看起来是可怜兮兮的。但她那对眼睛却朦胧得可爱，若有所思地、柔和地从路边每一样东西上悄悄地掠过。她在凝思着什么，心不在焉地缓缓地迈着步子。显然，她正沉浸在一个她自己的世界里，一个不为外人所知的世界。公共汽车从她身边飞驰过，一个骑自行车的男学生在她耳边留下一声尖锐的口哨，她却浑然不觉，只陶醉在自己的思想中，好像这个世界与她毫无关联。

走到新生南路底，她向右转，走过排水沟上的桥，走过工业专科学校的大门。街道热闹起来了，两边都是些二层楼的房子，一些光着屁股的孩子在街道上追逐奔跑，大部分的商店已经开了门。江雁容仍然缓缓地走着，抬起头来，她望望那些楼房上的窗子，对自己做了个安静的微笑。

"有房子就有窗子，"她微笑地想，"有窗子就有人，人生活在窗子里面，可是窗外的世界比窗子里美丽。"她仰头看了看天，眼睛里闪过一丝生动的光彩。拉了拉书包的带子，她懒洋洋向前走，脸上始终带着那个安静的笑。经过一家脚踏车修理店的门口，她看到一个同班的同学在给车子打气，那同学招呼了她一声：

"嗨！江雁容，你真早！"

江雁容笑笑说：

"你也很早。"

那同学打完了气，扶着车子，对江雁容神秘地笑了笑，报告大新闻似的说：

"告诉你一个好消息，昨天我到学校去玩，知道这学期我们班的导师已经决定是康南了！"

"是吗？"江雁容不在意地问，她一点都不觉得这消息有什么了不起。那同学得意地点点头，跨上车子先走了。江雁容继续走她的路，暗中奇怪这些同学，对于导师啦、书本啦，会如此关心！她对于这一切，却是厌倦的。谁做导师，对她又有什么关系呢？抛开了这个问题，她又回到她被打断的冥想中去了。她深深地思索着，微蹙着眉，直到一个声音在她后面喊：

"嗨！江雁容！"

她站住，回过头来，一个高个子宽肩膀的女同学正对她走过来，脸上带着愉快的笑。

"我以为没有人会比我更早到学校了，"那同学笑着说，"偏偏你比我更早！"

"你走哪条路来的，周雅安？我怎么没在新生南路碰到你？"江雁容问，脸上浮起一个惊喜的表情。

"我坐公共汽车来的，你怎么不坐车？"周雅安走上来，挽住江雁容的胳膊，她几乎比江雁容高了半个头，黝黑的皮肤和江雁容的白成了个鲜明的对比。

"反正时间早，坐车干什么？慢慢地散散步。走走，想想，呼吸点新鲜空气，不是挺美吗？"江雁容说，靠紧了周雅安，笑了笑，"别以为我们到得早，还有比我们到得更早的呢！"

"谁？"周雅安问，她是个长得很"帅"的女孩子，有两道浓而英挺的眉毛，和一对稍嫌严肃的眼睛。嘴唇很丰满，有点像电影明星安·布莱思[1]的嘴。"何淇，"江雁容耸耸肩，"我刚才碰到她，她告诉我一个大消息，康南做了我们的导师。看她说话那个神气，我还以为是第三次世界大战要爆发了呢！"她拍拍周雅安的手，"你昨天怎么回事？我在家里等了你一个下午，说好了来又不来，是不是又和小徐约会去了？"

"别提他吧！"周雅安说，转了个弯，和江雁容向校门口走去。这所中学矗立在台北市区的边缘上，三年前，这儿只能算是郊区，附近还都是一片片稻田。可是，现在，一栋栋的高楼建筑起来了，商店、饭馆，接二连三地开张。与这些高楼同时建起来的，也有许多乱七八糟的木板房子，挂着些零乱的招牌，许多专做学生生意，什么文具店、脚踏车

---

[1]　安·布莱思（Ann Blyth）：美国歌手、演员，生于 1928 年。

店、冷饮店……这些使这条马路显得并不整齐，违章建筑更是多过了合法房子。但，无论如何，这条可直通台北市中心的街道现在是相当繁荣了。有五路不同的公共汽车在这里有停车站，每天早上把一些年轻的女孩子从台北各个角落里送到这学校里来，黄昏，又把她们从学校里送回到家里去。

校门口，"培人女中"的名字被雕刻在水泥柱子上。校舍占地很广，一栋三层楼的大建筑物是学校的主体。一个小树林和林内的荷花池是校园的精华所在，池边栽满了茶花、玫瑰、菊花，以及春天开起来就灿烂一片的杜鹃花。池上架着一座十分美丽的朱红色的小木桥。除了三层楼的建筑之外，还有单独的两栋房子，一栋是图书馆，一栋是教员单身宿舍。这些房子中间，就是一片广阔的大操场。

江雁容和周雅安走进校门，出乎她们意料的是，校园里早已散布着三三两两的女学生。江雁容看看周雅安，笑了。周雅安说：

"真没想到，大家都来得这么早！"

"因为这是开学第一天，"江雁容说，"一个漫长的暑假使大家都腻了，又希望开学了，人是矛盾的动物。三天之后，又该盼望放假了！"

"你的哲学思想又要出来了！"周雅安说。

"上楼吧！"江雁容说，"我要看看程心雯来了没有？好久没看到她了！"她们手携着手，向三楼上跑去。

在这开学的第一天，校园里，操场上，图书馆中，大楼的走廊上，到处都是学生。这些从十二岁到二十岁的女孩子似乎都有说不完的话，一个暑假没有见面，现在又聚在一块儿，无论学校的哪个角落里都可以听到叫闹和笑语声。不管走到哪儿都可以看到一张张年轻的、明朗的和欢笑的脸庞。教务处成了最忙的地方，学生们川流不息地跑来领课表，询问部分没发的教科书何时到齐，对排课不满的教员们要求调课……那胖胖的教务主任徐老师像走马灯似的跑来跑去，额上的汗始终没有干过。训导处相比好得多，训导主任黄老师是去年新来的，是个女老师，有着白的脸和锐利精明的眼睛。她正和李教官商量着开学式上要报告的问题。校长室中，张校长坐在椅子上等开学式，她是个成功的女校长，头发整齐地梳着一个发髻，端正的五官，挺直的鼻子，看起来就是一副清爽干练的样子。

大楼的三楼，是高二和高三的教室。现在，走廊上全是三三两两谈论着的学生。班级是以忠、孝、仁、爱、信、义、和、平八个字来排的。在高三孝班门口，江雁容正坐在走廊的窗台上，双手抱着膝，静静地微笑着。周雅安坐在她的身边，热切地谈着一个问题。她们两个在一起是有趣的，一个黑，一个白，周雅安像二十世纪漫画里的吉卜赛女郎，江雁容却像中国古画里倚着芭蕉扶着丫鬟的古代少女。周雅安说完话，江雁容皱皱眉毛说：

"康南？康南到底有什么了不起嘛！今天一个早上，就听到大家谈康南！只要不是'地震'当导师，我对于谁做我们导师根本不在乎，康南也好，张子明也好，江乃也好，还不都是一样？我才不相信导师对我们有多大的帮助！""地震"是她们一位老师的外号。

"你才不知道呢，"周雅安说，"听说我们班的导师本来是张子明，忠班的是康南，后来训导处说我们这班学生调皮难管，教务处才把康南换到我们班来，把张子明调到忠班做导师。现在忠班的同学正在大闹，要上书教务处，请求仍然把康南调过去。我也不懂，又没上过康南的课，晓得他是怎么样的，就大家一个劲地抢他，说不定是第二个'地震'，那才惨呢！"

说完，她望着江雁容一直笑，然后又说：

"不过不要紧，江雁容，如果是第二个'地震'，你再弄首诗来难难他，上学期的'地震'真给你整惨了！"

"算了，叶小蓁才会和他捣蛋呢，在黑板上画蜡烛写上'祭地震'，气得他脸色发青，我现在还记得他那副哭笑不得的样子！"江雁容微笑地说。

"嗨！"另一个女学生从教室里跑了出来，大叫着说，"江雁容，训导处有请！"

江雁容吓了一跳，噘着嘴说："准没好事，开学第一天就要找我麻烦。"她望望周雅安说："周雅安，你陪我去一趟吧，自从换了训导主任，对我就是不吉利……"

"哈哈，"那个刚出来的同学大笑了起来，"江雁容，开开你的玩笑而已。"

"好啊，程心雯，你小心点，等会儿碰到老教官，我头一个检举你服装不整。"江雁容对刚出来的那个同学说，一面跳到窗台上去坐着，把身子俯在周雅安的肩膀上。

程心雯也靠在窗台上，眨着灵活的大眼睛，一脸聪明调皮相。

"我怎么服装不整了？"她问。

"你的衬衫上没绣学号。"

"这个吗？"程心雯满不在乎地看了自己的衬衫一眼，"等会儿用蓝墨水描一个就好了，老教官又不会趴在我身上看是绣的还是写的。"

"你别欺侮老教官是近视眼，"周雅安说，"小教官不会放过你的！"

"小教官更没关系了，"程心雯说，"她和我的感情最好，她如果找我麻烦，我就告诉她昨天看到她跟一个男的看电影，保管把她吓回去！"

"小教官是不是真的有男朋友？"周雅安问。

"听说快订婚了。"程心雯说，"小教官长得真漂亮，那身军装一点没办法影响她，不像老教官，满身线条突出，东一块肉西一块肉，胖得……"

"喂，描写得雅一点好不好？"江雁容说。

"雅？我就不懂得什么叫雅，只有你江雁容才懂得雅。一天到晚诗呀，词呀，月亮呀，星星呀，花呀，鸟呀，山呀，水呀……"

"好了，好了，你有完没有？"江雁容皱着眉说。

"不过，你尽管雅去吧，这学期碰到康南做导师，也是个酸不溜丢的雅人，一定会欣赏你！喂，你们知不知道'地震'被解聘了，训导处说就是被江雁容赶走的！"

"这又关我什么事，我只不过指出了几个他念错的字而已，谁叫他恼羞成怒骂我！"江雁容委屈地说。

"大家都说康南好，康南到底怎么个好法？"周雅安问。

"去年他班上的学生全考上了大学，他就名气大了。"程心雯说，"不过，他教书真的教得好，这次为了导师问题，闹得好不愉快。张子明气坏了，曹老头也生气，因为仁班不要曹老头做导师，说凭什么康南该教孝班，她们就该轮到曹老头。气得曹老头用手杖敲地板，说想当年，他是什么什么大人物，统帅过兵，打过仗，做过军事顾问，现在来受女娃娃的气！"程心雯边说边比画，江雁容笑着打了她一下。

"别学样子了，看你裙子上都是灰！"

"这个吗？"程心雯看看裙子说，"刚刚擦桌子擦的！桌子上全是灰，只好用裙子，反正是黑裙子，没关系！"说着，她像突然想起一件大事似的叫了起来："哎呀，差点忘了，我是来找你们陪我到'二号'去，今天早上忘记吃早饭，肚子里在奏交响乐，非要吃点东西不可！走！江雁容！"在学校里，不知从何时起，学生们用"一号"代替了厕所，"二号"代替了福利社，下了课，全校最忙的两个地方就是"一号""二号"。程心雯说着就迫不及待地拉了江雁容一把。

"我不去，我又不要吃东西！"江雁容懒洋洋地说，仍然坐在窗台上不动。

"你走不走？"程心雯一把把江雁容拖了下来，"如果是周雅安要你陪，你就会去了！"

"好吧，你别拉，算我怕了你！"江雁容整了整衣服，问周雅安，"要不要一起去？"

"不，你们去吧！"周雅安说。

程心雯拉着江雁容向楼梯口走，福利社在楼下，两人下了三层楼，迎面一个同学走了上来，一面走，一面拿着本英文文法在看，戴着副近视眼镜，瘦瘦长长的像根竹竿，目不斜视地向楼梯上走。程心雯等她走近了，突然在她身边"哇！"地大叫了一声，那位同学吓得跳了起来，差点摔到楼梯下面去，她看了程心雯一眼，抱怨地说：

"又是你，专门吓唬人！"

"李燕，我劝你别这么用功，再这样下去，你的眼镜又要不合用了！等明年毕了业，大概就和瞎子差不多了！"程心雯用一副悲天悯人的口吻说。

"走吧，程心雯，哪有这样说话的！"江雁容和程心雯下了楼，李燕又把眼光调回到书本上，继续目不斜视地向楼上走。

"我真奇怪，怎么李燕她们就能那么用功，要我拿着书上楼梯，我一定会滚到楼下去，把原来会的生字都滚忘了！"程心雯说，又加了一句，

"我看，明年我准考不上大学！"

"你一定考得上，因为你的聪明够，成问题的是我，那个该死的数学，我真不知道怎么办好！"江雁容说，皱起了眉毛，眼睛变得忧郁而深沉，"而我又绝不能考不上大学，我妈一再说，我们江家不能有考不上大学的女儿，我弟弟他们功课都好，就是我顶糟，年年补考，我妈已经认为丢死人了，再要考不上大学，我就只好钻到地下去了。"

"算了，江雁容，不要谈考大学，我一听就头痛，还有一年才考呢，去他的吧！我现在要吃个热狗，你要什么？"

福利社里挤满了人，程心雯冲锋陷阵地钻到柜台前面，买了两个热狗出来，和江雁容站在福利社门外的走廊上吃。江雁容只撕了半个，把另外半个也给了程心雯。程心雯一面大口大口地吃，一面歪着头望了江雁容一眼说：

"你又在发愁了，你这个人真不会自寻快乐。我就怕你这副愁眉苦脸的样子。你高起兴来是世界上最可爱的人，发起愁来就成了最讨厌的了。告诉你，学学我的样子，有天大的事，都放到明天再说。我最欣赏《飘》里郝思嘉那句话：'我明天再来想，反正明天又是另外一天了。'你什么都好，就是这个爱发愁的脾气不好！"

江雁容望着校园里一株扶桑花发呆，程心雯的话她根本就没听进去，她仍然在想着考大学的问题。一对黑色大蝴蝶飞了过来，绕着那株扶桑花上下翻飞，彼此追逐，江雁容看呆了，热狗也忘了吃。一忽儿，那对彩蝶就飞到墙外去了，留下了满园耀眼的阳光和花香。"如果没有这么沉重的功课压着我，我会喜爱这个世界，"她想，"可是，现在烦恼却太多了。"

上课号"呜——"地响了起来，江雁容把手中剩余的热狗放进嘴里说："走，到大礼堂去吧，开学式开始了。"

程心雯一面把热狗三口两口地往嘴里乱塞，一面跟着江雁容向礼堂走。礼堂门口，被学生称作老教官的李教官和称作小教官的魏教官正分守在两个门口，拿着小册子，在登记陆续走进礼堂的学生是不是衣服、鞋袜、头发都合规定。程心雯已经快走到门口了，忽然"哇呀"一声大叫，回头就向楼梯跑，江雁容叫着说：

"你到哪里去？"

"忘了用蓝墨水描学号！"程心雯一面跑一面大声说，但是因为喊得太大声了，站在礼堂门口的老教官听得清清楚楚，她高声叫着：

"程心雯，站住！"程心雯仍然跑她的，回过头来对老教官做个鬼脸说：

"不行，我要上'一号'，太急了，等会儿再来站！"说完，就跑得没影子了。

老教官瞪了程心雯的背影一眼，转过头对另一个门口的小教官说：

"全校里就是她最调皮！"

小教官也看着程心雯的背影，但她的眼睛里和嘴角边都带着笑，为了掩饰这份笑容，她对缓缓走来的江雁容说：

"江雁容，走快一点，跑都跑不动似的！"

江雁容回报了她一个文文静静的微笑，依旧慢步走进了礼堂。那笑容那么宁静，小教官觉得无法收回自己脸上的笑，她永远没办法像老教官那样严肃，她喜欢这些女孩子。事实上，她自己比这些女孩子也大不了多少，她在她们的身上很容易就会发现自己，学生时代的她可能比程心雯更调皮些。

开学式，正和每年的开学式一样，冗长、乏味而枯燥。校长、教务主任、训导主任、事务主任每人都有一篇老生常谈，尤其训导主任，那些话是每个学生都可以代她背出来的：在校内该如何如何，在校外该如何如何，服装要整齐，要力求身心双方面的健康……最后，开学式总算结束了，学生们像潮水般涌出礼堂。立即，大呼小叫声、高谈阔论声、欢笑声，闹成一片。彼此要好的同学一定结着伴走，江雁容和周雅安走在一块儿，周雅安在说着什么，江雁容只静静地听，两人慢慢地向楼上走。这时，一个清瘦而修长的同学从后面赶了上来，拍拍江雁容的肩膀说：

"江雁容，你们班的运气真不错！"

江雁容回头看，是仁班的魏若兰，就诧异地说：

"什么运气不错？"

"你难道不知道这次的康南风波呀？"魏若兰说，耸了耸鼻子，"曹老头教我们班真气人，他只会背他过去的光荣史，现在我们班正在闹呢，教务主任也一点主见都没有，去年高三就为了各班抢康南、江乃两个人，大闹了一番，今年又是！"

"依我哦，"江雁容说，"最好导师跟着学生走，从高一到高三都别换导师，又减少问题，师生间也容易了解！"

"那才不行呢！"周雅安说，"你想，像康南、江乃这种老师肯教高一吗？"

"教育学生难道还要搭架子，为什么就不教高一？"

"我们学校就是这样不好，"魏若兰说，"教高一好像就没出息似的，大家拼命抢高三，似乎只有教高三才算真正有学问。别看那些老师外表和和气气，事实上大家全像仇人一样，暗中竞争得才激烈呢！康南刚到我们学校的时候，校长让他教初二，教了一学期，马上调去教高三，许多高三的老师都气坏了。不过他教书确实有一手，我们校长也算是慧眼识英雄。"

"嗨！"一阵风一样，程心雯从楼下冲了上来，"江雁容，你都不等我！"她手中提着个刚蒸好的便当，不住从左手换到右手，又从右手换到左手，嘴里稀里呼噜的，因为太烫了。"你们没带便当呀？"她问，又加了一句，"今天可没有值日生提便当！"

"带了，"江雁容说，"我根本没蒸。"

"噢，我忘记去拿了，我还以为有人提便当呢，"周雅安说，"不过，没关系，现在才十一点，吃饭还太早，等要吃的时候再去拿吧！"按照学校的规定，学生中午是不许回家吃饭的，据说这是避免女学生利用时间和男校学生约会而订的规则。但，有男朋友的学生仍然有男朋友，并没有因为这项规定而有什么影响。平常，学生们大多数都带饭盒，也就是台湾称作便当的，学校为了使学生不至于吃冷饭，在厨房生了大灶帮学生蒸饭。通常都由学生早上自己把饭盒送到厨房属于自己那班的大蒸笼里，中午再由值日生用篮子提到各个班上来。

"哼，我是最会节省时间和体力的，"程心雯得意扬扬地说，"早一点拿来，既可马上果腹，又免得等会儿再跑一次楼梯！一举数得，岂不妙哉！"

"你又饿了呀？"江雁容挑了挑眉毛，微笑地望着她，"刚才那一个半热狗不知道喂到哪里去了！"

"喂到狗肚子里去了。"周雅安笑着说。

"好啊，周雅安，你也学会骂人了，都是江雁容把你教坏了，看我来收拾你！"程心雯说着，对周雅安冲了过去，周雅安个子虽然大，身手却极端敏捷，只轻轻地一闪，程心雯就扑了一个空，一时收不住脚，身子撞到楼梯的扶手上。不提防那个滚烫的便当烫了自己的手，她"哇呀!"地大叫了一声,手一松,便当就滴溜溜地从楼梯扶手外面一直掉到三层楼下面去了。周雅安大笑了起来,在一边的魏若兰也笑弯了腰。江雁容一面笑,一面推着程心雯说:

"再跑一次楼梯吧,看样子你的体力是没办法节省了,赶快下去看,如果绑便当的绳子摔散了,你就连果腹都没办法果了!"

程心雯跺着脚叹了口长气,一面无精打采地向楼下走,一面回过头来,狠狠地盯了江雁容一眼说:

"江雁容,你等着我吧,等会儿跟你算账!"

"又不是我弄的。"江雁容说。

"反正你们都有份!"说着,她加快了速度,两级并作一级地向楼下冲,江雁容俯在楼梯扶手上喊:

"慢一点啊,别连人也滚下去了!"

周雅安又笑了起来,程心雯已跑得没影子了。

窗外

贰

TWO

我也希望能好好地恋一次爱。我愿爱人，也愿被人爱。

还差五分钟吹上课号，康南已经站在高三孝班门外的走廊上了。他倚窗而立，静静地望着窗外的白云青天，手中拿着一支烟，不住地对窗外吐着烟圈，然后凝视着烟雾在微风中扩散。从他整洁的服装和挺直的背脊上看，他显然并不像一般单身汉那样疏忽小节。他衬衫的领子洁白硬挺，裤脚管上的褶痕清楚而笔直。他不是个大个子，中等身材但略嫌瘦削，皮肤是黝黑的，眉毛清晰却不浓密，眼睛深邃忧郁，有个稍稍嫌大的鼻子和嘴。像一般过了四十岁的人一样，他的眼角已布满皱纹，而他似乎更显得深沉些，因为他总是习惯性地微蹙着眉头。

因为是开学的第一天，这天下午是不上课的，改为班会，由导师领导学生排位子，然后选举班长和各股股长。康南站在那儿等上课号，近乎漠然地听着他身后那些学生在教室中穿出穿进。有学生在议论他，他知道，因为他清楚地听到"康南"两个字。还好，学生们用名字称呼他，并没有给他取什么外号。他也知道这次为了导师问题，学生们闹了一阵，而老师们也都不高兴。"做人是难的。"他想，他无心做一个"名教员"，但他却成了个名教员。他也无心得罪同事们，但他却成了同事们的眼中钉。

"管他呢？我做我自己！"他想，事实上，他一直在做他自己，按他的兴趣讲书，按他的怪脾气对待学生，他不明白学生为什么崇拜他，欢迎他，他从没有想去讨好过学生。同事们说他傲慢，因为他懒得与人周旋，也懒得做虚伪的应酬，全校老师中，竟无一人是他的朋友。"一个怪人"，许多人这么称呼他，他置之不理。但他明白自己在这学校中的地位，他并不清高到漠视学生的崇拜的地步，在那些年轻孩子的身上，他也享受到一份满足虚荣心的愉快。"康南是个好老师"，教书二十年，这句话是他唯一的安慰。因此，这成了一种癖好，他可以漠视全世界，却从不漠视学生，不单指学生的功课，也包括学生的苦与乐。

上课号响了，康南掉转身子，望着学生都走进了教室，然后把烟蒂熄灭，大踏步地跨进了教室。这又是一班新学生，他被派定了教高三，每年都要换一次学生，也为学生的升大学捏一把汗。教高三并不轻松，他倒宁愿教高二，可是，却有许多老师愿意教高三呢！站在讲台上，面对一群有所期待的面孔，他感到一阵亲切感，他愿意和学生在一起，这可以使他忘掉许多东西，包括寂寞和过去。除了学生，就只有酒可以让他沉醉了。

排位子足足排了半小时，这些女孩子不住调过来换过去，好朋友都认定要排在一起。最后，总算排定了。刚要按秩序坐下，一个学生又跑到前面来，并且嚷着说：

"江雁容，我一定要和你坐在一起，我们本来一样高嘛，我保证上课不和你说话，好不好？"说着，就插进了队伍里。

康南望着这个学生，一对大而明亮的眼睛，高高的额角。他也望了那个江雁容一眼，是个秀气而沉静的女孩子，这时正低而清晰地说："程心雯，别大呼小叫好不好？我又没有说不和你坐！"

"江雁容和程心雯"，康南默默地想着这两个名字，这就是训导处特别对他谈起的两个人。据说，江雁容上学期不满意她们的语文老师（她们称这位老师作"地震"，据说因为这老师上课喜欢跺脚），曾经在课室中连续指出三个老师念错的字，然后又弄出一首颇难解释的诗让老师解释。结果那老师恼羞成怒骂了她，她竟大发牛脾气，一直闹到训导处，然后又一状告到校长面前，这事竟弄得全校皆知，"地震"只好挂冠而去。现在，他望着这沉静而苍白的小女孩（小女孩，是的，她看起来不会超过十七岁），实在不大相信她会大闹训导处，那双柔和如梦的眼睛看起来是动人的。程心雯，这名字是早就出了名的，调皮捣蛋，刁钻古怪，全校没有一个老师对她不头痛，据说，她从没有安安静静上过一节课。

位子既然排定，就开始选举了，选举之前，康南对学生轻松地说：

"我相信你们都认识我，但是我却不认识你们，我希望，在一星期之内，我可以叫出你们每一个人的名字。你们彼此同学已经两年了，一定互相清楚，选举必须负责，不要开玩笑，选举之后，你们有什么意见，可以告诉我，我不愿意做一个道貌岸然的老师，愿意做你们的一个老朋友，但愿我能够对你们真正有所帮助。"他底下还有一句心里的话："以报答你们欢迎我的热忱。"不过没说出口。

选举是由学生提名，再举手表决。一开始颇顺利，正副班长都产生了，正班长是李燕，副班长是蔡秀华，两个人都一目了然是最标准的"好学生"。接着，就选举学术股长，这是管班上出壁报，填课室日记等文书工作的。江雁容的名字立即被提出来了，康南把名字写在黑板上，下意识地看了江雁容一眼，她紧闭着嘴坐在那儿，脸色显得严肃而不快。然后又有三个人被提名，表决时，康南诧异地发现全班五十二人，竟有五十人投了赞成江雁容的票，江雁容那张小小的脸显得更严肃了。表决结果，江雁容是正学术股长，胡美纹是副学术股长。康南正预备再选下一股的时候，江雁容举手发言了，她从位子上站起来，坚决地说：

"老师，请改选一个学术股长，我实在不能胜任。"

“我希望被选举的同学不推卸责任，”康南说，微微有点不快，“你是大家选出来的，同学们一定知道你能不能胜任。”

“可是，老师，”江雁容的睫毛垂下了，然后又抬起眼睛来，眼光有点彷徨无助，“我有我的苦衷，每位同学都知道我不是个功课很好的学生，我把全部时间用到功课上都无法应付，如果再让我当学术股长，我一定又耽误了功课，又不能好好地为班上服务，而且，我已经连任三学期的学术股长了，也该换人了。”

康南不喜欢有这种“辞职”的事发生，但江雁容那对无助而迷茫的眼睛和那恳挚的语调使他出奇地感动，他犹豫了一下，说：

“这样吧，问问同学赞不赞成你辞职？”

“赞成也没有用，”一个坐在前排，圆圆脸、胖胖的身材的同学说话了，“就是江雁容不当学术股长，将来壁报的工作还是会落在她身上的，没有人能代替江雁容！”

全班都不说话，显然是默认了这位同学的话，江雁容站在那儿，默默地扫了全班一眼，然后一语不发地坐下了，垂着眼帘对着桌子发呆，修长而白的手指无意识地玩弄着一个做镇尺用的铜质松鼠。康南咳了一声，继续选下一股的股长，这是风纪股，是维持全班秩序，检查每人服装的股长，这是责任最重也最难做的一股。那个圆脸胖身材的同学举手提了名，是出乎康南意料的一个名字：

“程心雯！”

康南还来不及把名字写到黑板上，程心雯像地雷爆炸似的大叫了起来：

“活见鬼！”

全班同学都把眼光调到程心雯身上，程心雯才猛悟到这声诅咒的失态，但她来不及弥补这份失态，她手忙脚乱地站起来，嘴里乱七八糟地说：

"老师，你不能写我的名字，你不要听叶小蓁的提名，我和叶小蓁有仇，所以她设计来陷害我，叫我当风纪股长，好像叫流氓当法官，那、那、那怎么成？简直是开玩笑！我连自己都管不好，等我学会了管自己，再来当风纪股长！好吧？"

这几句话使同学们都笑了起来，连闷闷不乐的江雁容也抿着嘴角笑了。康南微笑地说：

"你别忙，还没有表决呢，你也未见得会当选！"

"哎呀，老师，不能表决……这个……"程心雯抓耳挠腮地乱闹了一阵，看看没办法，只好坐下来等待表决，一面对着叶小蓁背影低声地做了一番惊人的诅咒。

表决结果，竟然全班举手赞成程心雯，程心雯管不了别人，只拼命抓着身边的江雁容，嚷着说：

"你不许举手，你举手我就和你绝交！"

江雁容看看班上那些举着的手，知道大势已定，就放下手来。结果程心雯以五十票当选。程心雯又跳了起来，因为跳得太猛，差点带翻了桌子，桌板掉到地下，发出一阵乒哩乓啷的巨响，程心雯也顾不得去拾桌板，只是指手画脚地叫着说：

"老师，全班都跟我作对，你千万不能让我当风纪股长，要不然全班都完蛋了。哎呀，这……这……根本是活见鬼！我怎么能当风纪股长嘛！"

"既然同学们选了你，"康南说，"你就勉为其难地去做吧，先从自己下手，未尝不是好办法，我想你可以做一个好风纪股长！"

程心雯无可奈何地坐下来，一脸哭笑不得的尴尬相，江雁容一直望着她微笑，程心雯没好气地说：

"你笑什么？"

"我笑一只野猴子被风纪股长的名义给拴住了，看以后再怎么疯法？"江雁容说。

下面是选康乐股长，总算没出问题，周雅安和何淇当选。再下面是选服务股长，程心雯迫不及待地举手，还没等到康南叫她提名，她就在位子上大叫：

"叶小蓁！"

这次轮到叶小蓁发急了，那张圆圆的脸上嵌着一对圆圆的大眼睛，显然也是个精明的孩子。她在位子上抗议地大喊：

"不行，老师，这是报复主义，这种提名不能算数的！"

"哦，你提的名就算数，别人提的就不算！"程心雯说。

康南一语不发地把叶小蓁的名字写在黑板上，程心雯得意地对叶小蓁做了个鬼脸，似乎连自己当选为风纪股长的事都忘记了。叶小蓁终于当选为服务股长，接下去，事务股长也顺利产生。康南长长地吐了口气，要新当选的学术股长江雁容把选举结果记录在班会记录上，江雁容接过了记录本，按照黑板上的名字填了上去。

班会结束后，康南走出教室，下了三层楼，回到单身宿舍里。这是间约六个榻榻米大的小房间，放了一张床、一张书桌、一个书架、几把椅子，剩下的空地就没有多少了。有时，学生们到这儿来问问题或谈话，一来五六个，这屋子就会被挤得水泄不通。泡上一杯香片，他在桌前的藤椅里坐下来，燃起一支烟，开始静静地吐着烟雾，凝视着窗帘上的图案沉思。

这不是个容易对付的班级，他已经领略到了。这些女孩子似乎都不简单，那个大眼睛、坦率而无所畏惧的程心雯，那小圆脸、表情丰富的叶小蓁，还有那个沉静而忧郁的江雁容……这班上的学生是复杂的。但，谁知道这里面有多少人才？程心雯的绘画是全校闻名的，周雅安曾经在去年的欢送毕业同学晚会里表演过弹吉他，那低沉而柔美的音符至今还印在他脑中。江雁容更是闻名，在她读高一那年，就有一位语文老师拿了篇她的作文给他看，使他既惊且喜，而今，这有对梦似的眼睛的女孩竟做了他的学生！他是教语文的，将不难发掘出她的文学天才。可能在若干年后，这些女孩子都成为有名的音乐家、画家和作家，那时，他不知有何感想？当然，那时他已经耄耋，这些孩子也不会再记得他了。

教书已经二十年了，不是吗？二十年前，他在湖南省 × 中做校长，一个最年轻的校长，但是学生欢迎他。直到一九四九年，他才连夜出奔。临行，他的妻子若素递给他一个五钱重的金手镯，他就靠这个手镯逃到香港，原期不日就能恢复故土，谁知这次竟成了和若素的永别。若素死于三年后，他得到辗转传来的消息已是五年后了。若素，那个沉默而平庸的女人，却在被迫改嫁的前夜投水而死。他欠若素的债太多了，许多许多深夜，回忆起他和若素有过的争执，他就觉得刺心的剧痛。现在，若素留给他的只有一张已经发黄的照片，照片上的人影也模糊了，再过几年，这张照片大概就该看不清楚了，但，那个心上的影子是抹不掉的，那份歉疚和怀念也是抹不掉的。若素死了，跟着若素的两个孩子呢？他走的那年，他们一个是七岁，一个四岁，现在，这两个孩子流落在何方？国家多难，无辜的孩子也跟着受罪，孩子有什么错，该失去父亲又失去母亲？

一支烟快烧完了，康南望着烟蒂上那点火光和那缭绕着的一缕青烟出神。每次想到了家和若素，他就有喝两口酒的冲动，离家这么多年，烟和酒成了他不能离身的两样东西，也是他唯一的两个知己。

"你了解我！"他喃喃地对那烟蒂说，发现自己的自语，他又失笑地站起身来，在那小斗室中踱着步子。近来，他总是逃避回忆，逃避去想若素和孩子。可是，回忆是个贼，它窥探着每一个空隙，偷偷地钻进他的心灵和脑海里，抛不掉，也逃不了。

有人敲门，康南走到门边去开门，几乎是高兴的，因为他渴望有人来打断他的思潮。门开了，外面站着的是高高大大的周雅安和小小巧巧的江雁容。这两个女孩并立在一块儿是引人注目的，他感到造物的神奇，同样的两个眼睛一个鼻子一张嘴，会造出这样两副完全不同的面貌。同样的两只胳膊一个身子两条腿，会造出如此差异的两个身材。江雁容手里捧着班会记录本，说：

"老师，请你签一下名。"

"进来吧！"康南说。

江雁容和周雅安走了进来，康南接过记录本，大致地看了看，导师训话及开会经过都简单而扼要地填好了，笔迹清秀整齐，文字雅洁可喜。康南在导师签名那一栏里签上了名字，再把本子交给江雁容，这本子是要由学术股长交到教务处去的。江雁容接过本子，对康南点了个头，就拉着周雅安退出了房间。康南望着她们手挽手地走开，竟微微地感到有点失望，他原以为她们会谈一点什么的。关上了房门，他回到桌前坐下，重新燃起了一支烟。

江雁容和周雅安走出了单身宿舍，周雅安说：

"康南是个怪人，他的房间收拾得真整齐，你记不记得'行尸走肉'的房间？""行尸走肉"是另一个老师的外号，这缺德的外号是程心雯取的，但是十分切合实际，因为这老师走路时身体笔直，手臂不动，而且面部从无表情，恍如一具僵尸。这老师还有个特点，就是懒。

"还说呢！"江雁容笑着说，"那次送本子的事真让人不好意思，谁知道中午十二点钟他会睡觉，而且房里那么乱！"

"谁叫你们不敲门就进去？"周雅安说。

"都是程心雯嘛，她说要突击检查一下，后来连程心雯都红了脸。"

她们走到单身宿舍边的小树林里，周雅安在一块石头上坐下来，说：

"我们在这里坐一下吧，免得去参加大扫除。"

"等会儿叶小蓁要把我们骂死，程心雯也缺德，选叶小蓁做服务股长，这下真要了叶小蓁的命！"

"叶小蓁还不是缺德，怎么想得出来选程心雯做风纪股长！"周雅安说。

"这下好了，全班最顽皮的人做了风纪股长，最偷懒的人做了服务股长！"

"我包管这学期有好戏看！"周雅安说。

江雁容在一张石桌前坐下，把记录本放在一边，谈话一停止，两人就都沉默了下去。江雁容把手放在石桌上，下巴又放在手背上，静静地望着荷花池畔的一棵蔷薇花，她那对梦似的眼睛放着柔和的光彩，使那张苍白的小脸显得脱俗的秀气，她并不很美丽，但是沉思中的她是吸引人的。她的思想显然在变幻着，只一会儿，那对柔和的眼睛就变得沉郁了，眼光也从灿烂的花瓣上移到泥地上，地上有零乱的小草，被践踏成枯黄一片。

"唉！"她叹了口气。

"唉！"在她旁边的周雅安也叹了口气。

江雁容抬起头来，注视着周雅安。周雅安有一对冷静的眼睛和喜怒都不形于色的脸庞。程心雯总说周雅安是难以接近的，冷冰冰的。只有江雁容了解这冷静的外表下，藏着一颗多么炙热的心。她望了周雅安一会儿，问：

"你怎么了？"

"你怎么了？"周雅安反问。

"我在想，高三了，功课更重了，我一定应付不好，妈妈爸爸又不谅解我，弟弟妹妹只会嘲笑我，我怎么办呢？周雅安，我不知道该怎么做人，真的不知道！我总是想往好里做，总是失败，在家里不能做好女儿，在学校不能做好学生，我是个标准的失败者！周雅安，我讨厌现在的这种生活，读书！读书！读书！又不为了兴趣读，只是为了考大学读，我但愿山呀水呀，任我遨游，花呀草呀，任我喜爱，不被这些书本束缚住，尤其不被那些 X、Y、硝酸、硫酸什么的弄得头昏脑涨。让我自在地生活，念念诗词，写写自己愿意写的文章，那才能算是真正的生活。现在只能叫受罪，如果人不能按照自己所希望的生活，我们又为什么要活着？连自己的生命都无法自由安排，人哪，多么可怜！"她摇摇头，薄薄的嘴唇闭紧了。

"你想得太多，"周雅安说，对于江雁容那个小脑袋中装的许多思想，她往往都只能了解一部分，"你的问题很简单，大学毕业之后你就可以按你所希望的过日子了！"

"你以为行吗？"江雁容说，"好不容易读到大学毕业，然后无所事事地整天念诗填词，与花草山水为伍，你以为我父母会让我那样做吗？哈，人生的事才没那样简单呢！到时候，新的麻烦可能又来了。我初中毕业后，想念护士学校，学一点谋生的技术，然后就去体验生命，再从事写作。可是，我爸爸一定要我读高中，他是为我的前途着想，认为进高中比护士学校有出息，而我呢，也只能按他给我安排的路去走，这生命好像不属于我的。"

"本来你的生命也属于你父母的嘛！"周雅安说。

"如果我的生命属于父母的，那么为什么又有'我'的观念呢？为什么这个'我'的思想、感情、意识、兴趣都和父母不一样呢？为什么'我'不是一具木偶呢？为什么这个'我'又有独立的性格和独自的欲望呢？"

"你越说越玄了，"周雅安说，"再说下去你就连生命都要怀疑了！"

"我本来就对生命怀疑嘛！"江雁容把背靠在身后的树干上。沉默了一会儿，低声地说："想想看，每个生命的产生是多么偶然！如果我妈妈不和爸爸结婚，不会有我，如果妈妈和爸爸晚一年或早一年结婚，都没有我，如果……"

"好了，"周雅安说，"别再如果下去了，这样推下去就太玄了！你将来干脆念哲学系吧！"

"好吧，"江雁容振作了一下说，"不谈我，谈谈你的事吧，好好的叹什么气？不要告诉我是为了小徐，我最讨厌你那个小徐！"

周雅安抬抬眉毛，默然不语。

"说话呀！怎么又不说了？"江雁容说。

"你还叫我说什么！"周雅安愣愣地说。

江雁容看了周雅安几秒钟，叹口气说：

"唉，我看你是没办法的了，你难道不能把自己解脱出来吗？小徐那个人根本靠不住……"

"你不讲我也知道，可是我没办法！"周雅安无可奈何地说，那对冷静的眼睛也显得不冷静了！

"你又和他吵架了？"江雁容问。

"是这样，他上次给我一封信，横楣上有一行小字，我没有看到，他现在就一口咬定我的感情不够，说我连他的信都看不下，准是另外有了男朋友，我怎么解释他都不信。你看，叫我怎么办？""他简直是故意找碴嘛！"江雁容说，"我是你的话，就根本不理他，由他去胡闹！"

"那不行，江雁容，你帮我想个办法，我怕会失去他，真的我怕失去他！"周雅安无助地说。

"真奇怪，你这么个大个子，什么事都怪有主见的，怎么在感情上就这样脆弱！"

"你不懂，江雁容，你没有恋爱过！"周雅安低声说。

"我真的不懂，"江雁容看了看天，然后说，"周雅安，你太顺从他了，我看他有点神经不健全，他大概就喜欢看你着急的样子，所以乱七八糟找些事来和你吵，上次吵的那一架不是也毫无道理吗？我告诉你，治他这种无中生有病的最好办法，就是置之不理！""江雁容，我不能不理，我怕这样会吹了，江雁容，你帮个忙好不好？再用你的名义写封信给他，告诉他我除了他没有第二个男朋友，要他不要这样待我，他会相信你的话，上次也亏你那封信，他才和我讲和的！"

"我实在不高兴写这种信！"江雁容噘着嘴说，"除非他是大傻瓜才会不知道你没有别的男朋友，他明明是故意找麻烦！我还没写信就一肚子气了，如果一定要我写，这封信里准都是骨头和刺！"

"你就少一点骨头和刺吧，好吗？江雁容，算你帮我的忙嘛！"周雅安近乎恳求地说。

"好吧，我就帮你写，不过，我还是不赞成你这样做，你最聪明的办法是根本和小徐绝交！他不值得你爱！"

"别这样说，好不好？"周雅安说。

"周雅安，"江雁容又把下巴放在手背上，仰望着周雅安的脸说，"你到底爱小徐些什么地方？"

"我不知道，"周雅安茫然地说，"我真的不知道，我只晓得爱他，失去他我宁愿不活！"

"噢，我真不明白他怎么会让你这样倾心的！"

"有一天，等你恋爱了，你就会懂。我也知道和他在一起不会幸福，我也尝试过绝交，可是……"她耸耸肩，代替了下面的话。

"我想我永不会这样爱一个人！"江雁容说，"不过，我倒希望有人能这样爱我！"

"多自私的话！"周雅安说，"不过，不是也有人这样爱你吗？像那个永不缺席的张先生，那个每天在巷口等你的附中学生……"

"得了，别再说了，恶心！"

"别人喜欢你，你就说恶心，因为你不喜欢他们！有一天，等你碰到一个你也爱的人，我打赌你也是个热情得不顾一切的女孩子，那时候你就不会笑我了！"

"告诉你，周雅安，"江雁容微笑着，腼腆地说，"我也曾经幻想过恋爱，我梦里的男人太完美了，我相信全世界都找不出这样的男人，所以我一定不会恋爱！我的爱人又要有英雄气概，又要温柔体贴，要漂亮潇洒，又要忠实可靠，哈，你想这不都是矛盾的个性吗？这样的男人大概不会有的，就是有，也不会喜欢我这个渺小的、不美的江雁容！"

"可能有一天，当爱情来的时候，你会一点也不管你的幻想了！"

"你的话太情感主义，那种爱情会到我身上来吗？太不可思议了。不过，我也希望能好好地恋一次爱。我愿爱人，也愿被人爱，这两句话不知道是哪本书里的，大概不是我自己的话，但可以代表我的心情。现在我的感情是睡着的，最使我在感情上受伤的，就是爸爸妈妈不爱我，假如我恋爱了，恐怕就不会这样重视爸爸妈妈的爱了。你知道我一直希望他们能像爱小弟小妹一样来爱我，但是他们不爱我。奇怪，都是他们生的，就因为我功课不好，他们就不喜欢我，这太不公平！当然，我也不好，我不会讨好，个性强，是个反叛性太大的女儿。周雅安，我这条生命不多余吗？谁都不喜欢我！"

"我喜欢你！"周雅安说，摸了摸江雁容的头发。

江雁容把头靠在手腕上，用一只手拉住了周雅安的手，她们默默地坐着，好久都不说话。半天之后，江雁容低声地说：

"好周雅安，我真想听你弹吉他，弹那首我们的歌。我突然间烦恼起来了。"

"你别烦恼，你一烦恼我也要跟着烦起来了！"周雅安说。

江雁容跳了起来，甩了甩头，似乎想把那些缠绕着她的烦恼都甩掉，她拿起班会记录本，大声说：

"走吧，周雅安，把这个先交到教务处去。该上楼了，她们大概已经扫除好了，去找程心雯聊聊，烦恼就都没有了，走！"

周雅安站起身来，她们一面向教务处走，江雁容一面说：

"暑假我看了一本小说，是苏德曼的《忧愁夫人》。他说忧愁夫人有一对灰色的翅膀，故事中的主角常常会在欢乐中，感到忧愁夫人用那对灰色的翅膀轻轻触到他的额角，于是他就陷入忧愁里。我现在也常常感到忧愁夫人在我的身边，不时用她灰色的翅膀来碰我。"

交了记录本，她们走上三层楼，才上了楼梯，江雁容又转头对周雅安说：

"我刚刚谈到忧愁夫人，我想，我有个忧愁夫人，程心雯大概有个快乐夫人，你看，她好像从来不会忧愁的！"

在走廊上，程心雯正提着一桶水，追着叶小蓁泼洒，嘴里乱七八糟地笑骂着，裙子上已被水湿透了。叶小蓁手上拿着个鸡毛掸，一面逃一面嚷，教室门口乱糟糟地挤着人看她们"表演"，还有许多手里拿着抹布扫把的同学在呐喊助威。周雅安叹口气说：

"看样子，我们还是没有把大扫除躲过去，她们好像还没开始扫除呢！"

"叶小蓁的服务股长，还有什么话好说？"江雁容说，"不过，我真喜欢叶小蓁，她天真得可爱！"望着那追逐的两个人，她笑着和周雅安加入了人群里。

窗
外

叁

THREE

"好美!"她想。窗外的世界比窗内可爱多了。

　　这条新生南路是直而长的，最近才翻修成柏油路面，靠排水沟那边种了一排柏树，还安放了一些水泥凳子供行人休息，不过很少有人会在这路边休息的。这是江雁容周雅安上学和放学时必走的路。每天黄昏，她们总是手携手地走回家去，因为放学后不需要赶时间，她们两人都宁可走路而不愿挤公共汽车。黄昏的景致是迷人的，灼热的太阳已下山了，晚霞使整个天空红成一片，映得人的脸和衣服也都成了粉红色。从工业专科学校的围墙起，就是一片水田，一次，江雁容看到一只白色的鹭鸶从水田中飞起来，彩霞把那白鹭的翅膀都染红了，不禁冲口而出地念：

　　"落霞与孤鹜齐飞！"

　　从此，她们称这条街作"落霞道"，江雁容有时戏呼周雅安为"落霞道上的朋友"。事实上，她们也只有在这落霞道上的一段时间是比较轻松的，在这段时间内，她们总是自然而然地避免谈到功课和考大学，而找些轻松的题目谈谈。

　　"江雁容，你知不知道有很多人在议论我们？"周雅安说，一面挽着江雁容的手。这是开学一星期后的一个黄昏。

　　"你是指那些乱七八糟的话，说我们在闹同性恋？"江雁容问。

　　"嗯。"

　　"别提了，真无聊！"

"可是,"周雅安笑嘻嘻地望着江雁容的脸,"如果我是个男人,我一定会爱上你!"

"我是男人,我也会爱上你!"江雁容说,脸微微地红了,映着霞光,红色显得更加深,那张本来苍白的小脸也变得健康而生动了。

"那么,我们真该有一个做男人,"周雅安笑着说,欣赏地望着江雁容脸上那片红晕,"你是非常女性的,大概只好做女人,下辈子让我来做你的男朋友,好不好?"

"不好,"江雁容摇摇头,"下辈子你应该变男人,让小徐变女人,然后你也找些古里古怪的问题来折磨他,这样才算公平。"

"那我和小徐不是要做几辈子的冤家了?"周雅安说,话一出口,又猛悟到说得太那个了,不禁也涨红了脸。江雁容笑着说:

"世世代代,都做冤家好不好?周雅安,不害臊啊!"

"又该给你话柄来笑我了。"

"只要没有话柄落在程心雯手里就好了!哦,告诉你,今天我和程心雯到教务处去,在图书馆门口碰到'一块五毛',头上戴了顶帽子,你看,这样的大热天还戴帽子,岂不滑稽?程心雯看到他,劈头就是一句:'老师,美容医生的生发油没有用吗?'弄得'一块五毛'面红耳赤。后来程心雯告诉我,说'一块五毛'在暑假里到一个著名的美容医生那儿去治他的秃顶,那个医生说要把他剩下的几根头发也剃掉再治,他就依言剃掉了,谁知道现在不但以前秃的那一块长不出头发来,连剃掉的也不再长了。他怕难看,就成天戴着顶帽子。程心雯说,'一块五毛'的外号应该改作'两块八毛'了!"

"'两块八毛',什么意思?"周雅安问。

"这个你都不懂?本来是'一块无毛',现在是'两块拔毛'呀!"

江雁容忍住笑说。

"啊哟，"周雅安大笑了起来，"程心雯这张嘴真要命！怎么就这样缺德！"

"'一块五毛'也有意思，看他这顶帽子戴到哪一天去！程心雯也不知道怎么这样精，什么事都知道，碰到她就毫无办法，我现在和她坐在一起，每天中午也别想休息，也别想念书，就只能听她的笑话。"

"叶小蓁现在是不是天天和程心雯吵架？"周雅安问，"今天早上我听到叶小蓁在郑重发誓，说什么'天知道，地知道，我叶小蓁要是再和程心雯说话就是王八蛋'！"

"你别听叶小蓁的发誓，前天为了蔡秀华来不及给她讲那题代数，刚好考了出来，她做错了，就气呼呼地跑到蔡秀华面前去发誓，也是说的那么几句话。人家蔡秀华什么事都古古板板地死认真，又不像我们那样了解叶小蓁，就信以为真了。到下午，叶小蓁自己忘记了，又追着问人家物理题目，蔡秀华不理她，她还嘟着嘴纳闷地说：'谁得罪了你嘛，你说出来让我给你评评理！'把我们笑死了！"

周雅安又笑了起来，笑了一阵，突然想起什么来，推推江雁容说："哦，我忘了问你，前天代数小考，你考了多少分？"

江雁容的笑容在一瞬间全消失了，她跺了一下脚，噘着嘴说：

"周雅安，好好的又提起它来干什么？"低下头去，她对着脚下的柏油路面发呆，机械地移着步子，脚步立即沉重了许多。周雅安慌忙拍拍她的手背，安慰地说：

"没关系，下次考好点就行了！"

"下一次！下一次还有下一次呢！"江雁容生气地说，自己也不明白在生谁的气。

"好好，我们不谈这个，你猜明天作文课康南会出个什么作文题目？我希望不要又是'暑假生活的回忆'，或者是'迎接新的一学期'！"周雅安说，竭力想谈一个能引起江雁容兴趣的题目，以扭转自己一句话造成的低潮。但是，没有用了，阳光已经消失，乌云已堆积起来了。江雁容默然不语，半天后才紧紧拉着周雅安的手说：

"周雅安，你看我怎么办好？我真的不是不用功，上课我尽量用心听书，每天在家里做代数、物理、解析几何，总是做到夜里一点钟！可是我就考不好，如果数理的功课能像诗词那样容易了解就好了！"

"可是，我还羡慕你的文学天才呢！"周雅安说，"你拿一首古诗给我看，保管我连断句都不会！"

"会断句又有什么用，考大学又不考诗词的断句！像你，每次数理都考得那么好，你怎么会考得那样好呢？周雅安！"江雁容愁苦地问。

"我也不知道，"周雅安说，"你是有天才的，江雁容，你不要为几分而发愁，你会成个大作家！"

"天才！去他的天才！从小，大家都说我有天才，可是我没有一学期能够不补考！没有一次不为升学发愁，我看，这次考大学是准没有希望的！"

"就是你考不上大学也没关系，你可以写作，并不是每个作家都是大学毕业生！"

"别讲得那么轻松，我考不上大学，爸爸妈妈会气死！"江雁容恨恨地把脚下一块石子踢得老远，"我讨厌这种填鸭子式的教育法，我不知道我要学那些代数、解析几何、物理干什么？将来我绝不会靠它们吃饭！"

周雅安才要说话，身后响起了一阵脚踏车的车铃声，她和江雁容同时回过头去，一个年轻的男学生正推着辆脚踏车站在她们的身后，咧着一张大嘴对她们笑。周雅安有点诧异，也有点意外的惊喜，说：

"小徐，是你？"

"我跟着你们走了一大段了，你们都没有发现！谈些什么？一会儿哈哈大笑，一会儿又悲悲哀哀的？"小徐说。他长得并不算漂亮，但鼻子很高，眼睛很亮，五官也颇端正。只是有点公子哥儿的态度。他的个子不高，和高大的周雅安站在一起，两人几乎是一般高。

"看样子，我要先走一步了！"江雁容说，对小徐点了个头。

"不要嘛！"周雅安说，但语气并不诚恳。

"你们谈谈吧，我真的要先走，赶回家去，还有许多习题没做呢！"江雁容说，一面又对周雅安说，"周雅安，再见啊！明天如果比我早到学校，帮我到教务处拿一下课室日记本，好吧？"

"好！"周雅安说，又补了一句，"再见啊！"

江雁容单独向前面走去，心里模糊地想着周雅安和小徐，就是这样，爱情是多神秘，周雅安和她的感情再好，只要小徐一出现，她眼中就只有小徐了！在信义路口，她转了弯，然后再转进一条小巷子。她的家住在和平东路，她本可以一直走大路，但她却喜欢这条巷子的幽静，巷子两边，有许多破破烂烂的木板房子，还有个小破庙，庙中居然香火鼎盛。江雁容无法设想这些破房子里的人的生活。生命（无论是谁的生命），似乎都充满了苦恼、忙碌和挣扎，可是，这世上千千万万的人，却都热爱着他们的生命，这世界岂不矛盾？

在那固定的电线杆下面，她又发现了那个每天在这儿等她的男孩子。瘦高个儿，一身黄卡其布制服，扶着一辆脚踏车，这是他给她的全部印象，因为她从不敢正眼去打量他。自从上学期中旬起，这孩子就开始等她了，可是，只有一次，他鼓起勇气上来和她说话，他仿佛报了自己的名字，并说了请求交友一类的话，但她一句都没听清楚，只记得他那张涨得通红的黝黑而孩子气的脸。她仓促地逃开了，而他也红着脸退到一边。这以后，他每天总在这儿等她，但并不跟踪她，也不和她说话，只默默地望着她走过去。江雁容每次走过这儿，也不禁脸红心跳，她不敢望他，只能目不斜视地赶快走过去，走过去后也不敢回头看，所以她无法测知他什么时候才会离开那根电线杆。她总是感到奇怪，不知这个男孩子有什么神经病，既不认识她，又不了解她，当然无法谈到"爱"字，那么，这傻劲是为了什么？在家门口，她碰到了住在隔壁的刘太太，一个标准的三姑六婆型的女人，每天最主要的工作是到每个人家里去串门，然后再搬弄口舌是非。江雁容对她行了礼，然后按门铃。

来开门的是她的弟弟江麟，她家一共有三个兄弟姐妹，她是老大，江麟老二，最小的是江雁若。雁若比她小五岁，在另一个省女中读初二。江麟比江雁容小两岁，是家里唯一的男孩子。江雁容常喊他作江家之宝，事实上，他也真是父亲眼中的宝贝，不单为了他是男孩子，也为了他生性会取巧讨好。不过母亲并不最喜欢他。据说，他小时是祖父的命根，祖父把他的照片悬挂在墙壁上，一遇到心中有不愉快的事，就到他的照片前面去，然后自我安慰地说："有这么好的一个孙子，还有什么事值得我发愁呢！"祖父临终时还摸着江麟的头，对江雁容的父亲江仰止说："此子日后必成大器，可惜我看不到了！"现在，这个必成大器的男孩子还看不出有什么特点来，除了顽皮和刁钻之外。但在学校里，他的功课非常好，虽然他一点都不用功，却从没考到五名以下过。现在他十六岁，是建中高一的学生，个子很高，已超过江雁容半个头，他常站在江雁容身边和她比身高，用手从江雁容头顶斜着量到他的下巴上，然后得意地喊她作"小矮子"。他喜欢绘画，而且确实有天才，江仰止认为这儿子可能成大画家，从江麟十二岁起，就让他拜在台湾名画家孙女士门下学画，现在随手画两笔，已经蛮像样子了。他原是个心眼很好而且重情感的孩子，但是在家中，他也有种男性的优越感，他明白父亲最喜欢他，因此，他也会欺侮欺侮姐姐妹妹。不过，在外面，谁要是说了他姐妹的坏话，他立即会摩掌相向。

江麟看到门外是她，就做了个鬼脸说：

"大小姐回来了！"江雁容走进来，反身关好了门。江仰止在×大做教授，这是×大的宿舍。前面有个小得不能再小的花园，虽然他们一再培养花木，现在长得最茂盛的仍然只有棕榈树和美人蕉。走过小院子，是第二道门，里面是脱鞋的地方。这是一栋标准的日式房子，一共四间，每间都无法隔断。前面一间八席的是客厅和江仰止的书房，后面是江仰止和妻子赵意如的卧室，旁边一间做了江麟的房间兼饭厅，最后面的是江雁容、江雁若姐妹的房间，是到厨房的必经之路。江雁容脱了鞋，走上榻榻米，立即发现家里的空气不大对，没有闻到菜饭香，也没听到炒菜的声音。她回头看了江麟一眼，江麟耸耸肩，低声说：

"妈妈还在生爸爸的气，今天晚饭只好你来做了！"

"我来做？"江雁容说，"我还有一大堆的功课呢，明天还要考英文！"

"那有什么办法，除非大家不吃饭！"江麟说。

客厅里，江仰止正背负着两只手，在房间里走来走去。他个子不高，年轻时是个标准的中国美男子，眉清目秀，唇红齿白，从读书起就习惯性地穿着一袭长衫，直到现在不变。而今，年轻时的"漂亮"当然不能谈了，中年后他发了胖，但潇洒劲仍在，架着一副近视眼镜，书卷气比年轻时更加重了。长衫上永远有粉笔灰和猫毛，哪怕他太太赵意如一天给他换两次衣服（他从不记得自己换衣服），粉笔灰和猫毛依然不会少的，粉笔灰是讲书时弄的，事后绝不会拍一拍。猫则是他最喜欢的东西，家里一年到头养着猫，最多时达到七只，由于江太太的严重抗议，现在只剩一只白猫。江仰止的膝头，就是这只白猫的床，只要江仰止一坐下来，这猫准跳到他身上去呼呼大睡。这些使江仰止无论走到哪里，都会成为他特殊的标志。近两年来，由于江仰止的一本著作和讲学的成功，使他薄负微名，一天到晚忙着著作，到各地讲学，到电台广播。可是，忙碌不能改变他，他依然是从容不迫的，悠然自在的。他有两大嗜好，一个是旅行，一个是下围棋。前者现在已经很少去了，围棋则不能少，每星期总要到弈园去两三次，这也是他和江太太每次吵架的原因，江太太坚决反对他下棋，认为一来用脑过度，一下就是四五个小时，有损健康；二来江仰止每下必赌彩，每赌必输，江太太省吃俭用，对这笔支出实在心痛；三来江仰止的工作堆积如山，不工作而把时间耗费在娱乐上，江太太认为是最大的不该。所以，每次江仰止下了棋回来，江太太总要生一天闷气，江太太一生气，家里就秩序大乱，炊烟不举。

江仰止看到江雁容回来，就停止了踱方步说：

"雁容，你去做一下晚饭吧！"

江雁容看了父亲一眼，江仰止的神态是无可奈何的，不知所措的。江雁容噘了嘴低声说：

"我今天最忙了！"

"去吧，大女儿该帮帮家里的忙！"

大女儿，做大女儿反正是倒霉的，要做事总最先轮到大女儿，有吃的玩的就该最后轮到大女儿了。江雁容正要走到后面去，门铃又响了，江仰止抬起头来，像得救似的说：

“这次该是雁若回来了吧？”

江雁容去开了门，果然是江雁若。江雁若今年十三岁，已经和江雁容一般高，看样子，还可以再长高不少。她和姐姐的个性是完全不同的，江雁容忧郁，她却乐观明快，会撒娇，会讨好。长得也比雁容好看，同样是清朗的眉毛和秀气的眼睛，但她颊上多了一对小酒窝，使她看起来就比姐姐甜。她是江太太的宠儿，江太太爱这个小女儿更胜过爱那个儿子。而江雁若也确实值得人疼爱，从小学到初中，她就没考过第二名，年年都是第一，她得到的各种奖状可以装订成厚厚的一册。而她那张小嘴也真会说话，说得那么甜，让你不喜欢她都做不到。但她的脾气却极像母亲，要强到极点，如果她的目标是一百分，考了九十九分她就会大哭一场。她喜欢的人，她会用尽心机来讨好，不喜欢的人，她就会破口大骂。她是个全才，功课上，不论文科理科、正科副科、音乐美术、体育家事，她是门门都精，门门都强，无怪乎江太太爱她爱得入骨了。

江雁若还没走到玄关，江仰止就迎到门口来，对江雁若抬抬眉毛，尴尬地笑笑，低低地说：

“雁若，赶快去哄哄你妈妈，她还在生气，只有你有办法，赶快去！”

“爸爸，谁要你昨天晚上下到十二点嘛！”江雁若埋怨地说，完全站在母亲的那一边说话，她是同情母亲的。不过，她也喜欢父亲，尤其是父亲说笑话的时候。

江仰止笑笑，推了推鼻梁上的眼镜，他有时真怕这个小女儿，说起话来比刀子还厉害，这本事全是她母亲的遗传。江雁若一面脱鞋一面又说：

“早点回来妈妈也高兴，你也少输一点，那个王伯伯早就看中爸爸的弱点了，用话一激爸爸，爸爸就一直跟他下，口袋里的钱全下到他的袋里去了！"

江仰止咳了一声，啼笑皆非地说：

"胡说！这样吧，将来我把你教会了，你到弈园给我报仇去！"

"哼！自己毁了还不够，还想毁孩子是不是？"江太太的声音从卧室里传了出来，显然她已听到了父女的这一段谈话。

江仰止不说话了，心中却有点反感，大妇生生气倒无所谓，在孩子面前总该给他保留点面子，现在他在孩子前面一点尊严都没有，孩子们对他说话都是毫无敬意的，这不能说不是江太太所造成的。而且，下下棋又何至于说是"毁了"，这两个字用得未免太重。

江雁若背着书包进了江太太的卧室里，江太太正躺在床上，枕头边堆满了书，包括几本国画画谱，一本英文成语练习，还有一本唐诗宋词选。江太太虽年过四十，却抱着"活到老，学到老"的信念，随时都不肯放松自己。她是个独特的女人，从小好胜要强，出生于豪富之家，却自由恋爱嫁给了一贫如洗的江仰止。婚后并不得意，她总认为江仰止不够爱她，也对不起她，但她决不承认自己的婚姻失败。起初，她想扶助江仰止成大名立大业，但江仰止生性淡泊，对名利毫不关心。结婚二十年，江仰止依然一贫如洗，不过是个稍有虚名的教授而已，她对这个是不能满意的。于是，她懊悔自己结婚太早，甚至懊悔结婚，她认为以她的努力，如果不结婚，一定大有成就。这也是事实，她是肯吃苦肯努力的，从豪富的家庭到江家，她脱下华服，穿上围裙，亲自下厨，刀切了手指，烟熏了眼睛，从来不叫苦。在抗战时，她带着孩子，跟着江仰止由沦陷区逃出来，每日徒步三十里，她也不叫苦。抗战后那一段困苦的日子，她学着纳鞋底被麻绳把手指抽出血来，她却不放手，一家几口的鞋全出自她那双又白又细的手。跟着江仰止，她是吃够了苦了，她只期望他有大成就，但他却总是把最宝贵最精华的时间送在围棋上。孩子是她的第二个失望，江雁容使她心灰意冷，功课不好，满脑子奇异的思想。有时候她是温柔沉静的，有时候却倔强而任性，有一次，她责备了江雁容几句，为了江雁容数学总不及格，江雁容竟对她说：

"妈，你别这样不满意我，我并没有向你要求这一条生命，你该对创造我负责任，在我，生命中全是痛苦，假如你不满意我，你最好把我这条生命收回去！"

这是女儿对母亲说的话吗？这几句话伤透了江太太的心，生儿育女到底有什么意思？孩子并不感激你，反而怨恨你创造了她！雁容生下来的时候不足月，只有三磅半，带大她真不知吃了多大的苦，但是她说："你最好把我这条生命收回去！"不过，雁容的话难道不对吗？本来她就该对这条生命负责，孩子确实没有向她要求生命呀！其实，这孩子有许多地方像她，那多愁善感的个性，那对文学的爱好……甚至那些幻想，她在年轻时也有许多幻想，只是长久的现实生活和经验早把那些幻想打破了。但，江雁容却不能符合她内心的期望。江麟是个好孩子，可是他遗传了他父亲那份马虎、不肯努力的脾气，前途完全不在他眼睛里，功课考得好全是凭小聪明，事实上昨天考过的今天就会忘记。他是个小江仰止，江太太看透他以后也不会有大成就的。剩下的一个江雁若，就成了江太太全部希望的集中，这是唯一不让她失望的人，功课、脾气、长相，无一不好。这孩子生在抗战结束之时，江太太常说：

"大概是上帝可怜我太苦了，所以给我一个雁若！"她说这话，充满了庆幸，好像全天下就只有一个雁若，她从不想这话会伤了另外两个孩子的心。尤其是江雁容，她本是个过分敏感的孩子。而江太太也忽略江雁容那易感的心，在渴求着母爱。

江太太总自认为是个失败的女人，虽然外界的人都羡慕她，说她有个好丈夫，又有个好家庭。她认为全天下都不了解她的苦闷，包括江仰止在内。近两年来，她开始充实自己，她学画，以摩西老太太九十岁学画而成大名来自励，她也学诗词，这是她的兴趣。为了追上潮流，她也念英文。而她全是用心去做，一丝不苟的，她希望自己的努力不晚，渴望着成功。江仰止越使她灰心，她就越督促自己努力。"不靠丈夫，不靠儿女，要自力更生。"这是她心中反复自语的几句话。

年轻时代的江太太是个美人，只是个子矮一点，现在她也发了胖，但她仍然漂亮。她的眉毛如画，浓密而细长，有一对很大的眼睛，一张小巧的嘴。江雁容姐妹长得都像父亲，沉静秀气，没有母亲那份夺人的美丽。江太太平日很注意化妆，虽然四十岁了，她依然不离开脂粉，她认为女人不化妆就和衣饰不整同样的不雅。可是，今天她没有施脂粉，靠在枕头上的那张脸看起来就显得特别苍白。江雁若跑过去，把书包丢在地下，就扑到床上，滚进了江太太的怀里，嘴里嚷着说："妈，我代数小考考了一百分，这是这学期的第一次考试，以后我要每次都维持一百分！"

江太太怜爱地摸着江雁若的下巴，问：

"中午吃饱没有？"

"饱了，可是现在又饿了！"

"那一定是没吃饱，你们福利社的东西太简单，中午吃些什么？"这天早上，由于江太太生气，没做早饭，也没给孩子们弄便当，所以他们都是带钱到学校福利社里吃的。

"吃了一碗面，还吃了两个面包。"

"用了多少钱？"

"五块。"

"怎么只吃五块钱呢？那怎能吃得饱？又没有要你省钱，为什么不多吃一点？"

"够了嘛！"江雁若说着，伏在床上看看江太太，撒娇地说，"妈妈不要生气了嘛，妈妈一生气全家都凄凄惨惨的，难过死了！"

"妈妈看到你就不生气了，雁若，好好用功，给妈妈争口气！"

"妈妈不要讲，我一定用功的！"江雁若说，俯下头去在江太太面颊上响响地吻了一下。

江雁容穿过江太太的卧房，对江太太说了声：

"妈妈我回来了！"

江太太看了江雁容一眼，没说什么，又去和江雁若说话了。江雁容默默地走到自己房间里，把书包丢在床上，就到厨房里去准备晚饭。她奇怪，自己十三岁那年，好像已经是个大人了，再也不会滚进妈妈怀里撒娇。那时候家庭环境比现在坏，他们到台湾的旅费是借债的，那时父亲也不像现在有名气，母亲每天还到夜校教书，筹钱还债。她放学后，要带弟妹，还要做晚饭，她没有时间撒娇，也从来不会撒娇。"小妹是幸运的，"她想，"她拥有一切：父母的宠爱、老师的喜欢，她还有天赋的好头脑，聪明、愉快和美丽！而我呢，我是贫乏的，渺小、孤独，永远不为别人所注意。我一无所有。"她对自己微笑，一种迷茫而无奈的笑。

煤球炉里是冰冷的，煤球早就灭了，她不知道爸爸妈妈中午吃的是什么。她不会起煤球火，站在那儿待了两分钟，最后叹了口气，决心面对现实，找了些木头，她用切菜刀劈了起来，刚刚劈好，江太太出现在厨房门口了。她望了江雁容一眼说：

"放下，我来弄！你给我做功课去，考不上大学不要来见我！"

江雁容洗了手，回到自己的房间里，坐在书桌前闷闷地发呆。一股浓烟从厨房里涌到房间里来，她把窗子开大了，把书包拿到书桌上。窗外，夕阳已下了山，天边仍然堆满了绚烂的晚霞，几株瘦瘦长长的椰子树，像黑色剪影般耸立着，背后衬着粉红色的天空。"好美！"她想。窗外的世界比窗内可爱多了。她把书本从书包里一本本地抽出来，一张考卷也跟着掉了出来，她拿起来一看，是那张该死的代数考卷。刚才雁若说她的代数考了一百分，她就能考一百分，江雁容是考不了的，永远考不了！她把考卷对折起来，正预备撕毁，被刚好走进来的江麟看见了，他叫着说：

"什么东西？"

江雁容正想把这张考卷藏起来，江麟已经劈手夺了过去，接着就是一声怪叫：

"啊哈，你考得真好，又是个大鸭蛋！"

这讽刺的嘲笑的声调刺伤了江雁容的自尊心，这声怪叫更使她难堪，她想夺回那张考卷，但是江麟把它举得高高的，一面念着考试题目，矮小的江雁容够不着他。然后，江麟又神气活现地说：

"哎呀，哎呀，这样容易的题目都不会，这是最简单的因式分解嘛，连我都会做！我看你呀，大概连 a+b 的平方等于多少都不知道！"

江太太的头从厨房里伸了出来：

"什么事？谁的考试卷？"

"姐姐的考卷！"江麟说。

"拿给我看看！"江太太命令地说，已猜到分数不太妙。

江麟对江雁容做了个怪相，把考卷交给了江太太。江雁容的头垂了下去，无助地咬着大拇指的手指甲。江太太看了看分数，把考卷丢到江雁容的脚前面，冷冷地说：

"雁容，你到底打算怎么办？"

江雁容的头垂得更低，那张耻辱的考卷刺目地躺在脚下。忽然间，她感到一阵难以言喻的委屈和伤心，眼泪迅速地涌进了眼眶里，又一滴滴落在裙褶上。眼泪一经开了闸，就不可收拾地泛滥了起来，一刹那间，心里所有的烦恼、悲哀和苦闷都齐涌心头，连她自己都无法了解怎么会伤心到如此地步。事实上，在她拿到这张考卷的时候就想哭，一直憋着气忍着，后来又添了许多感触和烦恼，这时被弟弟一闹，母亲一责备，就再也忍不住了，泪珠成串地涌出来，越涌越多，喉咙里不住地抽泣，裙子上被泪水湿了一大片。

江太太看着哭泣不止的江雁容，心里更加生气，考不好，又没有骂她，她倒先哭得像个被虐待的小媳妇。心中尽管生气，又不忍再骂她，只好气愤地说：

"考不好，用功就是了，哭，又有什么用？"

江雁容抽泣得更厉害。"全世界都不了解我。"她想，就是这样，她考坏了，大家都叫她"用功""下次考好一点"，就没有一个人了解她用功也无法考好，那些数字根本就没办法装进脑子里去。那厚厚的一本代数、物理、解析几何对她就有如天书，老师的讲解像喇嘛教徒念经，她根本就不知其所云。虽然这几个数理老师都是有名的好教员，无奈她的脑子不知怎么回事，就是与数理无缘。下一次，再下一次，无数的下一次，都不会考好的，她自己明白这一点，因而，她是绝望而无助的。她真希望母亲能了解也能同情她的困难，但是，母亲只会责备她，弟妹只会嘲笑她。雁若和小麟都是好孩子，好学生，只有她最坏，最不争气。

她无法止住自己的眼泪，哭得气塞喉堵。

"你还不去念书，哭又不能解决问题！"江太太强忍着气说，她自己读书的时候从没有像雁容这样让人操心，别说零分没考过，就是八十分以下也没考过。难道雁容的天分差吗？她却可以把看过一遍的小说中精彩的对白都背出来，七岁能解释李白的诗，九岁写第一篇小说。她绝不是天分低，只是不用心，而江太太对不用心是完全不能原谅的。退回厨房里，她一面做饭一面生气，为什么孩子都不像母亲（除了雁若之外），小麟还是个毛孩子，就把艺术家那种吊儿郎当劲全学会了，这两个孩子都像父亲，不努力，不上进，把"嗜好"放在第一位。这个家多让人灰心！

江仰止是听到后面房里的事情的，对于江雁容，他没有什么特别的喜欢，也没有什么特别的不喜欢。女孩子，你不能对她希望太高，就是读到硕士博士，将来还不是烧饭抱孩子，把书本丢在一边。不过，大学是非考上不可的，他不能让别人说"江仰止的女儿考不上大学"！他听凭妻子去责备雁容，他躲在前面不想露面，这时，听到雁容哭得厉害，他才负着手迈步到雁容的房间里，雁若和江麟也在房里，雁若在说："好了嘛，姐姐，不要哭了！"但雁容哭得更伤心，江仰止拍拍雁容的肩膀，慢条斯理地说：

"别哭了，这么大的女孩子，让别人听了笑话，考坏一次也没什么关系，好了，去洗洗脸吧！"

江雁容慢慢地平静下来，这时，她忽然萌出一线希望，她希望父亲了解她，她想和父亲谈谈，抬起头来，她望着江仰止，但江仰止却没注意到，他正看着坐在椅子上，拿着支铅笔，在一本书后面乱画的江麟。这时江麟跳起来，把那本书交到父亲手里，得意地说：

"爸，像不像？"

江仰止看了看，笑笑说：

"顽皮！"但声音里却充满了纵容和赞美。

江麟把那本书又放到江雁容面前，说：

"你看！"

江雁容一看，这画的是一张她的速写，披散的头发，纵横的眼泪，在裙子里互绞的双手，画得真的很像，旁边还龙飞凤舞地题着一行字"姐姐伤心的时候"。江雁容把书的正面翻过来看，是她的英文课本，就气呼呼地说：

"你在我的英文书上乱画。"说着，就赌气地把这张底页整个撕下来扔掉，江麟惋惜地说：

"哎呀，你把一张名画撕掉了，将来我成名之后，这张画起码可以值一万块美金。可惜可惜！"

江仰止用得意而怜爱的眼光望着江麟，用手摸摸江麟的满头乱发，说：

"小麟，该理发了！"江麟把自己的头发乱揉了一阵，说：

"爸，你让我画张像！"

"不行，我还有好多工作！"江仰止说。

"只要一小时！"

"一小时也不行！"

"半小时！"江麟叫着说。

"好吧，到客厅里来画，不许超过半小时！"

"OK！"江麟跳跃着去取画板和画笔，江仰止缓缓地向客厅走，一面又说：

"不可以把爸爸画成怪样子！"

"你放心好了，我的技术是绝无问题的！"江麟骄傲地嚷着，冲到客厅里去了。

江雁容目送他们父子二人走开，心底涌起了一股难言的空虚和寂寞感。窗外，天空已由粉红色变成绛紫色，黑暗渐渐地近了。

窗外

肆

FOUR

我不知道命运还会给我什么？我只是说期望能够平静。

　　教室里静静的，五十几个女孩子都仰着头，安静地听着书。这一课讲的是杜牧的《阿房宫赋》，一篇文字极堆砌，但十分优美的文章。对于许多台湾同学，这篇东西显然是深了一些，康南必须尽量用白话来翻译，并且反复解释。这时，他正讲到"妃嫔媵嫱，王子皇孙，辞楼下殿，辇来于秦；朝歌夜弦，为秦宫人"，忽然，"砰"的一声响，使全班同学都吃了一惊，康南也吓了一跳。追踪声音的来源，他看到坐在第二排的程心雯，正用一只手支着头打瞌睡，大概是手肘滑了一下，把一本书碰到地板上，所以发出这么一声响来。程心雯上课打瞌睡，早已是出了名的，无论上什么课她都要睡觉，可是，一下课，她的精神就全来了。康南看看手表，还有五分钟下课，这已经是上午第四节，难怪学生们精神不好。这些孩子也真可怜，各种功课压着她们，学校就怕升学率低于别的学校，拼命填鸭子式地加重她们的功课。昨天开教务会议，又决定给她们补习《四书》，每天降旗后补一节。校长认为本校语文程度差，又规定学生们记日记，一星期交一次。如果要把每种功课都做完，这些孩子大概只好通宵不睡。康南合起了书，决定这五分钟不讲书了。他笑笑说：

　　"我看你们都很累了，我再讲下去，恐怕又有书要掉到地下去了！"同学们都笑了起来，但程心雯仍然在点头晃脑地打瞌睡，对于这一切都没听见。康南注意到江雁容在推程心雯，于是，程心雯猛地惊醒了，蒙蒙眬眬地睁开眼睛，大声地说：

"什么事？"

全班同学又笑了起来。康南也不禁失笑。他报告说：

"昨天我们开校务会议，决定从明天起，开始补习《四书》。明天，请大家把《四书》带来，我们先讲《孟子》，再讲《论语》，因为《孟子》比较浅。另外，规定你们要交日记，这一点，我觉得你们已经相当忙了，添上这项负担有些过分，而且，交来的日记一定是敷衍塞责，马虎了事。所以，我随你们的自由，愿意交的就交，不愿交的也不勉强。现在，还有五分钟下课，你们有什么问题，可以提出来。"

学生们开始议论纷纷，教室里的安静打破了。康南在讲台上踱着步子，等学生提出问题。他无目的地扫视着全室，于是，他接触到一对柔和而忧郁的眼光，这是江雁容，可是，当康南去注意她时，这对眼光又悄悄地溜走了。

"一个奇异的女孩子。"康南想。一学期已经过了大半，对于全班学生的个性脾气，康南也大致了解了，只有江雁容，始终是个谜。她那孤独无助的神情总使他莫名其妙地感动，那对沉静而恍惚的眼睛，那份寂寞和那份忧郁，那苍白秀气的脸……这女孩心中一定埋藏着什么，他几乎可以看到她心灵上那层无形的负荷。可是，她从来不像别的学生那样把一些烦恼向导师吐露。她也常常到他房间里来，有时是为了班上的事，有时是为了陪程心雯，程心雯总有些乱七八糟的事要找他，也有时是陪叶小蓁。每次她来，总不是一个人，来了就很少说话，事情完了就默默地退出去。但，她每次来，似乎都带来了什么，每次走，又好像带走了什么，康南无法解释这种情绪，也不明白为什么他对这个瘦小的女孩子特别关怀。"一个奇异的女孩子。"康南每看到她就这样想，奇异在哪里，他也说不出所以然来。

　　下课号响了，在班长"起立！敬礼！坐下！"的命令之后，五十几个学生像一群放出笼的小鸟，立即叽叽喳喳地叫闹了起来。教室里到处都是跑前跑后的学生，叶小蓁在大声地征求上"一号"的同志，因为没有人去，她强迫江雁容同行。刚才一直打瞌睡的程心雯，这时跳在椅子上，大叫着："该谁提便当？"教室里乱成一片，康南不能不奇怪这些孩子的精力。

　　走出教室，康南向楼下走去，后面有学生在喊：

　　"老师！"

　　他回过头去，是班长李燕捧着一大沓周记本，他接过周记本，下了楼，回到单身宿舍里。这是中午，所有单身教员都在学校包饭。把周记本放在桌子上，洗了一个脸，他预备到餐厅去吃饭。但，他略一犹豫，就在那沓周记本中抽出了江雁容的一本，站在桌前打开来看。周记是学生们必交的一份东西，每周一页，每页分四栏，包括"生活检讨""学习心得""一周大事"和"自由记载"，由导师评阅。江雁容总习惯性地顺着笔写，完全不管那各栏的标题，康南看见那上面写的是：

　　　　十八岁，多好的年龄！今天是我十八岁的生日，早上，妈妈对我说："长命百岁！"我微笑，但心里不希望活一百岁。许多作家、诗人都歌颂十八岁，这是一个做梦的年龄，我也有满脑子可怜的梦，我说"可怜"，是因为这些梦真简单，却永不能实现。例如，我希望能像我家那只小白猫一样，躺在院子防空洞上的青草上。然后拿一本屠格涅夫，或托尔斯泰，或狄更斯，或哈代，或毛姆……啊！名字太多了，我的意思是管他哪一个作家的都好，拿一本他们的小说，安安静静地，从从容容地看，不需要想还有多少功课没做，也不需要想考大学的事。但，我真那样做了，爸爸会说："这样躺着成何体统？"妈妈会说："你准备不上大学是不是？"人活着"责任"实在太多了！

我是为我自己而活着吗？可怜的十八岁！被电压电阻、牛顿定律所包围的十八岁！如果生日这天能有所愿望，我的愿望是："比现在年轻十八岁！"

康南放下这本周记，沉思了一会儿，又抽出了程心雯的一本，于是，他看到下面的记载：

生活检讨：上课再睡觉我就是王八蛋！可是，做王八蛋比不睡觉容易得多。

学习心得：江雁容说代数像一盘苦瓜，无法下咽。我说像一盘烤焦的面包，不吃怕饿，吃吧，又实在吃不下。

一周大事：忘了看报纸，无法记载，对不起。

自由记载：叶小蓁又宣布和我绝交，但我有容人气度，所以当她忘记了而来请我吃棒冰的时候，我完全接受，值得给自己记一大功。做了半学期风纪股长，我觉得全班最乖的就是程心雯，但训导处不大同意。

康南放下本子，到餐厅去吃午饭，心中仍然在想着这两个完全不同的学生，一个的忧郁沉静和另一个的活泼乐观成了个对比，但她们两个却是好朋友。他突然怀疑现在的教育制度，这些孩子都是可爱的，但是，沉重的功课把她们限制住了。像江雁容，这是他教过的学生里天分最高的一个，每次作文，信笔写来，洋洋洒洒，清新可喜。但她却被数理压迫得透不过气来。像程心雯，那两笔画值得赞美，而功课呢，也是一塌糊涂。叶小蓁偏于文科，周雅安偏于理科。到底，有通才的孩子并不多，可是，高中却实行通才教育，谁知道这通才教育是造就了孩子还是毁了孩子？

　　在教室里，学生们都三个五个聚在一起吃便当，一面吃，一面谈天。程心雯、叶小蓁和江雁容坐在一块儿，叶小蓁正在向江雁容诉苦说：

　　"我那个阿姨是天下最坏的人，昨天我和她大吵了一架，我真想搬出去，住在别人家里才倒霉呢！你教教我，怎么样报我阿姨的仇？"她是寄住在阿姨家里的，她自己的家在南部。

　　"你阿姨最怕什么？"程心雯插口说。

　　"怕鬼。"叶小蓁说。

　　"那你就装鬼来吓唬她，我告诉你怎么装，我有一次装了来吓我表姐，把她吓得昏过去！"程心雯说。

　　"不行！我也怕鬼，我可不敢装鬼，他们说装鬼会把真鬼引出来的！这个我不干！"叶小蓁说，一面缩着头，好像已经把真鬼引出来了似的。

　　"告诉你，写封匿名信骂骂她。"江雁容说。

　　"骂她什么呢？"叶小蓁问。

　　"骂她是王八蛋，是狗屎，是死乌龟，是大黄狗，是哑巴猫，是臭鹦鹉，是瞎猫头鹰，是黄鼠狼……"程心雯一大串地说。叶小蓁又气又笑地说：

　　"别人跟你们讲真的，你只管开玩笑！"

　　"我教你，"程心雯又想了个主意，"你去收集一大袋毛毛虫，晚上悄悄地撒在她床上和枕头底下，保管收效，哈哈，好极了，早上一定有好戏看！"程心雯被自己的办法弄得兴奋万分。

"毛毛虫，我的妈呀！"叶小蓁叫，"我碰都不敢碰，你叫我怎么去收集？"

看样子，这个仇不大好报了，结果，还是叶小蓁自己想出办法来了，她得意地说：

"对了，那天，我埋伏在川端桥上，等她来了，我就捉住她，把她抖一抖，从桥上扔到桥底下去！"看她那样子，好像她阿姨和一件衣服差不多。江雁容和程心雯都笑了。叶小蓁呢，既然问题解决，也就不再愁眉苦脸，又和程心雯谈起老师们的脾气和绰号来。江雁容快快地吃完饭，收拾好便当，向程心雯和叶小蓁宣布，她今天中午要做代数习题，不和她们闹了。叶小蓁说：

"代数做它干什么？拿我的去抄一抄好了，不过我的已经是再版了，有错误概不负责！"

"我决定不抄了，要自己做！"江雁容说。

"你让她自己做去！"程心雯对叶小蓁说，"等会儿做不出来，眼泪汪汪地跟自己发一大顿脾气，结果还是抄别人的！"

江雁容不说话，拿出书和习题本，真的全神贯注到书本上去了。叶小蓁和程心雯仍然谈她们的，程心雯说：

"我最怕到康南的房间里去，一进去就是一股烟味，没看过那么喜欢抽烟的人！"

"可是你常常到康南那里去！"叶小蓁说。

"因为和康南谈天真不错，他又肯听人说话，告诉他一点事情他都会给你拿主意。不过，他的烟真讨厌！"

"有人说江乃有肺病！"叶小蓁提起另一个老师。

"他那么瘦，真可能有肺病，"程心雯说，"他讲书真好玩，我学给你看！"她跳到椅子上，坐在桌子上，顺手把后面一排的李燕的眼镜摘了下来，嚷着说："借用一下！"就把眼镜架在鼻梁上，然后蹙着眉头，眼睛从眼镜片上面望着同学，先咳一声，再压低嗓音说："同学们，你们痛不痛呀？你们不痛的话江乃就吃亏了！"

叶小蓁大笑了起来，一面用手拼命打程心雯说："你怎么学的？学得这么像！"坐在附近的同学都笑了起来。原来这位名叫江乃的老师"国语"不太标准，他的意思是说："你们懂不懂呀？你们不懂的话将来就吃亏了！"却说成："你们痛不痛呀？你们不痛的话江乃就吃亏了！"程心雯忍住不笑，板着脸，还严肃地说：

"不要笑，不痛的人举手！"

大家又大笑了起来，江雁容丢下笔，叹口气说：

"程心雯，你这么闹，我简直没办法想！"

"我就是不闹，你也想不出来的，"程心雯说，一面拉住江雁容说，"别做了，中午不休息的人是傻瓜！"

"让我做做傻瓜吧！"江雁容可怜兮兮地说。

周雅安从后面走了过来，用手拍拍江雁容的肩膀，江雁容抬起头来，看到周雅安沉郁的大眼睛和冰冷而无表情的脸。周雅安望望教室门口，江雁容会意地收起书和本子，站起身来，程心雯一把拉住江雁容说：

"怎么，要跑？到底周雅安比我们行！你怎么不做代数习题了？"

"别闹，我们有事。"江雁容摆脱了程心雯，和周雅安走出教室。她们默默地走下楼梯，又无言地走到校园的荷花池边。江雁容走上小桥，伏在栏杆上望着水里已经发黄的荷叶，荷花早已谢了，现在已经是秋末冬初了。周雅安摘了一朵菊花过来，也伏在栏杆上，把菊花揉碎了，让花瓣从指缝里落进池水中。她对江雁容说：

"造孽！它长在那边的角落里，根本没有人注意它，与其让它寂寞地枯萎，还不如让它这样随水漂流。"

"好，"江雁容微笑了，"你算把我这一套全学会了。"

"江雁容，"周雅安慢吞吞地说，"他变了心，他另外有了女朋友！"

江雁容转过头来望着周雅安，周雅安的神色冷静得反常，但眼睛里却燃烧着火焰。

"你怎么知道？"江雁容问。

"我舅舅在街上看到了他们。"

江雁容沉思不语，然后问：

"你准备怎么样？"

"我想杀了他！"周雅安低声说。

江雁容看看她，把手放在她的手上：

"周雅安，他还不值得你动刀呢！"

周雅安定定地望着江雁容，眼睛里闪动着泪光，江雁容急急地说："周雅安，你不许哭，你那么高大，那么倔强，你是不能流泪的，我不愿看到你哭。"

周雅安把头转开，咬了咬嘴唇。

"我不会哭，"她说，"最起码，我现在还不会哭。"她拉住江雁容的手说："来吧，我们到康南那里去，听说他会看手相，我要让他看看，看我手中记载着些什么？"

"你手上不会有小徐的名字，我担保。"江雁容说，"你最好忘记这个人和有关这个人的一切，这次恋爱只是你生命中的一小部分，并不是全部，我可以断定你以后还会有第二次恋爱。你会碰到一个真正爱你的人。"

"你不该用这些冠冕堂皇的话来劝我，"周雅安说，"你是唯一了解这次恋爱对我的意义的人，你应该知道你这些话对我毫无帮助。"

"可是，"江雁容看着周雅安那张倔强而冷冰冰的脸，"我能怎样劝你呢？告诉我，周雅安，我怎样能分担你的苦恼？"

周雅安握紧了江雁容的手，在一刹那间，她有一个要拥抱她的冲动。她望着江雁容那对热情而关怀的眼睛，那真诚而坦白的脸说：

"江雁容，你真好。"

江雁容把头转开说：

"你是第一个说我好的人。"她的声音有点哽塞，然后拉着她说："走吧！我们找康南谈去，不管他是不是真会看手相，他倒确是个好老师。"

康南坐在他的小室内，桌上的烟灰碟里堆满了烟蒂，他面前放着江雁容那本周记本。他已经反复地看了好几遍，想批一点妥当的评语，但是，他不知道批什么好。他不知道如何才能鼓舞这个忧郁的女孩子，十八岁就厌倦了生命，单单是为了对功课的厌烦吗？他感到无法去了解这个孩子。"一个奇异的女孩子。"又是这句老话，但是，"是个惹人怜爱的女孩子"。他重新燃起一支烟，在周记本和他之间喷起一堆烟雾。

有人敲门，康南站起身来，打开了房门。江雁容和周雅安站在门外，康南感到有几分意外，他招呼她们进来，关上了门。周雅安说：

"我们来找老师看手相！"

康南更感到意外，本来，他对手相研究过一段时期，也大致能看看。上学期，他曾给几个学生看过手相，没想到周雅安她们也知道他会看手相。他有点愕然，然后笑笑说：

"手相是不准的，凡是看手相的人，都是三分真功夫加上七分胡说八道，另外再加几分模棱两可的江湖话。这是不能相信的。"

"没关系，老师只说那三分真话好了。"周雅安说，一面伸出手来。

看样子，这次手相是非看不可的。康南让周雅安坐下，也只得去研究那只手。这是个瘦削而骨节颇大的手，一只运动家的手。

江雁容无目的地浏览着室内，墙上有一张墨梅，画得龙飞凤舞，劲健有力，题的款是简单的一行行书"康南绘于台北客次"，下面写着年月日。"他倒是多才多艺。"江雁容想，她早就知道康南能画，还会雕刻。至于字，不管行草隶篆他都是行家。江雁容踱到书桌前面，一眼看到自己那本摊开的周记本，她的脸蓦地红了。她注意到全班的本子都还没动，那么他是特别抽出她的本子来头一个看的了，他为什么要这样？偷偷地去注视他，立即发现他也在注意自己。她调回眼光，望着桌上的一个砚台。这是雕刻得很精致的石砚，砚台是椭圆形的，一边雕刻着一株芭蕉，顶头是许多的云钩。砚台右上角打破了一块，在那破的一块上刻了一弯月亮，月亮旁边有四个雕刻着的小字"云破月来"。江雁容感到这四个字有点无法解释，如果是取"云破月来花弄影"那句的意思，则砚台上并没有花。她不禁拿起了那个砚台，仔细地赏玩。康南正在看周雅安的手，但他也注意到江雁容拿起了那个砚台，和她脸上那个困惑的表情。于是，他笑着说：

"那砚台上本来只有云，没有月亮，有一天不小心，把云打破了一块，我就在上面刻上一弯月亮，这不是标准的'云破月来'吗？"江雁容笑了，把砚台放回原处。她暗暗地望着康南，奇怪着这样一个深沉的男人，也会有些顽皮的举动。康南扳着周雅安的手指，开始说了：

　　"看你的手，你的个性十分强，但情感丰富。你不易为别人所了解，也不容易去了解别人，做事任性而自负。可是你是内向的，你很少向别人吐露心事，在外表上，你是个乐观的、爱好运动的人，事实上，你悲观而孤僻。对不对？"

　　"很对。"周雅安说。

　　"你的生命线很复杂，一开始就很纷乱，难道你不止一个母亲？或者，不止一个父亲？"

　　"哦，"周雅安咽了一口唾沫，"我有好几个母亲。"她轻声说。事实上，她的母亲等于是个弃妇，她的父亲原是富商，娶了四五个太太，周雅安的母亲是其中之一，现在已和父亲分居。她和父亲间唯一的关系就是金钱，她父亲仍在养育她们，从这一点看，还不算太没良心。

　　"你晚年会多病，将来会有个很幸福的家庭。"康南说，微笑了一下，"情感线也很乱，证明情感上波折很多。这都是以后的事，不说也罢。"

　　"说嘛，老师。"

　　"大概你会换好几个男朋友，反正，最后是幸福的。"康南近乎塞责地结束了他的话。

　　"老师，我会考上大学吗？"周雅安问。

　　"手相上不会写得那么详细，"康南说，"不过你的事业线很好，应该是一帆风顺的。"

　　"老师，轮到我了。"江雁容伸出了她的手，脸上却莫名其妙地散布着一层红晕。康南望着眼前这只手，如此细腻的皮肤，如此纤长的手指，一个艺术家的手。康南对这只手的主人匆匆地瞥了一眼，她那份淡淡的羞涩立即传染给了他，不知道为什么，他竟觉得有点紧张。轻轻地握住她的手指，他准备仔细地去审视一番。但，他才接触到她的手，她就触电似的微微一跳，他也猛然震动了一下。她的手指是冰冷的。他望着她，天已经凉了，但她穿得非常单薄。"她穿得太少了！"他想，突然有一个冲动，想握住这只冰冷的小手，把自己的体温分一些给她。发现了自己这想法的荒谬，他的不安加深了。他又看了她一眼，她脸上的红晕异常地可爱，柔和的眼睛中有几分惊慌和畏怯，正怔怔地望着他，那只小手被动地平伸着，手指在他的手中轻轻地颤动。他低头去注视她手中的线条，但，那纵横在那白的手掌中的线条全在他眼前浮动。

过了许久，他才能认清她那些线条，可是，他不知说些什么好，他几乎不能看出这手掌中有些什么。他改变目标去注视她的脸，宽宽的额角代表智慧，眼睛里有梦、有幻想，还有迷惑。其他呢，他再也看不出来，他觉得自己的情绪纷乱得奇怪。好半天，他定下心来，接触到江雁容那温柔的、等待的眼光，于是，他再去审视她的手：

"你有一条很奇怪的情感线，恐怕将来会受一些磨难，"他抬头望着她的脸，微笑地说，"太重感情是苦恼的，要打开心境才会快乐。"江雁容脸上的红晕加深了，他诧异自己为什么要讲这两句话。重新注视到她的手，他严肃地说了下去："你童年的命运大概很坎坷，吃过不少苦。你姐妹兄弟在三个以下。你的运气要一直到二十五岁才会好，二十五岁以后你就安定而幸福了。不过，我看流年不会很准，二十五岁只是个大概年龄。你身体不十分好，但也不太坏。个性强，脾气硬，但却极重情感，你不容易喜欢别人，喜欢了就不易改变，这些是你的优点，也是你的缺点，将来恐怕要在这上面受许多的罪。老运很好，以后会享儿女的福，但终生都不会有钱。事业线贯穿智慧线，手中心有方格纹，将来可能会小有名气。"他抬起头来，放开这只手："我的能力有限，我看不出更多的东西来。"

江雁容收回了她的手，那份淡淡的羞涩仍然存在。她看了康南一眼，他那深邃的眼睛有些不安定，她敏感地揣测到他在她手中看到了什么，却隐匿不说。"谁也无法预知自己的命运。"她想，然后微笑地说："老师，你也给自己看过手相吗？"

康南苦笑了一下。

"我不用再看了，生命已经快走到终点，该发生的事应该都已经发生过了。这以后，我只期望平静地生活下去。"

"当然你会平静地生活下去，"周雅安说，"你一直做老师，生活就永远是这样子。"

"可是，我们是无法预测命运的，"康南望了望自己的手，在手中心用红笔画了一道线，"我不知道命运还会给我什么？我只是说期望能够平静。"

"你的语气好像你预测不能得到平静。"江雁容说。

"我不预测什么，"康南微微一笑，嘴边有一条深深的弧线，"该来的一定会来，不该来的一定不会来。"

"你好像在打隐语，"江雁容说，"老师，这该属于江湖话吧？事实上，你给我们看手相的时候，说了好几句江湖话。"

"是吗？什么话？"

"你对周雅安说：'你不容易被人了解，也不容易了解别人。'这话你可以对任何一个人说，都不会错，因为每个人都认为别人不了解自己，而了解别人也是件难事，这种话是不太真诚的，是吗？你说我身体不十分好，但也不太坏，这大概不是从手相上得到的印象吧？以及老运很好，会享儿女的福，这些话都太世故了，你自己觉得是不是？"

"你太厉害，"康南说，脸有些发热，"还好，我只是个教书匠，不是个走江湖的相士。"

"如果你去走江湖，也不会失败。"江雁容说，笑得十分调皮，在这儿，康南看到她个性的另一面。她从口袋里找出一角钱，抛了一下，又接到手中说："哪，给你一个银币。这是小说里学来的句子，这儿，只是个小镍币而已，要吗？"

"好，"康南笑着说，接了过来，"今天总算小有收获。"

江雁容笑着和周雅安退出了康南的房间。康南关上房门，在椅子上坐了下来，手里还握着那枚角币。他无意识地凝视着这个小镍币，心里突然充满了异样的情绪，他觉得极不安定。燃上一支烟，他大大地吸了一口，让面前堆满烟雾。可是，烟雾仍然驱不散那种茫然的感觉，他走到窗前，拉开了窗帘，窗外的院子里，有几枝竹子，竹子，这和故乡湖南的竹子没有办法比较。他还记得老家的大院落里，有几株红竹，酱红色的竿子，酱红色的叶子，若素曾经以竹子来譬喻他，说他直而不弯。那时他年轻，做什么事都有那么一股干劲，一点都不肯转圜。现在呢，多年的流浪生活和苦难的遭遇使他改变了许多，他没有那种干劲了，也不再那样直而不弯了，他世故了。望着这几枝竹子，他突然有一股强烈的乡愁，把头倚在窗栏上，他轻轻地叫了两声：

"若素，若素。"

窗外有风，远处有山。凸出的山峰和云接在一起。若素真的死了？他没有亲眼看到她死，他就不能相信她已经死了。如果是真的死了，她应该可以听到他的呼唤，可是这么多年来，他就没有梦到她过。"悠悠生死别经年，魂魄不曾来入梦。"现在他才能深深体会这两句诗中的哀思。

回到桌子前面，他又看到江雁容的那本周记本，他把它合起来，丢到那一大堆没批阅的本子上面。十八岁的孩子，在父母的爱护之下，却满纸写些伤感和厌世的话。他呢，四十几岁了，尝尽了生离死别，反而无话可说了。他想起前人的词：

> 少年不识愁滋味，爱上层楼，爱上层楼，为赋新词强说愁。而今识尽愁滋味，欲说还休，欲说还休，却道天凉好个秋！

江雁容，正是"少年不识愁滋味，为赋新词强说愁"的年龄。而他呢，已经是"却道天凉好个秋"的时候了。

从桌上提起一支笔来，在浓烈的家园之思中，他写下一阕词：

> 沉沉暮霭隔重洋，能不忆潇湘？天涯一线浮碧，卒莫辩，是何乡？临剩水，对残山，最凄凉，今生休矣，再世无凭，枉费思量！

是的，今生休矣，再世无凭。他不可能和若素再重逢了，若素的死是经过证实的。他和若素在患难中相识（抗战时，他们都是流亡学生）。在患难中成婚，胜利后，才过了三四年平静的生活，又在患难中分离。当初仓促一别，谁知竟成永诀！早知她会死，他应该也跟她死在一块儿，可是，他仍然在这儿留恋他自己的生命。人，一过了中年，就不像年轻时那样容易冲动了，如果是二十年前，他一定会殉情而死。现在，生命对他像是一杯苦酒，虽不愿喝，却也不愿轻易地抛掉。站起身来，他在室内踱着步子，然后停在壁橱前面，打开了橱门，他找到一小瓶高粱酒，下午他没课，不怕喝醉。在这一刻，他只渴望能酩酊大醉，一醉能解千愁。他但愿能喝得人事不知。开了瓶塞，没有下酒的菜，他拿着瓶子，对着嘴一口气灌了半瓶。他是能喝酒的，但他习惯于浅斟慢酌，这样一口气向里灌的时候很少，胸腔立即通过了一阵热流。明知喝急酒伤人，他依然把剩下的半瓶也灌进了嘴里。丢掉了瓶子，他倒在床上，对着自己的枕头说：

"男子汉，大丈夫，不能保护自己的妻子儿女，还成什么男人？"他扑倒在枕头上，想哭。一个东西从他的袖口里滚了出来，他拾起来，是一枚小小的镍币，江雁容的镍币。他像拿到一个烫手的东西，立刻把它抛掉，望着那镍币滚到地板上，又滚到书桌底下，然后静止地躺在那儿。他转开头，再度轻声地低唤：

"若素，若素。"

又有人敲门，讨厌。他不想开门，但他听到一阵急切的叫门声：

"老师！老师！"

站起身来，他打开门，程心雯、叶小蓁和三四个其他的同学一拥而入。程心雯首先叫着说：

"老师，你也要给我们看手相，你看我能不能考上大学？我要考台大法学院！"

康南望着她们，脑子里是一片混乱，根本弄不清楚她们来干什么。他怔怔地望着她们，蹙着眉头。程心雯已跑到书桌前面，在椅子上一坐，说：

"老师，你不许偏心，你一定要给我们看。"说着，她深呼吸了一口气说，"酒味，老师，你又喝酒又抽烟？"

康南苦笑了一笑，不知该说什么。叶小蓁说：

"老师，你就给江雁容看手相，也给我们看看嘛！"

"明天再看，行吗？"康南说，有点头昏脑涨，"现在已经快上课了。"

程心雯扑在桌子上，看着康南刚刚写的那阕词，说：

"老师，这是谁作的？"

"这是胡写的。"康南拿起那张纸，揉成了一团，丢进了字纸篓里。程心雯抬起头来，看了康南一眼，挑了挑眉毛，拉着叶小蓁说：

"我们走，明天再来吧！"

像一阵风，她们又一起走了。康南关上门，倒在床上，合拢了眼睛。"什么工作能最孤独安静，我愿做什么工作。"他想，但又接了一句，"可是我又不能忍受真正的孤独，不能漠视学生的拥戴。我是个俗人。"他微笑，对自己微笑，嘲弄而轻蔑地。

程心雯和叶小蓁一面上楼，一面谈着话，程心雯说：

"康南今天有心事，我打赌他哭过，他的眼睛还是红的。"

"我才不信呢，"叶小蓁说，"他刚刚还给江雁容看手相，这一会儿就会有心事了！他只是不高兴给我们看手相而已，哼，偏心！你看他每次给江雁容的作文本都评得那么多，周记本也是。明明就是偏心！不过，我喜欢江雁容，所以，绝不为这个和江雁容绝交。"

"你不懂，"程心雯说，"学文学的人都是古里古怪的，前一分钟笑，后一分钟就会哭，他们的感情特别敏锐些。反正，我打赌康南有心事！"

走进了教室，江雁容正坐在位子上，呆呆地沉思着什么。程心雯走过去，拍了她的肩膀一下说：

"康南喝醉了，在那儿哭呢！"

"什么？"江雁容吓了一大跳，"你胡扯！"

"真的，满屋子都是酒味，他哭了没有我不知道，可是他眼睛红红的，神情也不大妙。桌子上还写了一首词，不知道什么事使他感触起来了！"程心雯说。

"词上写的是什么？"江雁容问。

"康南把它撕掉了，我只记住了三句。"

"哪三句？"

"什么今生……不对，是今生什么，又是再世什么，大概是说今生完蛋了，再世……哦，想起来了，再世无凭，还有一句是什么……什么思量，还是思量什么，反正就是这类的东西。"

"这就是你记住的三句？"江雁容问，皱着眉头。

"哎呀，谁有耐心去背他那些酸溜溜的东西！"程心雯说，"他百分之八十又在想他太太。"

"他太太？"

"你不知道？他太太在大陆，有人逼她改嫁，她就投水死了，据说康南为这个才喝上酒的。"

"哦。"江雁容说，默默地望着手上的英文生字本，但她一个字都没有看进去。她把眼光调回窗外，窗外，远山上顶着白云，蓝天静静地张着，是个美好的午后。但，这世界并不见得十分美好。"每个人有每个人的烦恼，"她想，"生命还是痛苦的。"她用手托住下巴，心中突然有一阵莫名其妙的震荡。"今天不大对头，"她对自己说，"我得到了什么？还是要发生什么？为什么我如此不平静？"她转过头去看后面的周雅安，后者正伏在桌上假寐。"她也在痛苦中，没有人能帮助她，就像没有人能帮助我。"她沉思，眼睛里闪着一缕奇异的光。

窗
外

伍

她的世界已在一刹那间被击成粉碎，而她自己，也早已碎成千千万万片了。

　　江雁容呆呆地坐在她的桌子前面，死命地盯着桌上那些不肯和她合作的代数课本。这是一个星期天的上午，她已经对一个代数题目研究了两小时。但，那些数目字和那些奇形怪状的符号无论她怎样都不软化。她叹口气，放下了笔，抬头看看窗外的蓝天，一只小鸟停在她的窗槛上，她轻轻地把窗帘多拉开一些，却已惊动了那只胆小的生物，张开翅膀飞了！她泄气地靠在椅子上，随手在书架上抽了一本书，是一本《唐诗三百首》。任意翻开一页，却是李白的一首《下终南山过斛斯山人宿置酒》，她轻轻地念：

　　"暮从碧山下，山月随人归。却顾所来径，苍苍横翠微。相携及田家，童稚开荆扉。绿竹入幽径，青萝拂行衣。欢言得所憩，美酒聊共挥。长歌吟松风，曲尽河星稀。我醉君复乐，陶然共忘机。"

　　她合上书，放在一边，深思地拿起茶杯，她觉得斛斯山人的生活比她的愉快得多，那么简单，那么单纯。而李白才算是个真正懂得生活的人。突然，她忽发奇想，假如把李白从小就关在一个现代化的学校里，每天让他去研究硝酸、硫酸、Sin、Cos、X、Y、正数、负数，不知他还会不会成为李白？那时，大概他也没时间去"五岳寻山不辞远"了，也没心情去"举杯邀明月"了。啜了一口茶，她依依不舍地望着那本《唐诗三百首》，她真想抛开那些数目字，捧起唐诗来大念一番。一杯清茶，一本唐诗，这才是人生的至乐，但又是谁发明了这些该死的 X、Y 呢？

现在，她只得抛开唐诗，重新回到那个要命的代数题目上去。

又过了半小时，她抬起头来，脑子里已经乱成一片，那个题目却好像越来越难了。感到丧气，又想到这一上午的时间就如此浪费了，她觉得心灰意冷，一滴稚气的泪水滴在课本上，她悄悄地拭去了它。"近来，我好像脆弱得很。"她想。把所有的草稿纸都揉成一团，丢进了字纸篓里。隔壁房间里，江麟在学吹口琴，发着极不悦耳的噪音。客厅里，父亲在和满屋子客人谈国家大事。江雁若在母亲房里做功课。各人有各人的生活，只有江雁容生活得顶不适意。她站起身来，一眼看到零乱不堪的书架，那些积蓄了许久的零用钱买来的心爱的书本，上面都积满了灰尘。功课的繁忙使她疏忽了这些书，现在，一看到这种零乱情形，她就觉得不能忍耐了。她把书搬下了书架，一本本加以整理包装，再一本本搬回书架上，正在忙得不可开交，江麟拿着画笔和画板跑来了，兴冲冲地叫着说：

"姐姐，你坐着不要动，我给你画张像！"

"不行，"江雁容说，"我要整理书架。"

"整理什么嘛，那几本破书！"

"破书也要整理！"江雁容说，仍然整理她的。

"哎呀，你坐下来嘛，我一定把你画得很漂亮！"

"我没有兴趣！"

"这些书有什么了不起嘛，隔不了几天就去整理一番，还是坐下让我画像好！"江麟跑过来，把书从江雁容手里抢下来，丢到书桌上，一面把江雁容向椅子里推。

"不要胡闹，小麟！"江雁容喊，有点生气。

"你让我画了像我才让你整理，要不然我就不让你收拾！"江麟固执地说，拦在书架前面，歪着头望着江雁容。

"你再闹我要生气了！"江雁容喊，"哪里有强迫人给你画像的道理！你不会去找雁若！"

"雁若不让我画！"

"我也不让你画嘛！"江雁容生气地说。

"我就是要画你，你不让我画我就不许你收拾！"江麟靠在书架上，有点恼羞成怒。

"你这是干什么？你再不走开我去叫妈妈来！"

"叫妈妈！"江麟轻蔑地笑着，"妈妈才不管呢！"

"你走不走？"江雁容推着他的身子，生气地喊着。

"好，我走，你别后悔！"江麟突然让开了，走出了房间，但却恶意地对江雁容做了个鬼脸。

江雁容继续收拾她的书架，终于收拾完了，她满意地望着那些包装得十分可爱的书，欣赏地注视着那些作家的名字。"有一天，我也要写一本书。"她想，拿起了一本托尔斯泰的《安娜·卡列尼娜》，随手翻弄着，一面沉湎于她自己的幻想里。

江麟又走了进来，手里提着一个装满水的塑胶纸袋，他望了那面含微笑沉思着的姐姐一眼，就出其不意地冲到书架前面，把那一袋水都倾倒在书架上面。江雁容大叫一声，急急地想抢救那些书，但是，已来不及了，书都已浸在水中。江雁容捉住了江麟的衣领，气得浑身发抖，这种恶作剧未免太过分了，她叫着说：

"小麟，你这算干什么？"说着，她拾起那个水淋淋的纸袋，把它扔在江麟的脸上。江麟立即反手抓住了江雁容的手腕，用男孩子特有的大力气把她扭转过去，江雁容尖叫了起来，用另一只手拼命打着江麟的背，希望他能放松自己。这一场争斗立即把江仰止引了过来，他一眼看到江麟和江雁容缠在一起，江雁容正在扑打江麟，就生气地大声喝骂：

"雁容！你干什么打弟弟？"

江麟立即松开手，机警地溜开了。江雁容一肚子气，恨恨地说：

"爸爸，你不知道小麟……"

"不要说了，"江仰止打断了她，"十八九岁的女孩子，不规规矩矩的，还和弟弟打架，你也不害羞。家里有客人，让人家听了多笑话！"江雁容闷闷地不说话了，呆呆地坐在椅子上，望着那些湿淋淋的书和满地的水。江仰止又回到了客厅里，江雁容模糊地听到江仰止在向客人叹气，说孩子多么难以管教。她咬了咬嘴唇，委屈得想哭。"什么都不如意。"她想着，走到窗子前面。江麟已经溜到院子里，在那儿做着木工，他抬头看了江雁容一眼，挑了挑眉毛，做了个胜利的鬼脸。江雁容默默地注视他，这么大的男孩子却如此顽皮，他的本性是好的，但父亲未免太惯他了。正想着，江麟"哎哟"地叫了一声，江雁容看到刀子刺进了他的手指，血正冒出来。想到他刚刚还那么得意，现在就乐极生悲了！她不禁微笑了起来。江麟看到她在笑，气呼呼地说：

"你别笑！"说完，就丢下木工，跑到前面客厅里去了，立刻，江雁容听到江仰止紧张的叫声，以及江太太的声音：

"怎么弄的？流了这么多血？快拿红药水和棉花来！"

"是姐姐咬的！"江麟的声音传了过来。

"什么？真岂有此理！雁容怎么咬起弟弟来了！"江仰止愤怒地叫着，接着又对客人们说，"你们看看，我这个女儿还像话吗？已经十八岁了，不会念书，只会打架！"

江雁容愕然地听着，想冲到客厅里去解释一番。但继而一想，当着客人，何必去和江麟争执，她到底已十八岁了，不是小孩子了。于是，她又在书桌前坐下来，闷闷地咬着手指甲。

"她不止咬你这一个地方吧？"江太太的声音，"还有没有别的伤口，这个不消毒会发炎的，赶快再检查一下有没有其他的伤口。"

江雁容把头伏在桌子上，忽然渴望能大哭一场。"他们都不喜欢我，没有人喜欢我！"她用手指划着桌面，喉咙里似乎堵着一个硬块。"爸爸喜欢小麟，妈妈喜欢雁若，我的生命是多余的。"她的眼光注视到榻榻米上，那儿躺着她那本《安娜·卡列尼娜》，在刚刚的争斗中，书面已经撕破了。她俯身拾了起来，怜惜地整理着那个封面。书桌上，有一盏装饰着一个白瓷小天使的台灯，她把头贴近那盏台灯，凝视着那个小天使，低低地说："告诉我，你！你爱我吗？"

客人散了，江雁容找到江太太，开始述说江麟的撒谎。江太太一面叫江雁容摆中饭，一面沉吟地说："怪不得，我看他那个伤口就不大像咬的！"江太太虽然偏爱雁若，但她对孩子间的争执却极公正。中饭摆好了，大家坐定了吃饭，江太太对江仰止说：

"孩子们打架，你也该问问清楚，小麟根本就不是被雁容咬的，这孩子居然学会撒谎，非好好地管教不可！"

江仰止向来护短，这时，感到江太太当着孩子们的面前说他不公正，未免有损他的尊严。而且，他确实看到雁容在打小麟，是不是她咬的也不能只凭雁容的话。于是，他不假思索地说：

"是她咬的，我看到她咬的！"

"爸爸！"江雁容放下饭碗，大声地喊。

"我亲眼看见的！"话已经说出口，为了维持尊严，江仰止只得继续说。

"爸爸,"江雁容的嘴唇颤抖着,泪水在眼眶中打转,她努力把喉咙口的硬块压回去,哽塞地说,"爸爸,假若你说是你亲眼看见的,我就没有话说了。爸爸,你没有按良心说话!"

"雁容!"江太太喊,"有话好好说,你这是对父亲的态度吗?"

"爸爸又何曾把我当女儿?假如他把我当作女儿,就不会帮着小麟说谎!"江雁容气极地大喊,眼泪沿着面颊滚下来,"我一心讨好你们,我尽量想往好里做,可是,你们不喜欢我,我已经受够了!做父母的如果不公正,做孩子的又怎会有是非之心?你们生下我来,为什么又不爱我?为什么不把我看得和小麟雁若一样?小麟欺侮我,爸爸冤枉我,叫我在这个家里怎么生活下去?你们为什么要生我下来?为什么?为什么?"江雁容发泄地大声喊,然后离开饭桌,回到自己房间里,扑倒在床上痛哭。她觉得伤心已极,还不止为了父亲冤枉她,更因为父亲这一个举动所表示的无情。

江仰止被江雁容那一连串的话弄得有点愕然了,这孩子公然如此顶撞父亲,他这个父亲真毫无威严可说。他望望江太太,后者十分沉默。雁若注视着父亲,眼睛里却有着不同意的味道。他有点懊悔于信口所说的那句"亲眼看到"的话,不过,他却不能把懊悔说出口。他想轻松地说几句话,掩饰自己的不安,也放松饭桌上的空气,于是,他又不假思索地笑笑说:

"来!我们吃饭,别管她,让她哭哭吧,这一哭起码要三个钟头!"

这句话一说,江雁容的哭声反而止住了。她听到了这句话,从床上坐了起来,让她哭!别管她!是的,她哭死了,又有谁关心呢?她对自己凄然微笑,站起身来,走到窗子前面,望着窗外的白云青天发呆。人生什么是真的?她追求着父母的爱,可是父母就不爱她!"难道我不能离开他们的爱而生活吗？"忽然，她对自己有一层新的了解，她是个太重情感的孩子，她渴望有人爱她。"我永远得不到我所要的东西，这世界不适合我生存。"她拭去了泪痕，突然觉得心里空空荡荡。她轻声念：

"菩提本无树，明镜亦非台，本来无一物，何处染尘埃？"

这是佛家南宗六祖惠能驳上座神秀所说"身似菩提树，心如明镜台，愿将勤拂拭，勿使染尘埃"的偈语。江雁容自己也不明白为什么会把这几句话念出来，只感到人生完全是空的，追求任何东西都是可笑。她走出房间，站在饭厅门口，望了江仰止一眼，感到这个家完全是冷冰冰的，于是，她穿过客厅，走到大街上去了。

她在大街上漫无目的地闲荡着，一辆辆的车子，一个个的行人，都从她身边经过，她站住了。"我要到哪里去？"她自问，觉得一片茫然，于是，她明白，她是没有地方可去的。她继续无目的地走着，一面奇怪着那穿梭不停的人群，到底在忙忙碌碌地做什么？在一个墙角，她看到一个年老的乞丐坐在地下，面前放着一个小盆子。她丢了五角钱进去，暗暗想着，自己和这个乞丐也差不了多少。这乞丐端着盆子向人乞求金钱，自己也端着盆子，向父母乞求爱心。所不同的，这乞丐的盆子里有人丢进金钱，而自己的盆子却空无所有。"我比他更可怜些。"她默默地走开去。

她不知道自己走了多久，最后，她注意到每家的灯光都亮了。感到饥饿，她才想起今天没吃中饭，也没吃晚饭，她在街头已走了六小时了。在口袋里，她侥幸发现还有几块钱。走进一家小吃店，她吃了一碗面，然后又踱了出来。看了看方向，发现离周雅安的家不远，她就走了过去。

周雅安惊异地接待着江雁容。她和母亲住在一栋小小的日式房子里，这房子是她父亲给她们的。一共只有三间，一间客厅、一间卧室和一间饭厅。母女两个人住是足够了。周雅安让江雁容坐在客厅里的椅子上，对她注视了一会儿。

"发生了什么事？你的脸色不大好。"周雅安说。

"没什么，只是一件小得不能再小的事，我和弟弟打了一架，爸爸偏袒了弟弟。"江雁容轻描淡写地说。

"真是一件小事，每个家庭都会有这种事的。"

"是的，一件小事。"江雁容轻轻地说。

周雅安看看她。

"你不大对头，江雁容，别伤心，你的爸爸到底管你，我的爸爸呢？"周雅安握住江雁容的手说。

"不许安慰我！"江雁容喊，紧接着，就哭了起来。周雅安把她的头抱在自己的膝上，拍着她的肩膀。

"雁容，别哭，雁容。"她不会劝解别人，只能反复地说这两句话。

"你让我哭一哭！让我好好地哭一哭！"江雁容说，就大哭起来。周雅安用手环着她的头，不再劝她。江雁容越哭越厉害，足足哭了半小时，才慢慢止住。她刚停止哭，就听到另一个抽抽搭搭的声音，她抬起头来，周雅安正用手帕捂着脸，也哭了个肝肠寸断。江雁容诧异地说：

"你哭什么？"

"你让我也哭哭吧！"周雅安抽泣地说，"我值得一哭的事比你还多！"

江雁容不说话，怔怔地望着周雅安，半天后才拍拍周雅安的膝头说："好了，周雅安，你母亲听到要当我们神经病呢！"

周雅安停止了哭，她们手握着手，依偎地坐了好一会儿。江雁容低声说：

"周雅安，你真像我的姐姐。"

"你就把我当姐姐吧！"周雅安说，她比江雁容大两岁。

"你喜欢我吗？"江雁容问。

"当然。"周雅安握紧了她的手。

"周雅安，我想听你弹吉他。"

周雅安从墙上取下了吉他，轻轻地拨弄了几个音符，然后，她弹起一支小歌。一面弹，她一面轻声地唱了起来，她的嗓音低沉而富磁性。这是支哀伤的情歌：

> 把印着泪痕的笺，
> 交给那旅行的水，
> 何时流到你屋边，
> 让它弹动你心弦。
> 我曾问南归的燕，
> 可带来你的消息，
> 它为我命运呜咽，
> 希望是梦心无依。

歌声停了，周雅安又轻轻拨弄了一遍同一个调子，眼睛里泪光模糊。江雁容说："别唱这个，唱那支我们的歌。"

所谓"我们的歌"，是江雁容作的歌词，周雅安作的谱。周雅安弹了起来，她们一起轻声唱着：

> 人生悲怆，世态炎凉，前程又茫茫。

> 滴滴珠泪，缕缕柔肠，更无限凄惶。
> 满斟绿醑，暂赴醉乡，莫道我痴狂。
> 今日欢笑，明日忧伤，世事本无常！

这是第一段，然后是第二段：

> 海角天涯，浮萍相聚，叹知音难遇。
> 山前高歌，水畔细语，互剖我愁绪。
> 昨夜悲风，今宵苦雨，聚散难预期。
> 我俩相知，情深不渝，永结金兰契！

唱完，她们彼此看着，都默默地微笑了。江雁容觉得心中爽快了许多，一天的不愉快，都被这一哭一笑扫光了。她们又弹了些歌，又唱了些歌，由悲伤而变成轻快了。然后，周雅安收起了吉他。江雁容站起身来说：

"我该回去了！"

"气平了没有？"周雅安问。

"我想通了，从今天起，我不理我爸爸，也不理我弟弟，他们一个没把我当女儿，一个没把我当姐姐，我也不要做他们的女儿和姐姐了！"江雁容说。

"你还是没有想通！"周雅安笑着说，"好，快回去吧，天不早了！"

江雁容走到玄关去穿鞋，站在门口说：

"我也要问你一句，你还伤心吗？为了小徐？"

"和你一样，想不通！"周雅安说，苦笑了笑。

　　走出周雅安的家，夜已经深了。天上布满了星星，一弯上弦月孤零零地悬在空中。夜风吹了过来，带着初冬的凉意。她拉紧了黑外套的衣襟，踏着月光，向家里走去。她的步子缓慢而懈怠，如果有地方去，她真不愿意回家，但她却没有地方可去。带着十二万分的不情愿，她回到家里，给她开门的是江雁若，她默默地走进去。江仰止还没有睡，在客厅中写一部学术著作。他抬起头来望着江雁容，但，江雁容视若无睹地走过去了。她既不抬头看他，也不理睬他，在她心中，燃着强烈的反感的火焰，她对自己说："父既不像父，女亦不像女！"回到自己房间里，她躺在床上，又低低说："我可以用全心来爱人，一点都不保留，但如遇挫折，我也会用全心来恨人！爸爸，你已经拒绝了我的爱，不要怪我从今起，不把你当父亲！"

　　一星期过去了，江雁容在家中像一尊石膏像，她以固执的冷淡来做无言的反抗。江仰止生性幽默乐观，这次的事他虽护了短，但他并不认为有什么严重性。对于雁容，他也有一份父亲的爱，他认为孩子和父母怄怄气，顶多一两天就过去了。可是，江雁容持久的怄气倒使他惊异了，她回避江仰止，也不和江仰止说话。放学回家，她从江仰止身边经过，却不打招呼。江仰止逐渐感到不安和气愤了，自己的女儿，却不和自己说话，这算什么？甚至他叫她做事，她也置之不理，这是做儿女的态度吗？这是个吃晚饭的时候，江仰止望着坐在他对面，默默地划着饭粒的江雁容，心中越想越气。江仰止是轻易不发脾气的，但一发脾气就不可收拾。他压制着怒气，想和江雁容谈谈。"雁容！"江雁容垂下眼睛，注视着饭碗，倔强地不肯答应。

　　"雁容！"江仰止抬高声音大喊。

　　江雁容的内心在斗争着，理智叫她回答父亲的叫喊，天生的倔强却封闭了她的嘴。

"你听见我叫你没有？"江仰止盛怒地问。

"听见了！"江雁容冷冷地回答。

怒火从江仰止心头升起来，他再也无法控制自己的怒气。"啪！"的一声，他拍着桌子，菜碗都跳了起来。然后，比闪电还快，他举起一个饭碗，着江雁容的头丢过去。江雁容愣了一下，却并没有移动位置，但江仰止在盛怒中并没有瞄准，饭碗却正正地落在坐在雁容旁边的雁若头上。江雁容跳起来，想抢救妹妹，可是，已经来不及了。在雁若的大哭声和江太太的尖叫声中，江雁容只看到雁若满脸的鲜血。她的血管冻结了，像有一万把刀砍在她心上，她再也不知道什么事情，只硬化地呆立在那儿。江太太把雁若送到医院去了，她仍然呆立着，没有情感，没有思想，没有意识，她的世界已在一刹那间被击成粉碎，而她自己，也早已碎成千千万万片了。

窗
外

陆

SIX

恍恍惚惚地注视着他，好像他并不真正出现在她身边，
而是出现在她梦里。

　　教室里乱糟糟的，康南站在讲台上，微笑地望着这一群叽叽喳喳讨论不休的学生。这是班会的时间，讨论的题目是：下周旅行的地点。程心雯这个风纪股长，既不维持班上秩序，反而在那儿指手画脚说个不停。坐在她旁边的江雁容，则用手支着头，意态寥落地玩弄着桌上的一支铅笔，对于周围的混乱恍如未觉。黑板上已经写了好几个地名，包括阳明山、碧潭、乌来、银河洞和观音山。康南等了一会儿，看见没有人提出新的地名来，就拍拍手说：

　　"假如没有提议了，我们就在这几个地方表决一个吧！"

　　"老师，还有！"程心雯跳起来说，"狮头山！"

　　班上又大大地议论了起来，因为狮头山太远，不能一天来回，必须在山上过一夜。康南说：

　　"我们必须注意，只有一天的假期，不要提议太远的地方！"

　　程心雯泄气地坐下来，把桌子碰得"砰"的一声响，嘴里恨恨地说："学校太小气了，只给一天假！"说着，她望望依然在玩弄铅笔的江雁容说："喂喂，你死了呀，你赞成到哪儿？"

　　江雁容抬抬眉毛，什么话都没说。程心雯推她一下说：

　　"一天到晚死样怪气，叫人看了都不舒服！"然后又嚷着说，"还有，日月潭！"

　　全班哗然，因为日月潭比狮头山更远了。康南耸耸肩，说了一句话，但是班上声音太大，谁都没听清楚。程心雯突然想起她是风纪股长来，又爆发地大喊：

"安静！安静！谁再说话就把名字记下来了！要说话先举手！"

立即，满堂响起一片笑声，因为从头开始，就是程心雯最闹。康南等笑声停了，静静地说：

"我们表决吧！"

表决结果是乌来。然后，又决定了集合时间和地点。江雁容这才懒洋洋地坐正，在班会记录本上填上了决定的地点和时间。康南宣布散会，马上教室里就充满了笑闹声。江雁容拿着班会记录本走到讲台上来，让康南签名。康南从她手中接过钢笔，在记录本上签下了名字。不由自主地看了她一眼，这张苍白而文静的脸最近显得分外沉默和忧郁，随着他的注视，她也抬起眼睛来看了他一眼。康南忽然觉得心中一动，这对眼睛是朦朦胧胧的，但却像含着许多欲吐欲诉的言语。江雁容拿着记录本，退回了她的位子。康南把讲台桌子上那一大堆作业本拿了，走出了教室，刚刚走到楼梯口，突然听到身后有人喊：

"老师！"

他回头，江雁容局促地站在那儿，手中拿着一个本子，但脸上却显得不安和犹豫。

"交本子？"他问，温和而鼓励地。

"是的，"江雁容大胆地看了他一眼，递上了本子说，"日记本，补交的！"

康南微微有些诧异，日记本是学校规定的学生作业之一，但江雁容从来没有交过日记本。他接过了本子，江雁容深深地看了他一眼，转身慢慢地走开了。他拿着本子，一面下楼，一面混乱地想着江雁容那个凝眸注视。

回到了宿舍里，康南关好房门，在桌前坐了下来。燃上了一支烟，泡了一杯茶，他打开了江雁容的日记本。在第一页，他看到下面的几句话：

　　老师，这只是一些生活的片段，我记载它，并非为了练习作文，而是希望得到一些人生的指示！

翻过这一页，他看了下去，这是一本新奇的日记，她没有写月日，也没有记时间，只一段段地写着：

　　是天凉了吗？今天我觉得很冷，无论是学校里，家里，到处都是冷的，冬天大概已经来了！

　　代数考卷发了，二十分，物理三十。妈妈说："弟弟妹妹都考得好，你为什么不？"我怎么说呢？怎么说呢？分数真是用功与否的代表吗？

　　妹妹回来晚，妈妈站在大门口等，并且一定要我到妹妹学校里去找，幸好妹妹及时回家，笑笑说："和同学看电影去了！"妈妈也笑了，问："好看吗？"

　　星期天，真乏味，做了一天功课，妈妈说："考不上大学别来见我！"我背脊发冷，冬天，真的来了吗？

　　生活里有什么呢？念书，念书！目的呢？考大学！如此而已吗？

弟弟画了张国画，爸爸认为是天才，要再给他请一位国画老师。他今天颇得意，因为月考成绩最低的也有八十五分，我的成绩单怎么拿出来？

好弟弟，好妹妹，把你们的天分分一些给我！好爸爸，好妈妈，把你们的爱心分一些给我！一点点，我只乞求一点点！

妈妈：别骂我，我又考坏了！以后绝不再偷写文章了，绝不胡思乱想了，我将尽量去管束我的思想。

妹妹又拿了张奖状回来，妈妈说："叫我怎能不偏心，她是比别人强嘛！"

思想像一只野马，在窗外驰骋遨游，我不是好的骑师，我握不住缰绳。谁知道我心中有澎湃的感情，谁知道我也有希望和渴求？

又是星期天，和弟弟打了一架，爸爸偏袒了弟弟。小事一件，不是吗？我怎样排遣自己呢？我是这样的空虚寂寞！

和爸爸怄气，不说话，不谈笑，这是消极的抗议，我不属于爸爸妈妈，我只属于自己。但生命却是他们给的，岂不滑稽！

渺小、孤独！我恨这个世界，我有强烈的恨和爱，我真想一拳把这个地球砸成粉碎！

　　爸爸和我生气，用饭碗砸我，误中小妹的头，看到小妹头上冒出的鲜血，我失去一切思想和力量，我心中流出了百倍于妹妹的血。妹妹，妹妹，我对不起你，我多愿意这个饭碗砸在我头上！妹妹，你打我吧！砍我吧！撕我吧！弄碎我！爸爸，你为什么不瞄准？为什么不杀了我？

　　我怎么办呢？怎么办呢？怎么办呢？爸爸妈妈，别生我的气，我真的爱你们！真的！可是，我不会向你们乞求！

　　我怎么办呢？

　　康南放下了这本日记，眼前立即浮起江雁容那张小小的苍白的脸，还有那对朦朦胧胧、充满抑郁的眼睛。这日记本上一连串的"我怎么办呢？"都像是她站在面前，孤独而无助地喊着。这句子深深地打进了他的心坎，他发现自己完全被这个小女孩（是的，她只是个小女孩而已）带进了她的忧郁里，望着那几个"我怎么办呢？"他感到为她而心酸。他被这个女孩所撼动了，她不把这些事告诉别人，却把它捧到他的面前！他能给她什么？他能怎样帮助她？他想起她那只冰冷的小手，和那在白衬衫黑裙子中的瘦小的身子，竟突然渴望能把这个小女孩揽在胸前，给她一切她所渴求的东西！假如他是参孙，他会愿意用他的大力气给她打出一个天地来。可是，他只是康南，一个语文教员，他能给她什么？

　　他把日记本再看了一遍，提起笔来，在日记后面批了四句话：

唯其可遇何需求？趑而与之岂不羞？果有才华能出众，当仁不让莫低头！

写完，他的脸红了，这四句话多不具体，她要的难道就是这种泛泛的安慰和鼓励吗？他感到没有一种评语能够表达自己那份深切的同情和心意。望着面前的本子，他陷进了沉思之中。桌上的烟灰碟里，一个又一个地堆满了烟蒂。

这本子压在康南那儿好几天，他一直不愿就这样交还给她。她也不来要还，只是，每当康南看到她，她都会羞涩地把眼光调开。

旅行的日子到了，是个晴朗和煦的好天气。按照预先的决定，她们在校内集合，车子是班上一个同学的家长向电力公司借的。一群嘻嘻哈哈的女孩子上了车，虽然有两辆车，仍然拥挤喧嚣。程心雯捧着点名单，一共点了三次名，还是闹不清楚是不是人都到齐了，最后还是班长李燕再来点一次，才把人数弄清楚。康南是导师，必须率领这些学生一齐去，两辆车子都抢他，要他上去。他随便上了一辆，上去一看，发现程心雯、叶小蓁、江雁容、周雅安都在这辆车上。看到江雁容，他竟有点莫名其妙的满意，下意识地高兴自己没有上另外一辆。

车子开了，女孩子们从繁重的功课中逃出来，立刻都显出了她们活泼的、爱笑爱闹的天性，车子中充满了笑闹叫嚷的声音。程心雯在缠着江雁容，不许她看窗子外面，要她讲个故事。江雁容也一反平日的沉默忧郁，大概是这阳光和清新的空气使她振奋，她的黑眼睛显得明亮而有生气，一个宁静的微笑始终挂在她的嘴边。

"老师，"程心雯对康南说，"你知不知道江雁容最会讲故事，她讲起故事来，要人哭人能哭，要人笑人能笑，她有汪精卫的本领，只是她不肯讲！"

"别胡扯了！"江雁容说，"在车上讲什么故事，你去叫周雅安唱个歌吧！"

这一说，大家都叫了起来，周雅安成为围攻的核心，周雅安对江雁容皱眉头，但江雁容还了她一个温柔的微笑。于是，周雅安说：

"好吧，别闹，我唱就是了！"

她唱了起来，却是救国团团歌：

"时代在考验着我们，

"我们要创造时代！……"

马上，部分同学合唱了起来，接着，全车的同学都加入了合唱。她们才唱了几句，立刻听到另一个车子里也扬起了歌声，显然是想压倒她们，唱得又高又响，唱的是一首不久前音乐课上教的歌：

"峥嵘头角，大好青年，献身社会做中坚……"

她们也提高了歌声，两辆车子的歌唱都比赛似的越唱越响，唱完一个歌马上又开始另一个歌，中间还夹着笑声。唱得路人都驻足注视，诧异着这些学生的天真和稚气。康南望着这些年轻的、充满活力的孩子，感到自己是真的老了，距离这种大叫大唱的年龄已经太远了。江雁容倚窗而坐，欣赏地看着这些大唱的同学，却微笑着不唱。但，程心雯推着她强迫她唱，于是，她也张开嘴唱了。歌声到后来已经变成大吼大叫，声音高得不能再高了，结果，两车都不约而同停止了比赛，爆发了一阵大笑和乱七八糟的鼓掌声。坐在前面的司机也不禁感到轻飘飘的，好像自己也年轻了。

到达目的地是上午十点钟，下了车还需要步行一小段路才是乌来瀑布。大家三三两两地走在窄小的路上，提着野餐和水壶。也有的同学跑去乘一种有小轨道的车子，并不是想省力，而是觉得新奇。江雁容、程心雯、周雅安和叶小蓁四个人走在一起，都走在康南旁边，一面和康南谈天。叶小蓁在和江雁容诉说她阿姨的可恶，发誓总有一天要把她阿姨丢到川端桥底下去。程心雯在指手画脚地告诉康南她被训导主任申斥的经过。她气呼呼地说：

"我告诉训导主任，像我们这种年龄，爱笑爱闹是正常的，死死板板是反常，她应该把我们教育成正常的青年，不应该教育成反常的青年。如果她怪我这个风纪股长做得不好，干脆她到我们班上来当风纪股长，让同学全变成大木瓜、小木瓜，加她一个老木瓜！结果她说我没礼貌，我说这也是正常，气得她直翻白眼，告诉老教官要记我一个大过！老师，你说是我没理还是她没理？"

康南微笑了，他可以想象那胖胖的黄主任生气时的样子。他说："你也不好，你应该维持班上的秩序！"

"哼！老师，你也帮训导主任！"程心雯噘着嘴说。

"我不是帮她，她说你，你听听就算了，何必去惹她呢！记了过也不好看！"

"她敢记我过，不过是说说而已。真记了我就去大吵大闹，把训导处弄翻！老师，你不知道，逗逗训导主任真好玩，看她那张白脸变成黑脸，眼睛向上翻，才有意思呢！"

康南暗中摇头，这孩子的调皮任性也太过分了。

到达瀑布已快十一点了，瀑布并不大，但那急流飞湍和瀑布下纵横堆积的嵯峨巨石也有种声势凌人之概。巨大的水声把附近的风声鸟鸣全遮蔽了，巨石上全布着一层水珠，飞溅的小水粒像细粉似的洒下来，白茫茫的一片，像烟，也像雾。学生们开始跳在巨石上，彼此呼叫。有的学生把手帕放到水中，去试探那激流的速度。也有的学生在石头上跳来跳去，从一块石头上跃到另一块上，其中也有不少惊险镜头，更少不了尖叫的声音。康南在一块距离瀑布较远的大石头上坐下来，燃上烟，静静地望着这群活跃的孩子。有三四个学生坐到他这儿来，纯粹出于好意地和他谈天，为了怕冷落了他。他了解到这一点，心中感到几分温暖，也有几分惆怅，温暖的是学生爱护他，惆怅的是自己不再是跳跳蹦蹦的年龄，而需要别人来陪伴了。他注意到江雁容和周雅安在另一块石头上，两人不知谈些什么，江雁容坐着，双手抱着膝。不知怎么，康南觉得这孩子好像在躲避他。

　　到了午餐的时间，这些学生都不约而同地向康南所坐的石头上集中过来。大家坐成一个圆圈。因为康南没有准备野餐，学生们这个送来一片面包，那个送来一块蛋糕，这个要他尝尝牛肉，那个要他吃果酱，结果他面前堆满了食物，像一座小山。吃完了午餐，学生们提议做团体游戏。首先，她们玩了"碰球"，没一会儿大家都说没意思，认为太普通了。然后程心雯提议玩一种新奇的玩意，她叫它作"猜职业"，玩的办法是把人数分成甲乙两组来比赛，由各组选出一个代表来，然后每组都想一种难以表演的职业名称，甲组就把她们决定的名称告诉乙组的代表，由乙组代表用表演来表示这个职业名称，让乙组的同学猜，表演者不许说话出声音，只凭手势。然后计算猜出的时间。再由甲组代表表演乙组决定的职业给甲组的人猜，也计算时间，猜得快的那一组获胜。代表要一直更换，不得重复。可以猜无数的职业，把时间加起来，看总数谁获胜。于是，大家分了组，叶小蓁、江雁容和康南都在甲组，程心雯、周雅安在乙组。推派代表的结果，甲组推了康南，乙组推了程心雯。

　　由于这游戏是程心雯提议的，大家决定由甲组出题目，让程心雯表演，乙组的同学来猜。甲组一连研究了几个题目，都不满意，结果，江雁容在一张纸上写了"翻译官"三个字，大家都叫好。因为，完全凭表演，要把翻译两个字表演出来并不简单。果然，程心雯拿到题目后大皱起眉头，叶小蓁已经大声宣布开始计时，同时十秒、二十秒地报了起来，乙组同学都催着程心雯表演。于是，程心雯严肃地一站，嘴巴做讲话的姿态乱动一阵，一面用手比画着。周雅安说：

"大学教授。"

甲组同学大喊："不对！"程心雯抓耳挠腮了一顿，又继续表演，但演来演去也只能比比手势，动动嘴巴，乙组拼命地乱猜乱叫，什么"演说家""教员""传教士""宣传员"的乱闹了一阵，就没有一个猜出是"翻译官"来，急得程心雯手脚乱动，又不能开口说话，只好拼命抓头干着急。乙组的同学以为她的抓头也是表演，一个同学大喊："理发师！"弄得甲组的同学哄然大笑。最后，总算被李燕猜出是翻译官来了，但已经猜了八分二十秒。程心雯叫着说：

"我们一定要出一个很难的给你们猜！老师表演吗？好极了！"

乙组的同学交头接耳了一阵，程心雯在纸上写了一个题目，乙组同学看了全大笑起来，拍手叫好。程心雯把题目递给康南，康南接过来一看，是"女流氓"三个字，不禁啼笑皆非，要他这么个文绉绉的男教员来表演女流氓，这明明是程心雯她们拿老师来寻开心。他抗议地说：

"不行，说好是猜职业，这个根本不是职业！"

"谁说的？"程心雯手叉着腰，两脚呈八字站着，神气活现地说，"就有人把这个当职业！"

乙组的同学已高声宣布开始计时，叶小蓁着急地说：

"老师，你赶快表演嘛，管它是不是职业！"

康南有些尴尬地站着，眼睛一转，却正好看到双手叉腰，挺胸而立的程心雯，不禁萌出一线灵感来，他笑着用手指指程心雯，全体同学都愕然了，不管甲组乙组都不知道他在表演些什么，程心雯更诧异地望着康南，不明白他是什么意思。康南也双手叉腰，做出一股凶相来，然后再笑着指指程心雯。于是，他看到江雁容在微笑，脸上有种颖悟的表情，她笑着说：

"我姑且猜一猜，是不是——女流氓？"

乙组的同学哗然大叫，康南已经点头说对，不禁笑着看看程心雯，程心雯先愣了一下，接着就大跳大叫起来：

"老师，你一定弄了鬼！你这算什么表演嘛？这一次不算数！"

"怎么不算？老师又没有讲话，只要不讲话就不算犯规，谁叫你出个流氓题目又做出流氓样子来？"叶小蓁得意地叫着，声明这次只猜了二十秒钟，乙组已经输了八分钟。

程心雯做梦也没想到这么快就被江雁容猜了出来，而且也没有难倒康南，再加以猜中的关键是她，康南用她来表示女流氓，江雁容偏偏又猜中是女流氓，这实在气人！她望望康南，又望望江雁容说：

"天知道，这样子的表演江雁容居然猜得出来，如果你们没有弄鬼，那真是'身无彩凤双飞翼，心有灵犀一点通'了。"

此话一说，江雁容蓦地红了脸，她转过头去望着岩石下面的水，用手指在岩石上乱划。康南也猛然一呆，只看到江雁容绯红的脸和转开的头，一绺短发垂在额前。那份羞涩和那份柔弱使他撼动，也使他心跳。他也转开头，走到自己的位子上坐下。程心雯话一出口，马上就猛悟到自己说得不大得体，于是也红了脸。为了掩饰这个错误，她叫着说：

"我们继续比赛好了，该你们出题目了，这次我们推李燕做代表！"

这次甲组出的题目是"卖艺者"，很快就被猜出来了。乙组又出了个"弄蛇的人",由江雁容表演,只有几个小动作,康南已猜出来了,但他却隐住不说。但立即叶小蓁也猜了出来,然后他们又猜了许多个职业,一直继续玩了一小时。最后计算结果,仍然是甲组获胜,也就胜在"女流氓"那个职业上。乙组的同学都纷纷责怪程心雯,怪她为什么做出那副流氓样子来,以至于给了康南灵感。也从这天起,程心雯就以"女流氓"的外号名闻全校了。这个游戏结束后,甲组的同学要乙组同学表演一个节目,因为她们是负方。乙组就公推程心雯表演,说她负输的全部责任。程心雯不得已地站了起来说:

"我什么都不会,叫我表演什么呢?"

"狗爬会不会?"叶小蓁说,"做狗爬也行,不过要带叫声的,叫得不像不算!"

"狗爬留着你表演吧!"程心雯瞪了叶小蓁一眼,皱皱眉头,忽然想起来说,"我表演说急口令好了!"于是她说:

> 一二三四五六七,七六五四三二一,
>
> 七个先生齐采果,七个花篮手中提,
>
> 七个碟儿装七样:花红苹果桃儿荔枝栗子李子梨!

大家都鼓起掌来,因为最后那一句实在拗口,她居然能清楚利落地念出来。由于这一表演,大家就转变目标到个人表演上,有人惋惜周雅安没带吉他来,就闹着要周雅安唱个歌,并且规定不许唱音乐课上教过的歌。于是,周雅安唱了一支《跑马溜溜的山上》。接着大家围攻起江雁容来,坚持要她说个故事,江雁容非常为难地站起来,推托着不愿表演。却恰好看到一个外号叫"张胖子"的同学,本名叫张家华,正在一面看表演，一面啃一个鸭腿，这位同学的好吃是全班闻名的。江雁容微笑地看着张家华说：

"我表演朗诵一首诗好了，这首诗是描写一位好吃的小姐请客吃饭。"于是，她清脆地念：

> 好吃莫过张家华，客人未至手先抓，
> 常将一筷连三箸，惯使双肩压两家，
> 顷刻面前堆白骨，须臾碗底现青花，
> 更待夜阑人散后，斜倚栏杆剔板牙！

因为有些同学不懂，她又把诗解释了一遍，结果全班哄堂大笑，张家华拿着一个鸭腿哭笑不得。大家看到她满嘴的油和手上啃得乱七八糟的鸭腿，更笑得前仰后合。从此，张家华的外号就从"张胖子"变成了"剔板牙"。康南笑着看到江雁容退回位子上，暗中奇怪她也会如此活泼愉快。然后，何淇和胡美纹表演了一段舞蹈，何淇饰男的，胡美纹饰女的，边跳边唱，歌词前面是：

> 男：温柔美丽的姑娘，我的都是你的，
> 你不答应我要求，我将终日哭泣。
> 女：你的话儿甜如蜜，恐怕未必是真的，
> 你说你每日要哭泣，眼泪一定是假的！
> …………

这个舞蹈之后，又有一位同学表演了一阵各地方言，她学台湾收买

酒瓶报纸的小贩叫：

"酒瓶要卖吗？有报纸要卖？"

赢得了一致的掌声和喝彩。又有位同学唱了段《苏三起解》。然后，程心雯忽然发现叶小蓁始终没有表演，就把叶小蓁从人堆里拉出来，强迫她表演，急得叶小蓁乱叫：

"我不会表演嘛，我从来没有表演过！"

"你表演狗爬好了！"程心雯报复地说。

"狗爬也不会，除非你先教我怎么爬！"叶小蓁说。

尽管叶小蓁急于摆脱，但终因大家起哄，她只得在圆圈中间站着，说："这样吧，我说个笑话好了！"

"大家不笑就不算！"程心雯说。

"笑了呢？"叶小蓁问。

"那就饶了你！"

"一言为定！"叶小蓁说，然后咳嗽了一声，伸伸脖子，做了半天准备工作，才板着脸说：

"从前有个人……嗯，有个人，"她眨着眼睛，显然这个笑话还没有编出来，她又咳嗽了一声说，"嗯，有个人……有个人……有个人，嗯，有个人，从前有个人……"

大家看她一股思索的样子，嘴里一个劲地"有个人，有个人"就都忍不住笑了起来，叶小蓁一下子就跳回自己的位子上，程心雯抓住她说：

"怎么，笑话没讲完就想跑？"

"说好了笑了就算数的！"叶小蓁理直气壮地说，"大家都笑了嘛！"

程心雯只得放了叶小蓁，恨恨地说："这个鬼丫头越学越坏！"说着，她一眼看到微笑着的康南，就像发现新大陆似的叫起来：

"大家都表演了，老师也该表演一个！"

全班都叫起来，并且拼命鼓掌，康南笑笑说：

"我出几个谜语给你们猜，猜中的有奖，好不好？"

"奖什么？"程心雯问。

"奖一个一百分好了，"叶小蓁说，"猜中的人下次语文考多少分都给加到一百分。"

"分数不能做奖品！"康南说，"猜中的人，下次我一定准备一样礼物送给她！"于是，他想了一会儿，在一张纸上写下了几个谜语，大家看上面是：

　　1. 偶因一语蒙抬举，反被多情送别离。（打一物）

　　2. 有土可种桑麻，有水可养鱼虾，有人非你非我，有马可走天涯。（打一字）

　　3. 一轮明月藏云脚，两片残花落马蹄。（打一字）

　　4. 两山相对又相连，中有危峰插碧天。（打一字）

　　5. 年少青青到老黄，十分拷打结成双，送君千里终须别，弃旧怜新撇路旁。（打一物）

　　6. 粉蝶儿分飞去了，怨情郎心已成灰，上半年渺无音讯，这阳关易去难回。（打一字）

一时，大家都议论纷纷起来，许多人在石头上乱画地猜着，也有的苦苦思索。江雁容看了一会儿，在手心写了一个字，然后说：

"老师，第六个很容易猜，应该是个邻居的邻字[1]。第一个大概是谐

---

[1] "邻"字的繁体写作"鄰"。

音的谜语吧？"

康南赞许地看了江雁容一眼，她思想的敏捷使他吃惊。他点点头说：

"不错。"

"那么，第一个谜语是不是伞？"江雁容问。

"对了。"

在几分钟内，江雁容连着猜出两个谜语，大家都惊异地望着她，叶小蓁说：

"幸亏不是奖分数，要不然也是白奖，江雁容语文根本就总是一百分的！"程心雯自言自语地喃喃着说：

"我说的嘛，他们要不是有鬼，就是……"她把下面的话咽回去了。大家又猜了一会儿，叶小蓁猜中了第二个，是个"也"字。江雁容又猜中了第五个，是"草鞋"。程心雯没有耐心猜，一会儿猜这个，一会儿又去猜那个，看到江雁容一连猜中三个，她叫着说：

"老师干脆出给江雁容一个人猜好了！这个一点意思也没有，我们要老师表演，老师反而弄了这些个东西来让我们伤脑筋，好不容易有一天假期，可以不要和书本奋斗，结果老师又弄出这个来，我们上了老师的当！"

同学们一想不错，就又都大闹起来。康南看看情况不妙，显然不表演无法脱身，只好说：

"我也说个笑话吧！"

"不可以像叶小蓁那样赖皮！"程心雯说。

康南笑笑说：

"从前，有一个秀才，在一条小溪边散步，看到河里有许多小鱼在溜来溜去地游着，于是就自言自语地说：'溜来溜去！'说完，忽然忘记溜字是怎么写的，就又自言自语地说：'溜字应该是水字边一个去字，因为是在水里来来去去的意思。'刚好有个和尚从旁边经过，听到了就说：'别的字我不认得，水边一个去字应该是个法字，我们天天做法事，这个法字我清楚得很，不是溜字。'秀才听了，恼羞成怒地说：'我是秀才，难道还不知道溜字怎么写吗？明明是水字边一个去字！'和尚说：'绝对不是水字边一个去字！'两人就争执了起来，最后，闹到县官面前。这个县官也目不识丁，心想秀才一定对，和尚一定错，就判决溜字是水字边一个去字，并判将和尚打三十大板。和尚听了，高声叫着说：'自从十五入溜门，一人溜门不二心，今朝来至溜堂上，王溜条条不容情！'县官大喝着说：'王法条条怎么说王溜条条？'和尚说：'大老爷溜得，难道小的就溜不得了吗？'"

笑话完了，大家都笑了起来，程心雯低声对江雁容说：

"康南真酸，讲个笑话都是酸溜溜的！总是离不开诗呀词呀的，这一点，你和康南倒满相像！"

江雁容想起程心雯起先说的"身无彩凤双飞翼，心有灵犀一点通"的话，和现在相像的话，不禁又红了脸。她偷偷地看了康南一眼，康南正含笑地望着瀑布，乌黑的眼睛深邃而明亮。

大家在石头上坐腻了，又都纷纷地站了起来，程心雯提议去看山地姑娘跳舞，于是大家都上了山坡。在一个竹棚里面，有一小块地方，是山地人专门搭起来表演歌舞，以赚游客的钱的。零零落落地放着几张凳子，还有个简陋得不能再简陋的小戏台。一个看门的小女孩看到她们来了，立刻飞奔进去报讯。没多久，七八个山地少女迎了出来，都穿着圆领对襟短褂和直筒的裙子。衣服和裙子下摆都镶着彩色阔边，上面绣满五彩的花纹。头上全戴着挂满珠串花珞的没顶小帽，手腕上套着小铃铛，赤脚，脚踝上也套着小铃铛。她们一出来，就是一阵丁零当啷的铃响，然后堆着笑，用生硬的"国语"招呼着：

"来坐！来坐！"

康南和学生们走进去，大家零乱地坐了下来，并且付了一场歌舞的钱。于是，那些少女跑到台上，胳膊套着胳膊跳了起来，边跳边唱，歌词是山地话，难以明白，调子却单纯悦耳。康南看了一会儿，觉得不如湘西一带苗人的舞蹈，但也足以代表台湾山地的地方色彩。他燃起一支烟，悄悄地溜到竹棚外面。

竹棚外面有一块小空地，围着栏杆。康南刚刚踏出竹棚，就一眼看到江雁容止一个人倚着栏杆站着，在眺望那一泄数丈的瀑布。显然她根本没有到竹棚里去，她全神贯注地注视着瀑布，完全不知道康南走出来。康南望着她的背影，身不由己地走了过去。听到脚步声音，江雁容回过头来，一对梦似的眼光带着几分朦胧的醉意停留在他的脸上，她一点也没有惊讶，也没有点头招呼，只恍恍惚惚地注视着他，好像他并不真正出现在她身边，而是出现在她梦里。她的短发被风拂在额前，脸上散布着一层淡淡的红晕。康南在她身边站住，被这张焕发着异样光彩的脸庞震慑住了，他默默地站着，觉得无法说话。好半天，他才轻轻地仿佛怕惊吓着她似的说：

"我看了你的日记。"

果然，他的说话好像使她吃了一惊，她张大眼睛，似乎刚从一个梦中醒来，开始认清面前的环境了。她掉开头，望着栏杆外的小陡坡，轻声而羞涩地说：

"我不知道写了些什么，你不会笑我吧？"

"你想我会笑你吗？"他说。心中猛地一动，这小女孩使他眩惑了。

她不说话了，沉默了一会儿，他问：

"你妹妹的伤口好了吗？"

"好了！"她抬起头来，"额上有一个小疤，很小，但她天天照镜子叹气。她本来长得很漂亮，你知道。"

　　竹棚里传来鼓掌声，江雁容吃惊地回转身子，看了康南一眼，就一语不发地溜进了竹棚里。康南望着她那瘦小的背影，深深地吸了一口烟，转过身子，他望着栏杆下面，这栏杆是建在一个小悬崖上，下面是个陡坡，再下面就是岩石和激流。他望着那激流猛烈地冲击岩石，看着瀑布下那些飞溅的水花，也看着那些激流造成的旋涡和浪潮，不禁莫名其妙地陷进了沉思之中。

　　大约下午五点钟，她们开始踏上了归程。刚坐进车子，程心雯忽然宣布人数少了一个，造成了一阵混乱，马上就弄清楚是程心雯计算错误。车开了，大家已经不像来的时候那么有兴致，程心雯叹口气说：

　　"唉！明天还要考解析几何！"

　　"还有物理习题呢，我一个字都没做。"叶小蓁说。被太阳晒得红扑扑的脸上堆起了一片愁云。

　　"我宁愿做山地姑娘，也不必参加这个考试那个考试。"何淇说。

　　"我不愿意，山地姑娘太苦了！"张家华说。

　　"怕没有好东西吃，不能满足你斜倚栏杆剔板牙的雅兴吗？"程心雯说。

　　大家都笑了起来，但笑得很短暂。只一会儿，车上就安静了下来，有几个同学开始倚着窗子打瞌睡。江雁容把手腕放在车窗上，头倚在手腕上，静静地注视着窗外。周雅安坐在她身边，用手支着头，不知在沉思着什么。落日的光芒斜射进来，染红了她们的脸和手。但，没多久，太阳落下去了，初冬的天气特别短，黑暗正慢慢地散布开来。

柒

SEVEN

你是个生活在幻想中的孩子，你为自己编织了许多幻梦，

然后又在现实中去渴求幻想里的东西。

　　"江雁容!"中午,班长李燕捧着一大沓改好的作业本进来,一面叫着说,"康南叫你到他那里去拿你的日记本!"

　　程心雯耸耸肩,望着江雁容说:

　　"康南就喜欢这样,不把你的日记本交给班长拿来,要你自己去拿,故作神秘!"

　　江雁容从位子上站起来,忽然失去单独去取日记本的勇气,她跑到后面,拉了周雅安一起走出教室。周雅安挽着她的手臂走着,嘴里轻快地哼着一支英文歌。江雁容审视了她几秒钟,说:

　　"你这两天不大对头。"

　　"你也不大对头。"周雅安说。

　　"我吗?"江雁容抬抬眉毛,"我不觉得我有什么不对头。你到底是怎么回事?"

　　"说出来你会骂我,"周雅安说,"我和小徐的误会解除了,我们已经讲和。"

　　"老天!什么是误会?他的女朋友吗?"江雁容说。

　　"是的,他否认那是他的女朋友,他说那只是普通同学,在街上碰到了,偶然走在一起的!"

　　"你相信了?"江雁容问。

　　"不十分相信,"周雅安避开江雁容的眼光,"可是,我勉强自己相信。"

"你为什么要这样？"

"我没办法，"周雅安说，望着脚下的楼梯，皱皱眉头，"我爱他，我实在没有办法。"

江雁容默然不语，半天后才说：

"你使我想起毛姆的《人性的枷锁》那本书，你已经被锁住了。周雅安，你只好受他的折磨，前辈子你大概欠了他的债！"

周雅安不说话，她们走到康南的门前，江雁容正想伸手敲门，周雅安拉住她说："该我问问你了，你这两天神情恍惚，是什么事情？"

"什么事都没有。"江雁容说。

"那个附中的学生还在巷子里等你吗？"

"还在。"

"你还没有理过他？"

"别胡思乱想了，我下辈子才会理他呢！"江雁容说，伸手敲门。

门开了，康南看着江雁容，有点诧异她会拉了一个同伴一起来。江雁容站在门口，没有进去的意思，她说：

"我来拿日记本。"声音淡淡的。

康南回转身子，有些迟疑，终于从枕头底下拿出了江雁容的日记本。看到康南把江雁容的日记本放在枕头底下，周雅安很快地扫了江雁容一眼，但江雁容脸上毫无表情。康南把本子递给江雁容，她默默地接了过去，对康南迅速一瞥，她接触到一对十分温柔的眼睛。握住本子，她低低地说了一声谢，几乎是匆忙地拉着周雅安走了。

走出单身宿舍，在校园的小树林外，周雅安说：

"我们到荷花池边上去坐坐。"

江雁容不置可否地走过去，她们在荷花池边的石头上坐下来，周雅安从旁边的一株茶花树上摘下一个红色的蓓蕾，放在掌心中拨弄着。江雁容打开了那本日记，一张折叠成四方形的信笺从里面落了下来，她立即拾起来。周雅安装作没有看见，走到小桥上去俯视底下的水。江雁容紧紧地握着那张信笺，觉得心跳得反常，打开信笺，她看了下去：

孩子：——

看了这个称呼，她感到一阵莫名其妙的激动。好半天，才继续看下去：

孩子：

你肯把你这些烦恼和悲哀告诉我，可见得你并没有把老师当作木钟！你是我教过的孩子里最聪明的一个，我几乎不能相信像你这样的孩子竟得不到父母的怜爱，我想，或者是因为你太聪明了，你的聪明害了你。我第一次看到你，就觉得你轻灵秀气，不同凡响，以后，许多地方也证实了我的看法。你是个生活在幻想中的孩子，你为自己编织了许多幻梦，然后又在现实中去渴求幻想里的东西。于是，你的痛苦就更多于你本来所有的那一份烦恼。孩子，这世界并不是件件都能如人意的。我但愿我能帮助你，不止于空空泛泛的鼓励和安慰。看了你的日记，使我好几次不能卒读。你必须不对这世界太苛求，没有一个父母会不爱他们的孩子，虽然，爱有偏差，但你仍然拥有一个幸福的家庭，许多人还会美慕你呢！如果真得不到父母的宠爱，又何必去乞求？你是个天分极高的孩子，我预测你有成功的一天！把一切的烦恼抛开吧！你还年轻，前面有一大段的生命等着你，我相信我一定能看到你成功。到那时候，我会含笑回忆你的日记和你那份哀愁。

我曾经有个女儿，生于一九四一年，死于一九四三年，我这一生是没有女儿可教的了！如果我能够，我但愿能给你一份父爱，看着你成长和成功！

酒后提笔写这封信，杂乱无章，不知所云。希望你能了解我醉后含泪写这封信的苦心，有一天，你们都成功了，我也别无所求了！

康南

江雁容看完了信，呆呆地坐着，把手放在裙褶里。这是一封非常简短的信，但她却感到一股汹涌的大浪潮，卷过了她，也淹没了她。她苍白的脸显得更苍白，黑眼珠里却闪耀着一层梦似的光辉，明亮得奇异，也明亮得美丽。她把信再看了一遍。眼前似乎浮起了一个烟蒂上的火光，在火光上，是一缕如雾的青烟，烟雾中，是一张令人迷惑的脸：宽宽的前额，浓而微蹙的眉毛，那对如海般深奥而不可测的眼睛，带着智慧与高傲的神采，那弯曲如弓的嘴边，有着倔强自负的坚定。她垂下头，感到一份窒息的热情在她的心中燃烧。她用手指在信笺上轻轻抚摩过去，自言自语地低声说："康南，如果你对我有某种感情，绝不止于父亲对女儿般的爱，你用不着欺骗自己！如果我对你有某种感情，也绝不止于女儿对父亲的爱！"

周雅安走了过来，把手放在江雁容肩上说：

"怎么样？看完没有？"

江雁容抬起头来，注视着周雅安，她那燃烧着的眼睛明亮而湿润。周雅安坐到江雁容身边，突然捧起江雁容的脸，凝视着她的眼睛，微笑着说：

"她们都说我们是同性恋，现在我真有这种感情，看到你这种神情，使人想吻你！"

江雁容不动，继续望着周雅安。说：

"周雅安，我有一个梦，梦里有个影子。几个月来，这个梦模模糊糊，这个影子也模模糊糊。可是，现在这个梦使我精神恍惚，这个影子使我神魂不定。周雅安，我该怎么办？"

周雅安放开江雁容，望了她一会儿说：

"别说得那么文绉绉的，梦呀影子的。你恋爱了！我真高兴你也会恋爱，也尝尝这种滋味！几个月前，你还在嘲笑我呢！"

"不要说废话，告诉我怎么办？"

"怎么办？"周雅安轻松地说，"把影子抓住，把梦变成现实，不就行了？"

"没有那么简单，假如那么简单，也不叫它作梦和影子了！"江雁容说，低头望着膝上的信纸。

"是他吗？"周雅安拿起那张信笺问。

江雁容沉默地点了点头。于是，周雅安也沉默了。半天后，周雅安才自言自语地说：

"我早料到这事的可能性了！大家说他偏心你，别人的周记只批一两句，你的批那么多，你的作文本他要题上一首诗，再亲自跑到三层楼上来送给你！这份感情大概早就发生了，是吗？"

"我不知道，"江雁容苦恼地说，"但愿什么都不要发生，但愿这世界上根本没有我！"

"又说傻话了！"周雅安说，握住江雁容的手，"该来的一定会来，别逃避！'爱'的本身是没有罪的，不是吗？这话好像是你以前说的。记得你自己的论调吧？爱，没有条件，没有年龄、金钱、地位、人种一切的限制！"

江雁容垂下眼帘，望着那张信纸，突然笑起来说：

"他要把我当女儿呢！"

周雅安拿起那张信纸。

"我能看吗？"她问。

江雁容点点头，周雅安看完了，把它放回江雁容手里，困惑地说："这封信很奇妙，不是吗？大概连他自己也弄不清楚他的感情。"上课号响了。江雁容站起身来，拍拍身上的灰尘。忽然间，所有的烦恼都离开了她，一种奇异的感觉渗透进她的血管中，她像被一股温暖的潮水所包围住，每个细胞和毛孔都像从睡梦中觉醒，在准备迎接一个新的、美好的外界。她的心脏是一片鼓满风的帆，涨满了温情。她懒洋洋地伸了个懒腰，把日记本和信纸收好，微笑地说：

"我们上楼吧！"

这天晚上，江雁容一个人坐在自己的房内，银色的月光透过了淡绿的窗帘，婆娑的树叶投下了模糊的暗影，温柔的夜风轻叩着她的窗槛。四周充满了沉寂，这间小屋也仿佛披上了一层梦幻的轻纱。她宁静地微笑着，拉开窗帘，她可以看到云层中的一弯明月，以及那满天闪烁的星辰。她觉得无数的柔情涨满了她的胸怀，在这一刻，在这神秘的夜色里，她愿意拥抱着整个的世界，欢呼出她心内所有的感情！

她重新打开那批着红字的日记本，在她写的每一段下面，康南都细心地批上一首诗，她逐句看过去，暗暗记诵着每一个字，在这本小小的册子上，康南也费过相当的精神啊！康南，这个孤独的人，隐约中，她似乎看到康南寂寞地、自负地而又高傲地走在这条人生的长途上，虽然是踽踽独行，却昂首阔步，坚忍不拔。校内，他没有一个朋友，校外，他也没有什么亲人，妻离子散，家破人亡，他生活中还有什么？她自问着，又微笑地代他回答："还有一些东西，有烟、有酒、有学生！"

"他像一只孤鹤，"她想，"一只失去同伴的孤鹤！"她抬头望着窗外黑色的天空，好像那孤鹤正在那儿回旋。冷风吹了进来，冬天的夜，已经相当冷了。

江太太走了进来，凛冽的风使她打了一个寒噤，她诧异地看着那开着的窗子，叫着说："雁容，这么冷，你开窗子干什么？赶快关起来！"

"是的，妈妈。"江雁容答应着，声音温柔得出奇。她懒洋洋地站起来，合上窗子，又无限留恋地看了窗外一眼，再轻轻叹息一声，拉上了窗帘。窗外的世界又被摒绝在外面了，她坐下来，恍恍惚惚地收起日记本，拿出一本《范氏大代数》。

江太太深深地看了江雁容一眼，这孩子那种懒洋洋的神态使她生气："要考大学了，她仍然这么懒散，整天脑子里不知道想些什么！"她走到厨房里去灌开水，开水灌好了，再经过江雁容的房间，发现她还没有打开代数书，正望着那本代数书默默出神。江太太走过去，有点生气地说：

"你要把握时间，努力用功，每天这样发呆的时间不知道有多少，这样功课怎么能好？说你不用心你不承认，你自己看看是怎样做功课的？这么大了，难道还要我跟在后面管你，还不赶快打开书来！"

"好的，妈妈。"江雁容说，仍然是温温柔柔的。一面慢吞吞地打开了书。

江太太奇怪地看看江雁容，这孩子是怎么回事？那温柔的语调使人心里发酸。"一个好孩子。"她想，忽然萌出一份强烈的母爱，"以后要少责备她，她是个多愁善感的孩子。"她柔和地望望她，走出了房间。

江雁容目送母亲走出房间，她伏下身来，望着台灯上的白瓷小天使，悄悄地说："你了解我吗？小天使？妈妈是不了解我的，我心中有个大秘密，你知道吗？我把它告诉你，你要为我守密！可爱的小天使啊，了解我的人那么少，你，愿意做我的知己吗？我给你取一个名字，我叫你什么呢？夜这样静谧，我叫你谧儿吧，谧儿谧儿，你知不知道我心中那份燃烧着的感情？你知不知道？"

她把脸颊靠在桌面上，摊开的代数书放在一边。一刹那间，一份淡淡的哀愁袭上了她的心头，她用手抚摩着小天使的脸，轻声说：

"谧儿，连他都不知道我的感情！这是恼人而没有结果的，我又把自己放进梦里去了；谧儿，我怎么办呢？"

窗外起风了，风正呼啸地穿过树梢，发出巨大的响声，她掀起窗帘的一角，月亮已隐进云层，星光也似乎暗淡了。

第二天早上，满窗的风雨把她从沉睡中唤醒，昨夜的蔚蓝云空，一窗皓月，现在已变成了愁云惨雾，风雨凄迷。她穿上白衬衫和黑长裤，这是学校的制服，再加上一件黑外套，仍然感到几分寒意。窗前淅沥的雨声使她心中布满莫名其妙的愁绪。上学时经过的小巷子，破房子也使她感到寥落。教室里的喧嚣更让她烦躁。只有在语文课时，她才觉得几分欢愉。但，那五十分钟是消失得太快了，只一刹那，康南已挟着课本隐没在走廊的尽头了。

白天，晚上，晚上，白天，日子从指缝里溜过去。校园里的茶花盛开了，红的红得鲜艳，白的白得雅洁，江雁容的课本中开始夹满了茶花的心形花瓣。和茶花同时来临的，是迷迷蒙蒙、无边无际的细雨，台湾北部的雨季开始了。无论走到哪儿，都是雨和泥泞。江雁容常和周雅安站在校园中，仰着脸，迎接那凉丝丝的雨点。看到落花在泥泞中萎化，她会轻轻地念：

> 自在飞花轻似梦，无边丝雨细如愁。

校园里是冷清清的，学生都躲在教室里，并且关紧门窗。只有江雁容喜欢在雨中散步，周雅安则舍命陪君子，也常常陪着她淋雨。程心雯叫她们作"一对神经病"！然后会耸耸肩说："文人，你就没办法估量她有多少怪癖！"

晚上，江雁容在雨声中编织她的梦，深夜，她在雨声中寻找她的梦，多少个清晨，她在雨声中醒来，用手枕着头，躺在床上低声念聂胜琼的词：

> 寻好梦，梦难成，有谁知我此时情？枕边泪共阶前雨，隔个窗儿滴到明！

这天晚上，江雁容做完功课，已经深夜十二点了。她望着她的谧儿，心境清明如水，了无睡意。她想起白天的一件小事，她到康南那儿去补交作文本，周雅安没有陪她去。康南开了门，迎接的是一股酒味和一对迷离的眼睛。她交了本子，默默看了他一会儿，他也同样望着她，这份沉默使人窒息。转过身子，她开了门要退出去，在扑面的冷风中，她咳嗽了，这是校园中淋雨的结果，她已经感冒了一星期，始终没有痊愈。正要跨出门，康南忽然伸手拦在门上，轻声问：

"要不要试试，吃一片 APC？"

他打开抽屉，拿出一瓶没开过的药瓶，倒了一粒在手心中。江雁容无法说话，也不知道该说什么，只接过了药片，康南已递过来一杯白开水，她吃了药，笑笑。不愿道谢，怕这个谢字会使他们生疏了。她退出房门，感到自己的心跳得那么快，她相信自己的脸已经红了。

现在，在这静静的深夜里，她的脸又红了。望着谧儿，她轻轻地问："他是不是专为我而买一瓶 APC？他是吗？"

叹了口气，她把明天要用的课本收进书包里。有两片花瓣从书中落了下来，她拾起来一看，是两瓣茶花，当初爱它的清香和那心形的样子而夹进书中的。她把玩着花瓣，忽然心中充满了难言的柔情，提起笔来，她在每一片上题了一首词，第一首是《忆王孙》：

飞花带泪扑寒窗，夜雨凄迷风乍狂，寂寞深闺恨更长，太凄凉，梦绕魂牵枉断肠！

第二首是《如梦令》：

一夜风声凝咽，吹起闲愁千万，人静夜阑时，也把梦儿寻遍，魂断魂断，空有柔情无限！

写完，她感到耳热心跳，不禁联想起《红楼梦》里林黛玉在手帕上题诗的事。她顺手把这两片花瓣夹在语文笔记本里，熄灭了灯，上床睡觉了。床上，和她同床的雁若早已香梦沉酣了。

　　第二天午后，康南坐在他的书桌前面，批改刚收来的笔记本，习惯性地，他把江雁容的本子抽出来头一个看。打开本子，一层淡淡的清香散了开来，康南本能地吸了一口气，江雁容那张清雅脱俗的脸庞又浮到面前来，就和这香味一样，她雅洁清丽得像一条小溪流。他站起身来，甩了甩头，想甩掉萦绕在脑中的那影子。为自己泡了一杯茶，他坐回到书桌前面，默然自问："你为什么这样不平静？她不过是个惹人怜爱的小女孩而已，你对她的感情并没有越轨，不是吗？她像是你的女儿，在年龄上，她做你的女儿一点都不嫌大！"拿起江雁容的笔记本，他想定下心来批改。可是，两片花瓣落了下来。他注视着上面的斑斑字迹，这字迹像一个大浪，把他整个淹没了。

　　一阵急促的敲门声惊醒了他，他迅速地把这两片花瓣放进上衣口袋里，打开了房门。门外，江雁容喘息地跑进来，焦灼而紧张地看了康南一眼，不安地说：

　　"你还没有改笔记本吧，老师？我忘了一点东西！"

　　康南关上房门，默默地望着江雁容，这张苍白的小脸多么可爱！江雁容的眼睛张大了，惊惶地望望康南，就冲到书桌前面，她一眼就看到自己那本摊开的笔记本，于是，她知道她不必找寻了。回转身来，她靠在桌子上，惶惑地注视着康南，低声说：

　　"老师，还给我！"

　　康南望着她，根本没听到她在说什么。"这个小女孩，小小的小女孩，纯洁得像只小白鸽子。"他想，费力地和自己挣扎，想勉强自己不去注视她。但，她那对惊惶的眼睛在他面前放大，那张变得更加苍白的脸在他眼前浮动，那震颤的、可怜兮兮的声音在他耳边轻轻飘过：

"老师，还给我，请你！"

康南走到她旁边，在床沿上坐下来。从口袋里拿出那两片花瓣。"是这个吗？"他问。

江雁容望望那两片花瓣，并不伸手去接，又把眼光调回到康南的脸上。她的眼睛亮了，那抹惊惶渐渐消失，取而代之的，是一种梦似的光辉。她定定地看着他，苍白的脸全被那对热情的眸子照得发亮，小小的嘴唇微微悸动，她的手抓住面前的一张椅子的扶手，纤长的手指几乎要陷进木头里去。

"喔，老师。"她喃喃地说，像在做梦。

"江雁容，"他费力地说，觉得嘴唇发干，"拿去吧。"他把那两片花瓣送到她面前。

她没有伸手去拿，也没有去看那花瓣，她的眼光仍然停留在他脸上，一瞬也不瞬。

"老师，"她说，低低地，温柔地，"老师！你在逃避什么？"

康南的手垂了下来，他走过去，站在江雁容的面前。

"江雁容，出去吧，离开这房间！"他喑哑地说。

"老师，你要我走？"她轻轻地问，站直了身子，转向门口。

康南迅速地把手压在她的手背上，于是，一股旋乾转坤般的大力量征服了他，他握紧了这只手，想说什么，却说不出口。江雁容的眼睛燃烧着，嘴里模糊地反复地说：

"老师，老师，老师。"

康南抚摩着这只手，这手是冰冷的。

"你穿得太少了！"他说。

"中午脱了一件毛衣，下午忘了穿。"她说，轻声地。眼睛里在微笑。

康南不再说话，就这样，他们静静地站了好一会儿。然后，康南叹了口气，把江雁容拉到自己的胸前，他揽住她，让她小小的、黑发的头靠在他的胸口。他不再费力和自己挣扎，他低声说：

"从没有一个时候，我这么渴望自己年轻些！"

江雁容紧紧地靠着他，眼睛里有着对幸福的憧憬和渴求。她望着窗子，雨水正在窗玻璃上滑落。"多美的图案！"她想。雨滴叮叮咚咚地敲击着窗子。"多美的音乐！"她又想。微笑着闭上眼睛，尽力用她的全心去体会这美丽的人生。

窗
外

捌

EIGHT

许多事你是不能了解的，婚姻里并不止爱情一项。

　　寒假悄悄地来了，又悄悄地过去了。对高三学生而言，这个寒假是有名无实的，她们照旧到学校补课，照旧黄昏时才回家，照旧有堆积如山的作业。各科的补充教材纷纷发了下来，仅仅英文一门，就需要念五种不同的课本，另外再加讲义。别的功课也都不是一种课本就完事的，每个学生的书包都沉重得背不动，这份功课更沉重得使她们无法透气。新的一学期又开始了，换言之，再有三个多月，她们就该跨出中学的门槛，再有五个月，就该参加升大学的联合考试了。学生们都普遍地消瘦下去，苍白的脸色和睡眠不足的眼睛充分说明了她们的生活。但是，老师们不会因为她们无法负荷而放松她们，家长也不会因为她们的消瘦而放松她们，她们自己更不会放松自己。大学的门开着，可是每十个学生里只有一个能走进去。这世界上，到处都要竞争，你是强者才能获胜。优胜劣汰，这在人类还是猿猴的时代就成了不变的法则。

　　台湾的春天来得特别早，校园里的杜鹃花已全开了。荷花池畔，假山石旁，到处都是红白一片。几枝初放的玫瑰，迎着温和的阳光，懒洋洋地绽开了花瓣。台湾特产的扶桑花是四季都开的，大概因为这是春天，开得似乎格外艳丽；大红的、粉红的、白的、黄的，布满校园的每个角落，吊灯花垂着头，拖得长长的花蕊在微风中来回摆动。栀子花的香味可以飘上三楼的楼顶，诱惑地在那些埋头读书的少女身边回旋，仿佛在叫着：

"你知道吗？春天来了！你知道吗？春天来了！"

江雁容从一个无法解决的代数题目上抬起头来，深呼吸了一口气说："唔，好香！栀子花！"

程心雯坐在桌子上，膝上放着一本外国地理，脚放在椅子上，双手托着下巴，无可奈何地看着膝上的地理书。听到江雁容的话，她也耸耸鼻子：

"唔，是栀子，就在我们窗子外的三楼下面，有一棵栀子花。"叶小蓁从她的英文书上抬起头来：

"是栀子花吗？闻起来有点像玉兰花。"

"聋鼻子！"程心雯骂，"栀子和玉兰的香味完全不同！"她和叶小蓁是碰到一起就要抬杠的。

"鼻子不能用聋字来形容！"叶小蓁抗议地说，"江雁容，对不对？"江雁容伸伸懒腰，问程心雯：

"还有多久上课？"

"四十分钟。"程心雯看看手表。这是中午休息的时间。

"我要走走去，坐得脊椎骨发麻。"江雁容站起身来。

"脊椎骨没有感觉的，不会发麻。"叶小蓁说。

"你已经决定考乙组，不考生物，你大可不必这样研究生物上的问题。"程心雯说。

江雁容向教室门口走去。

"喂，江雁容，"叶小蓁喊，"如果你是偷花去，帮我采一朵玫瑰花来！"

"她不是偷花去，"程心雯耸耸肩，"她是去找康南聊天！"

"她为什么总到康南那儿去？"叶小蓁低声问。

"物以类聚！这又是生物问题！"程心雯说，用红笔在地理书上勾出一个女人头来，再细心地画上头发、眼睛、鼻子和嘴，加上这一页原有的三个人头，那些印刷着的字迹几乎没有一个字看得出来了。

江雁容折了回来，走到程心雯和叶小蓁身边，笑着说："到门口看看去，'一块五毛'的帽子脱掉了！"

"真的？"

像个大新闻般，三四个同学都涌到门口去看那个年轻的秃头老师。这位倒霉的老师正从走廊的那一头走过来，一路上，学生们的头像玩具匣里的弹簧玩偶似的从窗口陆续探了出来，假如"眼光"能够使人长头发的话，大概他的秃顶早就长满黑发了。

江雁容下了楼，在校园中略事停留，采了两枝白玫瑰和一枝栀子花。她走到康南门口，敲了敲门，就推开门走进去。康南正坐在书桌前沉思，满房间都是烟雾，桌上的烟灰碟里堆满了烟蒂。

"给你的房间带一点春天的气息来！"江雁容微笑着说，走过去，把一枝栀子和一枝玫瑰顺手插在桌上的一个茶杯里，把剩下的一枝玫瑰拿在手中说："这枝要带去给叶小蓁。"她望望康南，又望望桌上的烟灰碟和学生的练习本。她翻了翻表面上的几本，说："一本都没改！交来好几天了，你越变越懒了！"她闻闻手上的玫瑰，又望望康南："你喜欢玫瑰还是栀子？嗯？"

康南随意地哼了一声，没有说话。江雁容靠在桌子上，伸了个懒腰。

"这两天累死了，接二连三的考试，晚上又总是失眠，白天精神就不好！喂，昨天的语文小测验考卷有没有看出来？我多少分？"

康南摇摇头。

"还没看吗？"江雁容问。

"嗯。"

"你看，我说你越来越懒了！以前考试，你总是第二天就看出来的！"她微笑地望着康南，噘了噘嘴，"昨天的解析几何又考坏了，假如我有我妹妹数理脑筋的十分之一，我就满意了，老天造人也不知道怎么造的，有我妹妹那么聪明的人，又有我这么笨的，还是同一对父母生出来的，真奇怪！"

康南望着窗子外面，微蹙着眉，默然不语。江雁容又笑笑说：

"告诉你一件事，那个在电线杆下面等我的小家伙不知道怎么把我的名字打听出来了，写了封信到学校里来，前天训导主任把我叫去，大大地教训了我一番，什么中学生不该交男朋友啦，不能对男孩子假以辞色啦，真冤枉，那个男生我始终就没理过他，我们训导主任也最喜欢无事忙！大惊小怪！"她停了一下，康南仍然沉默着，江雁容奇怪地看看他，觉得有点不大对头，她走过去说："怎么回事？为什么你不说话？"

"我不知道该说什么！"康南说，声音冷冰冰的。拿出一支烟，他捻亮打火机，打火机的火焰在颤动，燃上了烟，他吹灭了火焰。

江雁容睁大了眼睛，默默地看着他，然后问：

"是我得罪了你吗？"

"没有。"康南说，依然是冷冰冰的。

江雁容站着，呆呆地看着他。康南靠在椅子上，注视着窗玻璃上的竹影，自顾自地吐着烟圈。江雁容感到一份被冷落的难堪。她竭力思索着自己什么地方得罪了他，但一点头绪都想不出来，她勉强压制着自己，忍耐地说：

"好好的，你这是怎么了？是不是怪我好几天没有到你这儿来？你知道，我必须避嫌疑，我怕她们疑心，女孩子的嘴巴都很坏，我是不得已！"

　　康南仍然吐着烟雾，但吐得又快又急。

　　"你到底为什么？"江雁容说，声音微微颤抖着，努力忍着即将升到眼眶中的泪水，"你不要给我脸色看，这几天妈妈天天找我的麻烦，我已经受够气了！我是不必要受你的气的！"

　　"就是这句话！"康南抬起头来说，"你是不必要受我的气的，走开吧，走出这房间，以后，也不要再来！"他大口地喷着烟雾。江雁容咬着嘴唇，木立在那儿。接着，眼泪滑下了她的面颊，她跺了一下脚，恨恨地说：

　　"好，我走！以后也不再来！"她走向门口，用手扶着门柄，在口袋里找手帕擦眼泪，没有找到。她用手背擦擦面颊，正要扭转门柄，康南递过一块手帕来，她接过来，擦干了眼泪，忽然转过身子，正面对着康南说："如果你不愿意我再来，你可以直接告诉我，不必给我脸色看，我并不那么贱，并没有一定要赖着来！"

　　康南望着她，那对泪汪汪的眼睛楚楚可怜地看着他，那秀丽的嘴唇委屈地紧闭着，苍白的脸上有着失望、伤心和倔强。他转开头，想不去看她，但他做不到。叹了一口气，他的矜持和决心完全瓦解，他把她的手从门柄上拿下来，轻声说：

　　"雁容，我能怎么做？"

　　江雁容迟疑地望着他，问：

　　"你是什么意思？"

　　"雁容，"康南困难地说，"我要你离开我！你必须离开我！你的生命才开始，我不能害了你。雁容，不要再来了，如果你来，我就控制不了自己不去爱你！可是，这样发展下去绝对是个悲剧，雁容，最好的办法是就此而止！"

"你怕什么？"江雁容说，"老师，我心目中的你是无所畏惧的！"

"我一直是无所畏惧的，"康南说，"可是，现在我畏惧，我畏惧会害了你！"

"为什么你会害了我？"江雁容说，"又是老问题，你的年龄，是吗？老师。"她热情地望着他，泪痕尚未干透，眼睛仍然是水汪汪的。"我不在乎你的年龄，我不管你的年龄，我喜欢的是你，与你的年龄无关！"

"这是有关系的！"康南握住她的手臂，让她在椅子上坐下来，自己坐在她对面，望着她的眼睛说："这是有关系的，你应该管，我比你大二十几岁，我曾经结过婚，有过孩子。而你，只有十八岁，秀丽聪颖，纯洁得像只小白鸽，你可以找到比我强一百倍一千倍的对象！如果我拖住你，不是爱你而是害你……"

"老师，"江雁容不耐烦地打断他，"你怎么这样俗气和世故！你完全用世俗的眼光来衡量爱情，老师，你把我看得太低了！"

"是的，我是世故和俗气的。雁容，你太年轻了，世界上的事不是这么简单，你不懂。这世上并不止我们两个人，我们生活在人群里，也要顾忌别人的看法。我绝不敢希望有一天你会成为我的妻子！"

江雁容疑惑地望着他，然后说：

"我要问你一句话！"

"什么话？"

"你，"她咬咬嘴唇，"是真的爱我吗？还是，只是，只是对我有兴趣？"

康南站起身来，走到桌子旁边，深深地吸着烟，烟雾笼罩了他，他的眼睛暗淡而朦胧。

"我但愿我只是对你有兴趣，更愿意你也只是对我有兴趣，那么，我们逢场作戏地一起玩玩，将来再两不伤害地分手，各走各的路。无奈我

知道不是那么一回事，我们都不是那种人，总有一天，我们会造成一个
大悲剧！"

"只要你对我是真心的，"江雁容说，"我不管一切！老师，如果你爱
我，你就不要想甩开我！我不管你的年龄，不管你结过婚没有，不管你
有没有孩子，什么都不管！"

"可是，别人会管的！你的父母会管的，社会舆论会管的，前面的阻
力还多得很。"

"我知道，"江雁容坚定地说，"我父母会管，会反对，可是我有勇气
去应付这个难关，难道你没有这份勇气吗？"

康南望着江雁容那对热烈的眼睛，苦笑了一下。

"你有资格有勇气，我却没有资格没有勇气。"

"这话怎么讲？"

"我自己明白，我配不上你！"

江雁容审视着康南，说：

"如果你不是故意这么说，你就使我怀疑自己对你的看法了，我以为
你是坚定而自负的，不是这样畏缩顾忌的！"

康南灭掉了手上的烟蒂，走到江雁容面前，蹲到江雁容脚下，握住
了她的手。

"雁容，为什么你爱我？你爱我什么地方？"

"我爱你，"江雁容脸上浮起一个梦似的微笑，"因为你是康南，而不
是别人！"

康南凝视着她，那张年轻的脸细致而姣好，那个微笑是柔和的，信
赖的。那对眼睛有着单纯的热情。他觉得心情激荡，感动和怜爱揉合
在一起，更加上她对他那份强烈的吸引力，汇合成一股狂流。他站起身

来，把她拉进怀里，他的嘴唇从她的面颊上滑到她的唇上，然后停留在那儿。她瘦小的手臂紧紧地勾着他的脖子。

他放开她，她的面色红润，眼光如醉。他轻轻叫她：

"小江雁容！"

"别这么叫，"江雁容说，"我小时候，大家都叫我容容，现在没人这么叫我了，可是我依然喜欢别人叫我容容。"

"小容容！"他叫，怜爱而温存的。

江雁容垂下头，有几分羞涩。康南在她前面坐下来，让她也坐下，然后拉住她的手，郑重地说：

"我真不值得你如此看重，但是，假如你不怕一切的阻力，有勇气对付以后的问题，我也不怕！以后的前途还需要好好地奋斗一番呢！你真有勇气吗？"

"我有！你呢？"

"我也有！"他紧握了一下她的手。

"现在，你才真像康南了。"江雁容微笑地说，"以后不要再像刚才那样怄我，我最怕别人莫名其妙地和我生气。"

"我道歉，好吗？"

"你要是真爱我，就不会希望我离开你的。"

"我并没有希望你离开我，相反地，我那么希望能得到你，比我希望任何东西都强烈，假如我比现在年轻二十岁，我会不顾一切地追求你，要是全天下都反对我得到你，我会向全天下宣战，我会带着你跑走！可是，现在我比你大了那么一大截，我真怕不能给你幸福。"

"你爱我就是我的幸福。"

"小雁容，"康南叹息地说，"你真纯洁，真年轻，许多事你是不能了解的，婚姻里并不止爱情一项。"

"有你，我就有整个的世界。"

他用手托起了她的下巴，她的脸上散布着一层幸福的光彩，眼光信赖地注视着他，康南又叹息了一声：

"雁容，你知道我多爱你，爱得心痛。我已经不是好老师，我没办法改本子，没办法做一切的事，你的脸总是在我眼前打转。对未来，我又渴求又恐惧。活了四十四年，我从没有像最近这样脆弱。小容容，等你大学毕业，已经是五年以后，我们必须等待这五年，五年后，我比现在更老了。"

"如果我考不上大学呢？"

"你会考得上，你应该考得上。雁容，当你进了大学，被一群年轻的男孩子所包围的时候，你会不会忘记我？"

"老师！"江雁容带着几分愤怒说，"你怎么估价我的？而且你以为现在就没有年轻的男孩子包围我吗？那个附中的学生在电线杆下等了我一年，一个爸爸的学生每天晚上跑到家里去帮我抄英文生字，一个世伯的儿子把情书夹在小说中送给我……不要以为我是没有朋友而选择了你，你估低了自己也估低了我！"

"好吧，雁容，让我们好好地度过这五年。五年后，你真愿意跟我在一起？你不怕别人骂你，说你是傻瓜，跟住这么一个老头子？"

"你老吗？"江雁容问，一个微笑飞上了嘴角，眼睛生动地打量着他。

"我不老吗？"

"哦，好吧，算你是个老头子，我就喜欢你这个老头子，怎么样？"江雁容的微笑加深了。嘴角向上翘，竟带着几分孩子气的调皮，在这儿，康南可以看到她个性中活泼的一面。

"五年后，我的胡子已经拖到胸口。"康南说。

"那不好看。"江雁容摇着她短发的头，故意地皱拢了眉毛。

"我要你剃掉它！"

"我的头发也白了……"

"我把头发染白了陪你！"

康南感到眼角有些湿润，她的微笑不能感染给他。他紧握了一下她的手，说：

"你的父母不让你呢？"

"我会说服他们，为了我的幸福计，他们应该同意。"

"他们会认为跟着我并非幸福。"

"是我的事，当然由我自己认为幸福才算幸福！"

"如果我欺侮你，打你，骂你呢？"

"你会吗？"她问，然后笑着说，"你不会！"

上课号"呜"地响了，江雁容从椅子上跳起来，看看手表，叹口气说："我来了四十分钟，好像只不过五分钟，又要上课了，下午第一节是物理，第二节是历史，第三节是自习课，可是要补一节代数。唉，功课太多了！"她走向门口，康南问：

"什么时候再来？"

"永远不来了，来了你就给人脸色看！"

"我不是道过歉了吗？"

江雁容抿着嘴笑了笑，挥挥手说：

"再见，老师，赶快改本子去！"她迅速地消失在门外了。

康南目送她那小巧的影子在走廊里消失，关上了门，他回过身来，看到地上有一枝白玫瑰，这是江雁容准备带回去给叶小蓁的，可是不知什么时候落到地下了。康南拾了起来，在书桌前坐下，案上茶杯里的玫瑰和栀子花散发着浓郁的香气，他把手中这一枝也插进了茶杯里。江雁容走了，这小屋又变得这样空洞和寂寞，康南摸出了打火机和烟，燃起了烟，他像欣赏艺术品似的喷着烟圈、大烟圈、小烟圈和不成形的烟圈。寂寞，是的，这么许多年来，他都故意忽略自己的寂寞，但是，现在，在江雁容把春的气息带来之后，又悄然而退的时候，他感到寂寞了，他多愿意江雁容永远坐在他的对面，用她那对热情的眸子注视他。江雁容，这小小的孩子，多年轻！多纯真！四十岁之后的他，在社会上混了这么多年，应该是十分老成而持重的，但他却被这个纯真的孩子所深深打动了，他无法解释自己怎会发生如此强烈的感情。喷了一口烟，他自言自语地说：

"康南，你在做些什么？她太好了，你不能毁了她！"他又猛吸了一口烟，"你确信能给她幸福吗？五年后，她才二十三岁，你已将近五十，这之间有太多的矛盾！占有她只能害她，你应该离开她，要不然，你会毁了她！"他沉郁地望着烟蒂上的火光。"多么热情的孩子，她的感情那么强烈又那么脆弱，现在可能已经晚了，你不应该让感情发生的。"他站起身来，恨恨地把烟蒂扔掉，大声说："可是我爱她！"这声音吓了他自己一跳。他折回椅子坐下，靠在椅子上，陷入了沉思之中。从衬衫口袋里，他摸出一张陈旧的照片，那上面是个大眼睛的女人，瘦削的下巴，披着一头如云的长发。他凝视着这张照片，轻声说：

"这怎么会发生的呢？若素，我以为我这一生再也不会恋爱的。"

照片上的大眼睛静静地望着他，他转开了头。

"你为我而死，"他默默地想，"我却又爱上另一个女孩子，我是怎样一个人呢？可是我却不能不爱她。"他又站起身来，在室内来回踱着步子。"最近，我几乎不了解我自己了。"他想，烦躁地从房间的这一头踱到那一头。"雁容，我不能拥有你，我不敢拥有你，我配不上你！你应该有个年轻漂亮的丈夫，一群活泼可爱的儿女，而不该伴着我这样的老头子！你不该！你不知道，你太好了，唯其爱你，才更不能害你！"他站住，面对洗脸架上挂着的一面镜子，镜中反映的是一张多皱纹的脸和充满困扰神色的眼睛。

　　第二次月考过去了，天气渐渐地热了起来，台湾的气候正和提早来到的春天一样，夏天也来得特别早，只一眨眼，已经是"应是绿肥红瘦"的时候了。江太太每天督促雁容用功，眼见大学入学考试一天比一天近，她对于雁容的考大学毫无信心，恨不得代她念书，代她考试。住在这一条巷子里的同事，有四家的孩子都是这届考大学，她真怕雁容落榜，让别人来笑话她这个处处要强的母亲。她天天对雁容说：

　　"你绝不能输给别人，你看，徐太太整天打牌，从早到晚就守在麻将牌桌子上，可是她的女儿保送台大。我为你们这几个孩子放弃了一切，整天守着你们，帮助你们，家务事也不敢叫你们做，就是希望你们不落人后，我真不能说不是个好母亲，你一定要给我争口气！"

　　江雁容听了，总是偷偷地叹气，考不上大学的恐惧压迫着她，她觉得自己像背负着一个千斤重担，被压得透不过气来。在家里，她总感到忧郁和沉重，妹妹额上的疤痕压迫她。和弟弟已经几个月不说话了，弟弟随时在找她寻事，这也压迫着她。爸爸自从上次事件之后，对她特别好，常常故意逗她发笑，可是，她却感到对父亲疏远而陌生。母亲的督促更压迫她，只要她略一出神，母亲的声音立即就飘了过来。

　　"雁容，你又发什么呆？这样念书怎么能考上大学？"

　　考大学，考大学，考大学！还没有考呢，她已经对考大学充满了恨意。她觉得母亲总在窥探她，一天，江太太看到她在书本上乱画，就走过去，严厉地说：

"雁容，你最近怎么回事？总是神不守舍！是不是有了男朋友？不许对我说谎！"

"没有！"江雁容慌张地说，心脏在猛跳着。

"告诉你，读书时代绝不许交朋友，你长得不错，天分也高，千万不要自轻自贱！你好好地读完大学，想办法出去读硕士博士，有了名和学问再找对象，结婚对女人是牺牲而不是幸福。你容易动感情，千万记住我的话。女人，能不结婚最好，像女中校长，就是没有结婚才会有今日的地位，结了婚就毁了。真要结婚，也要晚一点，仔细选择一个有事业有前途的人。"

"我又没有要结婚，妈妈说这些做什么嘛！"江雁容红着脸说，不安地咬着铅笔的橡皮头。一面偷偷地去注视江太太，为什么她会说这些？难道她已经怀疑到了？

"我不过随便说说，我最怕你们两个女儿步上我的后尘，年纪轻轻的就结了婚，弄上一大堆孩子，毁掉了所有的前途！最后一事无成！"

"妈妈不是也很好吗？"江雁容说，"这个家就是妈妈的成绩嘛，爸爸的事业也是妈妈的成绩……"

"不要把你爸爸的事业归功到我身上来！"江太太愤愤地说。"我不要居这种功！家，我何曾把这个家弄好了？我的孩子不如别人的孩子，我家里的问题比任何人家里都多！父亲可以打破女儿的头，姐姐可以和弟弟经年不说话，像仇人似的。我吃的苦比别的母亲多，我却比别的母亲失败！家，哼！"江太太生气地说，眼睛瞪得大大的。

"可是，你有一群爱你的孩子，还有一个爱你的丈夫，生活在爱里，不是也很幸福吗？"江雁容软弱地说，感到母亲过分地要强，尤其母亲话中含刺，暗示都是她使母亲失败，因而觉得刺心地难过。

"哼，雁容，你太年轻，将来你会明白的，爱是不可靠的，你以为你爸爸爱我？如果他爱我他会把我丢在家里给他等门，他下棋下到深更半夜回来？如果他爱我，在我忙得不可开交的时候，他会一点都不帮忙，反而催着要吃饭，抱怨菜不好？你看到过我生病的时候，爸爸安慰过我伺候过我吗？我病得再重，他还是照样出去下棋！或者他爱我，但他是为了他自己爱我，因为失去我对他不方便，绝不是为了爱我而爱我！这些，你们做儿女的是不会了解的。至于儿女的爱，那是更不可靠了，等儿女的翅膀长成了，随时会飞的。我就从我的父母身边飞开，有一天你们也会从我的身边飞开，儿女的爱，是世界上最不可靠的一种爱。而且，就拿现在来说，你们又何尝爱我？你们只想父母该怎么怎么待你们，你们想过没有该怎么样待父母？你就曾经散布谣言说我虐待你！"

"我没有！"江雁容跳起来说。"没有吗？"江太太冷冷地一笑："你的日记本上怎么写的？你没有怪父母待你不好吗？"

江雁容心中猛然一跳，日记本！交给康南看的日记本！她再也没有想到这个本子会落到母亲手中，不禁暗中庆幸自己已经把康南夹在日记本中的信毁了。她无言地呆望着面前的课本，感到母亲的精细和厉害，她记得那本日记是藏在书架后面的，但母亲却会搜出来，那么，她和康南的事恐怕也很难保密了。

"雁容，"江太太说，"念书吧。我告诉你，世界上只有一种爱最可靠，那是母亲对儿女的爱。不要怪父母待你不好，先想想你自己是不是待父母好。以前的社会，是儿女对父母要察言观色，现在的社会，是父母要对儿女察言观色，这或者是时代的进步吧！不过，我并不要你们孝顺我，我只要你们成功！现在，好好念书吧！不要发呆，不要胡思乱想，要专心一致！”

江雁容重新回到课本上，江太太沉默地看了江雁容一会儿，就走出了江雁容的房间。雁若正在客厅的桌子上做功课，圆圆的脸红扑扑的，收音机开着，她正一面听广播小说一面做数学习题，她就有本事把广播小说全听进去，又把习题做得一个字不错。江太太怜爱地看了她一眼，心想：

“将来我如果还有所希望，就全在这个孩子身上了！除了她，就只有靠自己！”

她走到自己房里，在书桌上摊开画纸，想起画画前的那一套准备工作，要洗笔，洗水碗，调颜色，裁画纸，磨墨，再看看手表，再有半小时就该做饭了，大概刚刚把准备工作做完就应该钻进厨房了。她扫兴地在桌前坐下来，叹口气说：

“家！幸福的家！为了它你必须没有自己！”

第二次月考后不久，同学中开始有了流言。江雁容成了大家注意的目标，康南身后已经有了指指戳戳的谈论者。这流言像一把火，一经燃起就有燎原之势。江雁容已经听到了一些风言风语，她感到几分恐惧和不安，但她对自己说：“该来的一定会来，来了你只好挺起脊梁承受，谁叫你爱上他？你就得为这份爱情付出代价！”她真的挺起脊梁，准备承受要来到的任何打击。

一天中午，她从“一号”回到教室里，才走到门口就听到程心雯爽朗的声音，在愤愤地说：

“我就不相信这些鬼话，胡美纹，是你亲眼看到的吗？别胡说了！康南不是这种人，他在我们学校教了五年了，要追求女学生五年前不好追求，等老了再来追求？这都是别人因为嫉妒他声誉太好了造出来中伤他的。引诱女学生！这种话多难听，准是曹老头造的谣，他恨透了康南，什么话造不出来？"

江雁容听到程心雯的声音，就在门外站住了，她想多听一点。接着，胡美纹的声音就响了：

"康南偏心江雁容是谁都知道的，在她的本子上题诗题词的，对别的学生有没有这样？江雁容为什么总去找康南？康南为什么上课的时候总要看江雁容？反正，无风不起浪，事情绝不简单！"

"鬼扯！"程心雯说，"康南的清高人人都知道，或者他有点偏心江雁容，但绝不是传说的那样！他太太为他跳河而死，以及他为他太太拒绝续弦的事也是人人都知道的，假若他忘掉为他而死的太太，去追求一个可以做他女儿的学生，那他就人格扫地了，江雁容也不会爱这种没人格没良心的人的。为了江雁容常到康南那里去，就编派他们恋爱，那么，何淇也常到康南那里去，叶小蓁也去，我也去，是不是我们都和康南恋爱，废话！无聊！"

"哼，你才不知道呢，"胡美纹说，"你注意过康南看江雁容的眼光没有，那种眼光……"

"算了！"程心雯打断她说，"我对眼光没研究，看不出有什么不同来，不像你对情人的眼光是内行！"

"程心雯，你这算什么话？"胡美纹生气地说，"我说康南不是好人，他就是没人格，江雁容也不是好东西……"

"算了，算了，"这是何淇的声音，"为别人的事伤和气，何苦？江雁容蛮好的，我就喜欢江雁容，最好别骂江雁容！这种事没证据还是不要讲的好！"

"没证据，走着瞧吧！"胡美纹愤愤地说。

"我也不相信，"这是叶小蓁的声音，"康南是个好老师，绝不会这么无耻！"

"你们为什么不把江雁容捉来，盘问盘问她，看她敢不敢发誓……"胡美纹激怒地说。

"嘘！别说了！"一个靠门而坐的同学忽然发现了在门口木然而立的江雁容，就迅速地对那些争执的同学发了一声警告，于是，大家一声都不响了。

江雁容走进教室，同学们都对她侧目而视。她在自己的位子上坐下来，不敢去看那为她争执得满脸发红的程心雯。她呆呆地坐着，脑子里是一片混乱，她不知道要做什么，也不知道能做什么，刚刚听来的话像是一个响雷，击得她头昏脑涨。尤其是："康南的清高是人人都知道的……假如他忘掉为他而死的太太，去追求一个可以做他女儿的学生，那他就人格扫地了……""康南是个好老师，绝不会这么无耻！""康南不是好人，他就是没人格，江雁容也不是好东西……"这些话像一把把利剑，插在她的心中。这是她以前从没有想到的，她从不知道康南如果爱了她，就是"没人格""没良心"和"无耻"的！也从不知道自己爱了康南，就"不是好东西"。是的，她一直想得太简单了，以为"爱"只是她和康南两个人的事，她忽略了世界上还有这么多的人，也忽略了自己和康南都生活在这些人之间！康南，他一直是学生们崇拜的偶像，现在，她已经看到这个偶像在学生们心中动摇，如果她们真知道了事情的真相，这偶像就该摔在地下被她所践踏了！

"康南是对的，我们最好是到此而止。"她苦涩地想，"要不然，我会毁掉他的声誉和一切，也毁掉我自己！"她面前似乎出现了一幅图画，她的父母在骂她，朋友们唾弃她，陌生人议论她……"我都不在乎，"她想，"可是，我不能让别人骂他！"她茫然地看着黑板，彷徨得像漂流在黑暗的大海上。

这天黄昏，在落霞道上，周雅安说：

"江雁容，你不能再到康南那里去了，情况很糟，似乎没有人会同情你们的恋爱。"

"这份爱情是有罪的吗？为什么我不能爱他？为什么他不能爱我？"江雁容苦闷地说。

"我不懂这些，或者你们是不应该恋爱……"

"现在你也说不应该！"江雁容生气地说，"可是，爱是不管该不该的，发生了就没办法阻遏，如果不该就可以不爱，你也能够不爱小徐了！"

"好了，别和我生气，"周雅安说，"不过，这样的爱结局是怎样呢？"江雁容不说话了，半天之后才咬咬牙说：

"我不顾一切压力。"

"可是，别人骂他没人格，你也不管吗？"

江雁容又沉默了，周雅安说：

"我还要告诉你一件事，今天我到江乃那儿去交代数本，正好'一块五毛'也在那儿谈天，好像也是在谈康南，我只听到'一块五毛'说：'现在的时代也怪，居然有女孩子会爱他！'江乃说：'假如一个老谋深算的人要骗取一个少女的爱情是很容易的！'我进去了，他们就都不说了。江雁容，目前你必须避开这些流言，等到考完大学后再从长计划，否则，对你对他，都是大不利！"

"我知道，"江雁容轻声说，手臂吊在周雅安的胳膊上，声音是无力的，"我早就知道，他对我只是一个影子，虚无缥缈的影子，我们是不会有好结局的，我命中注定是要到这世界上来串演一幕悲剧！他说得对，我们最好是悬崖勒马！"

落日照着她，她眼睛里闪着一抹奇异的光，小小的脸严肃而悲壮。周雅安望着她，觉得她有份怪异的美，周雅安感到困惑，不能了解江雁容，更不能了解她那奇异的神情。

窗
外

玖

NINE

窗子外面的世界那么大，那么辽阔，那外面有我的梦，我的幻想。

毕业考，像一阵风似的过去了。江雁容答完了最后一张考卷，轻轻呼出一口气。"再见了！中学！"她心中低喊着，这是中学里最后一张考卷了，她没有爱过中学生活，相反地，她诅咒中学，诅咒课本，也诅咒过老师。可是，当她把这最后一张考卷交到讲台上，她竟感到一阵茫然和凄惶。毕业了，未来是渺不可知的。跨出试场，她望着满操场耀眼的阳光发愣。在不远的树荫下，程心雯正指手画脚地和何淇谈着什么，看到江雁容出来，就跳过来抓着江雁容的手臂一阵乱摇，嘴里大嚷着：

"你看怎么办？我把草履虫的图画成了变形虫，又把染色质和染色体弄成一样东西，细胞的构造画了个乱七八糟，连细胞核都忘记了，我以为绝不会考什么受精，偏偏它又考出来了，那一题我就只好不答，你看，我这次生物一定不会及格了。"

"你把我的手臂都摇断了！"江雁容慢吞吞地说，挣开了程心雯的掌握，"放心吧，我包管你会及格，毕业考就是这么回事，不会让我们不毕业的！"

"可是我一定不会及格嘛，我自己算了，连二十分都没有。"

"充其量补考！"江雁容说，一面向操场的另一头走去。

"喂喂，你到哪里去？"程心雯在她身后大喊。

"上楼，收拾书包！"江雁容说。

"喂，你别走。"程心雯赶上来，拉住她的手说："现在考完了，我有许多话要和你谈谈。"

江雁容站住了，望着程心雯的眼睛说：

"程心雯，你要谈的话我都知道，你最好别和我谈什么，假如你们对我有什么猜测，你们就尽量去猜吧，我是没有什么话好说的。"她显得凄惶无助，眼睛中充满了泪水。

程心雯怔住了。"怎么，你……江雁容，别这样，我一点恶意都没有，现在乱七八糟的传言那么多，真真假假，连我也糊涂了，我真怕你会上了别人的当！"

"上谁的当？"江雁容问。

"康南！"

"康南？"

"嗯，我怕他是个伪君子！怕他那个好老师的外表都是伪装，但是，我并不相信他会做出这种事来的。江雁容，只要你告诉我一声，康南并没有和你谈恋爱，我就放心了。"

"我没有什么话好说！"江雁容说，迅速地转过身子，向校园跑去。程心雯呆立在那儿，然后恨恨地跺了一下脚。

"康南，你是个浑蛋！"她低低地、咬牙切齿地说。

江雁容跑进了校园里，一直冲到荷花池的小桥上，她倚着栏杆，俯下头，把头埋在手心里。

"天哪，这怎么办？"

在小桥上足足站了三十分钟，她发现许多在校园中散步的同学都在好奇地注视她。荷花池里的荷花又都开了，红的，白的，一朵朵亭亭玉立在池水中。她依稀记得去年荷花盛开的时候，一年，真快！但这世界已不是去年的世界了，她也不是去年的她了。

　　离开荷花池，她茫然地走着，觉得自己像个梦游病患者。终于，她站住了，发现自己正停在康南的门口。推开门，她走了进去，有多久没到这房里来了？她计算不清，自从她下决心不连累康南的名誉之后，她没有再来过，大概起码已经有几百个世纪了。她和自己挣扎了一段长时间，现在，她认清了，她无从逃避！这段挣扎是痛苦的，像一次大战争，而今，她只觉得疲倦和无可奈何。

　　一股熟悉的香烟味迎接着她，然后，她看到了康南，他正和衣躺在床上，皮鞋没有脱，床单上都是灰尘，他的头歪在枕头上，正在熟睡中。这房间似乎有点变了，她环视着室内，桌上凌乱地堆着书本、考卷和学生的纪念册。地上散布的全是纸屑和烟蒂，毛笔没有套套子，丢在桌子脚底下。这凌乱的情形简直不像是康南的房间，那份整洁和清爽哪里去了？她轻轻地合上门，走了过去，凝视着熟睡的康南，一股刺鼻的酒味对她冲过来，于是，她明白他不是睡了，而是醉了。他的脸色憔悴，浓眉微蹙，嘴边那道弧线更深更清晰，眼角是湿润的，她不敢相信那是泪痕，她心目中的康南是永不会流泪的。她站在那儿好一会儿，心中充满了激情，她不愿惊醒他。在他枕头下面，她发现一张纸的纸角，她轻轻地抽了出来，上面是康南的字迹，零乱地、潦草地、纵横地布满了整张纸，却只有相同的两句话：

　　　　知否？知否？他为何不断抽烟？
　　　　知否？知否？他为何不断喝酒？

　　翻过了纸的背面，她看到一封没有写完的信，事实上，这信只起了一个头，上款连称呼都没有，与其说它是信，不如说是写给自己看的更妥当，上面写着：

> 你撞进我的生命，又悄悄地跑掉，难道你已经看出这份爱毫无前途？如果我能拥有你，我只要住一间小茅屋，让我们共同享受这份生活；阶下虫声，窗前竹籁，一瓶老酒，几茎咸菜，任月影把花影揉碎……

信到此而止，下面是一连几个画着大惊叹号的句子：

> 梦话！梦话！梦话！四十几岁的人却在这里说梦话！你该看看你有多少皱纹？你该数数你有多少白发？

然后，隔得远远的，又有一行小字：

> 她为什么不再来了？

江雁容把视线移到康南脸上，呆呆地凝视他。于是，康南的眼睛睁开了，他恍恍惚惚地看了她一眼，皱了皱眉头，又把眼睛闭上了。然后，他再度张开眼睛，集中注意力去注视她，他摇了摇头，似乎想摇掉一个幻影。江雁容向床前面靠近了一步，蹲下身子，她的头和他的距离得很近，她用手指轻轻抚摸他的脸，低声说：

"渴吗？要喝水吗？"

康南猛地坐了起来，因为起身太快，他眩晕地用手按住额角，然后望着她，一句话都不说。

"我又来了，你不欢迎吗？"她问，眼睛里闪着泪光。

康南一把拉起她来，他的嘴唇落在她的唇上，他炙热的呼吸吹在她的脸上，他用手托住她微向后仰的头，猛烈地吻她，她的脸、鼻子、嘴唇，和她那小小的，黑发的头。她的泪水弄湿了他的唇，咸而涩。她的眼睛闭着，湿润的睫毛微微跳动。他注视她，仔细地，一分一厘地注视，然后轻声说："你瘦了，只为了考试吗？"

她不语，眼泪从她的眼角滑下去。

"不要哭！"他柔声说。

"我努力了将近一个月，几分钟内就全军覆没了。"她哽塞地说。

"小雁容！小容容！"他喃喃地喊。

"我们走吧，康南，带我走，带我远离开这些人！"

康南黯然地注视她，问：

"走？走到哪里去？"

"到深山里去！到旷野里去！到没有人的地方去！"

康南苦笑了一下。

"深山、旷野！我们去做野人吗？吃草根树皮还是野兽的肉？而且，哪一个深山旷野是没有人的？"

江雁容仰着的脸上布满泪光，她凝视他的脸，两排黑而密的睫毛是湿润的，黑眼睛中燃烧着热情的火焰，她的嘴微张着，带着几分无助和无奈。她轻声说：

"那么，我们是无从逃避的了。"

"是的。"

"你真的爱我？"她问。

"你还要问！"他捏紧她的胳膊。

"你知道你爱我要付出多少代价？你知道同学们会对你有怎样的评价？你知道曹老头他们会借机攻击你？你知道事情一传开你甚至不能再在这个学校待下去，你知道大家会说你是伪君子，是骗子，是恶棍……"

"不要再说下去，"他用手指按在她的嘴唇上，"我都知道，可能比你说的情况更糟。不过，我本来就是个恶棍！爱上你就是恶棍。"

"康南，"她低低地喊，"康南，我爱你，我爱你，我爱你！"

他再度拥抱了她。

"我真想揉碎你，"他说，吻着她的耳垂，"把你做成一个一寸高的小人，装在我的口袋里。雁容，我真能拥有你吗？"

"我告诉你一句话，"江雁容轻声说，"我这一辈子跟定了你，如果真不能达成愿望，我还可以死。"

康南的手指几乎陷进江雁容的骨头里去，他盯住她的眼睛，严厉地说：

"收回你这句话！告诉我：无论遭遇什么打击，你绝不寻死！"

"别对我这么凶，"江雁容柔弱地说，"如果不能和你在一起，活着不是比死了更痛苦？"

"那你也要为我痛苦地活着！"康南固执地说，"已经有一个女人为我而死，我这一生造的孽也够多了，如果你再讲死字，不如现在就分手，我要看着你健康愉快地活着！"

"除非在你身边，我才能健康愉快地活着！"

"雁容，"他注视她，"我越来越觉得配不上你！"

"你又来说这种没骨头的话，简直使我怀疑你是不是康南！"

"你比我纯真，比我有勇气，你敢爱也敢恨，你不顾忌你的名誉和前途，这些，你都比我强！和你比，我是个渺小而卑俗的人……"

有人敲门，康南停止说话，江雁容迅速地从康南身边跳开，坐到桌前的椅子上。门几乎立即被推开了，门外，是怒容满面的程心雯，她严厉地看看康南，又看看江雁容，冷冷地对江雁容说：

"我在楼上找不到你，就猜到你在这儿！"

江雁容垂下头，无意识地抚平一个裙褶。

程心雯"砰"地关上房门，直视着康南，坦率地说：

"老师，你怎么能这样做？江雁容可以做你的女儿！"

康南不知说什么好，他默然地望着程心雯，这是个率直的女孩子，她带来了现实！

江雁容猛然站了起来。

"程心雯，我们出去谈谈！"

"我不要和你谈了！"程心雯愤愤地说，"你已经中了这个人的毒！看你那副可怜兮兮的样子我就生气，你们！真是一对璧人！江雁容，你是个大糊涂虫！你的头脑跟聪明到哪里去了？老师，我一直最敬佩你，现在我才看清你是怎么样的人！"她冲出房门，又把门"砰"地带上。一时，室内充满了寂静，然后，康南在床上坐下来，从桌上拿起一支铅笔，发泄地把它折成两段。江雁容注视着他，他的脸色苍白郁愤，那支铅笔迅速地从两段变成了四段，又从四段变成了八段。

江雁容站起身来静静地走到康南面前：

"老师，我知道我该怎么做了。再见！"

"你要怎么做？"康南一把抓住了她的衣服。

"我要离开你！"江雁容平静而坚决地说。挣出了康南的掌握，转身向门口走去。

"等一下，雁容！"康南喊。

"老师，再见！"江雁容打开门，又很轻很轻地加了一句，"我爱你，我永远爱你。"她迅速地走出了康南的房间，向校园的方向跑去。

毕业考后一星期，学校公布了补考名单，江雁容补考数学物理，程心雯补考生物。又一星期，毕业名单公布了，她们全体顺利地跨出了中学的门槛。六月初，毕业典礼在学校大礼堂举行了。

她们鱼贯地走进大礼堂，一反平日的嘈杂吵闹，这天竟反常地安静。老教官和小教官依然分守在大礼堂的两个门口，维持秩序。小教官默默地望着这群即将走出学校的大女孩子，和每个学生点头微笑。老教官也不像平日那样严肃，胖胖的脸上有着温柔的别情，她正注视着走过来的程心雯，这调皮的孩子曾带给她多少的麻烦！程心雯在她面前站住了，笑着说：

"教官，仔细看看，我服装整不整齐？"

教官打量了她一番，诧异地说：

"唔，学号，好像是真的绣的嘛！"

"昨天开夜车绣起来的！"程心雯说，有点脸红。

老教官望着那个绣得乱七八糟的学号，竟感到眼眶发热。程心雯又走到小教官面前，做了个鬼脸，低声说：

"李教官，请吃喜酒的时候别忘了我！"

小教官的脸一红，骂着说：

"毕业了，还是这么顽皮！"说着，她望着那慢慢走来的江雁容说："江雁容，快一点！跑不动吗？"

江雁容回报了她一个沉静的微笑，她呆了一下。"如果我是个男老师，我也会爱上她！"她想，对于最近的传闻有些相信了。

毕业典礼，和每年的开学式、休学式类似，校长报告，训导主任、教务主任、事务主任……训话，老师致辞……可是，这天的秩序却分外好，学生们都静悄悄地坐着，没有一点声音。比往日开学休学式多了一项，是在校学生致欢送辞，和毕业生致答辞。都完了之后，肃穆凄切的钢琴响了起来，全体同学都站起身，准备唱毕业歌，江雁容轻轻对周雅安说：

"我从没有爱过中学生活，可是，今天我却想哭。"

"我有同感。"周雅安说，"我想，中学还是我们的黄金时代，这以后，我们不会像中学时那样天真和纯洁了。"

毕业歌响了起来：

> 青青校树，萋萋庭草，欣沾化雨如膏，
> 笔砚相亲，晨昏欢笑，奈何离别今朝。
> 世路多歧，人海辽阔，扬帆待发清晓，
> 诲我谆谆，南针在抱，仰瞻师道山高……

歌声里，她们彼此注视，每人都凝注了满眶热泪。

毕业之后，她们最忙的一段时间开始了，再有一个多月，就是联合考试的日子。这些学生都钻进了书本里，拼命地念，拼命地准备，恨不得在一个多月内能念完全天下的书。有的学生在家里念，也有的学生在学校里念，反正，这一个半月，她们与书本是无法分开的，哪怕是吃饭和上厕所，也照样一卷在握。

江雁容把自己关在家里，也关在书堆里。周雅安天天来陪她一起念。一天，周雅安来了，她们在一起温习地理。研究完了一个问题之后，周雅安在一张纸条上写了几个字，递给江雁容，江雁容看上面写的是：

"小徐昨天和那个女孩子订婚了，爱情，岂不可笑！"

江雁容抬起头来，望着周雅安，周雅安又写了几个字给江雁容，写的是：

"不要和我谈，现在什么都别谈，考完大学再说！"

然后，她望着课本说："你再讲一遍，苏伊士运河和巴拿马运河缩短的航程。"

江雁容继续注视着周雅安，低声说：

"你怎么能这么平静？"

"我平静？"周雅安抛掉了书，站起身子，在室内绕了个大圈子，然后把手放在江雁容肩膀上，冷笑着说，"江雁容，我想明白了，爱情不过是逢场作戏而已，世界上永远不会有真正持久的爱情，如果你对爱情认真，你就是天字第一号的大傻瓜！以后，看吧，我再也不这么傻了，我已想透了，看穿了！"

"你不能一概而论……"

"算了，算了，"周雅安愤愤地说，"我劝你也别认真，否则，有的是苦要吃……"

"别说了，妈妈来了！"江雁容及时下了一句警告。就把头俯在书本上，周雅安也拾起书，用红笔有心没心地在书上乱勾。江太太果然来了，她望了江雁容和周雅安一眼，就穿过房间到厨房去倒开水。江雁容知道她并不是真的要倒开水，不过是借此来看看她们有没有念书而已。江太太倒完水，又穿过房间走了。江雁容猜想，她大概已经听到了一些她们的谈话，她在纸上写了几句话递给周雅安：

"念书吧，免得妈妈再到房间里来打转！"

"你妈妈太精了！"周雅安写。

"她就怕我考不上大学，如果我真失败了，就简直不堪设想了！"江雁容写，对周雅安做了个无可奈何的微笑。

这一天终于来了，对江雁容而言，那真像一场噩梦。坐在那坚硬的椅子上，握着一支钢笔，聚精会神地在卷子上填下自己的命运。那些白衬衫黑裙子的同学，那些铅印的考卷，监考先生的眼睛，散在走廊上的书本，考试前及结束时的钟声，考完每一节之后的讨论答案……这一切一切，像是紊乱，又像简单，像是模糊，又像清晰，反正，都终于过去了。

大学联考后的第二天早晨，江雁容在晓色中醒来。她用手枕着头，望着帐顶发呆。她简直不敢相信，准备了那么久的考试，现在已经成为过去式的动词了。多少的奋斗，多少的努力，多少的挣扎，都只为了应付这两天，现在这两天已经过去了。不需要再一清早爬起来念书，不需要在桌子上堆满课本、笔记、参考资料，不需要想还有多少功课没有准备……这好像是十分奇妙的。她一动也不动地望着帐顶，连表都不想看，时间对她已不重要了。可是，她并没有像预期的那样轻松，反而有一种空空洞洞、茫然若失的感觉。一个多月来，她把精神贯注到书本上，而今，突然的轻松使她感到迷失。她翻了一个身，把头埋在枕头里，心中有一个小声音在低低地叫着：

"康南，康南，康南！"

她坐起来，懒洋洋地穿衣服，下床，梳洗，吃早饭，心中那个小声音继续在叫着：

"康南，康南，康南。"

早饭桌上，江太太望着江雁容，一个多月来，这孩子更瘦了，看起来轻飘飘的。脸色太苍白，显得眼睛特别黑。江太太关心地说："雁容，考完了，今天去找周雅安玩玩吧！"接着，她又不放心地问："你自己计算一下，到底有把握拿到多少分？"

"喔，妈妈，"江雁容说，"别再谈考试了，现在，我连考了些什么题目都忘光了！"

江太太看看她，心里的不满又升了起来，这孩子一点都不像江太太年轻的时候，记得她以前考过试，总要急急忙忙计算自己的分数的。

吃完了早饭，江雁容望着窗外的太阳光发愣，有点不知道该做些什么好，心里那个小声音仍然在叫："康南，康南，康南，康南！"叫得她头发昏，心里沉甸甸的。"我有许多事要做，"她脑中纷乱地想着，"要整理一下书籍，把课本都收起来，要把几本爱看的诗集找出来，要去做几件衣服，要……"这些纷乱的思想到最后，却和心中的小声音合而为一了："康南，康南，康南！"她叹了口气，走到玄关去穿鞋子，一面向母亲交代：

"妈，我去找周雅安。"

"好吧，该散散心了，"江太太说，"回不回来吃午饭？"

"不一定，别等我吧！"

一走出大门，她的意志、目标都坚定了！她迫不及待地向学校的方向走，心里的小声音变成了高声大叫，她快快地迈着步子，全部心意都集中在一个渴望上："康南！"

走进校门，校园里的花向她点着头。"好久不见！"她心中在说，走过校园，穿过那熟悉的小树林，她茫然四顾，这正是暑假，学校里竟如此冷冷清清！荷花池里的花盛开着，桥栏杆上没有学生。她走进了教员单身宿舍的走廊，一眼就看到那个胖胖的教务主任正从康南房里出来，她和教务主任打了个照面，她行了礼，教务主任却愣了一下，紧盯了她一眼，点点头走开了。"大概又来接头下学期的排课问题，下学期的高三，不知道哪一班能抢到他！"她想着，停在康南的门外。她的心脏猛烈地跳了起来，血向脑子里集中。"哦，康南！"她低低地念着，闭起眼睛，做了个深呼吸，敲了敲房门。

门立即打开了，江雁容张开了眼睛，一动也不动地望着康南，康南的眉毛向上抬，眼睛死死地盯着她。然后，他伸手把她拉了进来，把门在她身后合上。她的身子靠在门上，他的手轻轻地落在她的头上，带着微微的颤抖，从她面颊上抚摸过去。她张开嘴，低低地吐出三个字：

"你好吗？"

他把手支在门上，望着她，也低低地说：

"谢谢你还记得我。"

听出话中那份不满，她把眼光调开，苦笑了一下，默然不语。

"考得怎样？"他问。

"不要谈考试吧！"

她审视他。他的脸色憔悴，双颊瘦削，但眼睛是灼灼逼人的。他们彼此注视了一段很长的时间。然后，他把手放在她的肩膀上，她立即倒进了他的怀里，把头靠在他宽宽的胸膛上，两手环住了他的腰。他抚弄她的短发，这样，又站了好一会儿，她笑了，说：

"康南，我们是两个大傻瓜！现在，我知道了，我永远没有办法让自己离开你的，我认了！不管我带给你的是什么，也不管你带给我的是什么，我再不强迫自己离开你了！我准备接受一切打击！"

"你是个勇敢的小女生！也是个矛盾的小女生！"康南说，让她坐在椅子上，倒了杯茶给她。"等到明天，你又会下决心不到我这儿来了！"

"我现在明白了，这种决心是无用的。除非有一个旋乾转坤般的大力量，硬把我们分在两个星球里，要不然，我没办法离开你。"

"或者，这旋乾转坤般的大力量就要来了！"康南自言自语地说，燃起了一支烟。

"你说什么？"

"没有什么。"康南把手盖在她的手上，望着她："本来，你只有三磅半，现在，连三磅半都没有了！"

"考试嘛，天天开夜车！"

"是吗？""还有，我要和自己作战，一段大战争！"她抬头看看他，突然抓紧了他的手，"康南，我想你，我想你，我真想你！"

康南调开了眼光，深深地吸了口烟。他脸上有种郁闷的神情，他捏紧江雁容的手，捏得她发痛。然后，他抛开她的手，站起身子，像个困兽般在室内兜了一圈，终于站定在江雁容面前，说：

"如果我比现在年轻二十岁，我可以天天到你门外去守着你，你不来看我，我可以闯了去找你。可是，现在，我必须坐在房里等，等等等。不知道你哪一天会发慈悲，不知道你是下一分钟，或再下一分钟，或明天后天会来？或者永不再来？我从没有向命运祈求过什么，但我现在祈求，祈求有资格爱你和被你爱！"

"不要谈起资格问题，要不然又是老问题，"江雁容说，"你爱我，想我，这就够了！"

"可是，不要以为我希望你来，我并不希望你来！"

"怎么讲？"

"你来了我们就只好一起往火坑里跳，你不来，才是救了我和你！"

"你不愿意和我一起往火坑跳？"

"好吧，我们跳吧！"康南托起她的下巴，"我早已屈服了！如果我能有你，我什么都不要！"

"你还要的，要你的烟和酒！"

"如果你要我戒，我也可以戒！"

"我不要你戒，"江雁容摇摇头，"我不剥夺你的快乐！"

康南凝视着她。"你会是个非常可爱的小妻子！"

听到"小妻子"三个字，江雁容的脸红了。康南走到桌子旁边，拿起一张纸来，递给江雁容说：

"你知道不？你考了两天试，我也考了两天！"

江雁容看看那张纸，那是一张大学联考的时刻表，在每一门底下，康南都用红笔打了个小钩，一直勾到最后一门，最底下写了四个字"功德圆满"。

"这是做什么？"

"我坐在这里，一面抽烟，一面看表，等到表上的时间告诉我你的考试下课了，我就在这一门底下打一个记号，你考一门，我打一门，直到最后，你考完了，我也挨完了！"

"你真——"江雁容摇摇头，"傻气！"

康南的手指从她鼻子上滑下去。

"雁容，你真有勇气跟着我？那要吃许多苦，我是个一无所有的人，金钱、地位、青春！全没有，跟着我，是只有困苦……"

"我只要你！"江雁容打断他。

"你也还要的，要三间茅屋，要一个风景优美的深山！"

"有你，我连茅屋都不要！"

"跟着我去讨饭吗？我拿着碗走在前面，你拿着棍子在后面帮我打狗！"

"行！跑遍天涯，四处为家，这滋味也不错！"

"雁容——你真傻！"

他们彼此注视，都笑了。江雁容走到窗子前面，望着外面的几枝竹子发了一阵呆，又抬头看着窗外的蓝天和那飘浮着的白云，说：

"在我小的时候，妈妈忙着照顾弟弟妹妹，就搬一张椅子放在窗口，让我坐在上面。我会注视窗外，一坐好几小时。"

"那时候，你的小脑袋里想些什么呢？"康南问。

"想许许多多东西，想窗外多可爱，希望自己变成一只小鸟，飞到窗子外面去。"她叹了口气，"一直到现在，我对窗外还是有许多遐想。你看，窗子外面的世界那么大，那么辽阔，那外面有我的梦，我的幻想。你知道，一切'人'和人的'事'，都属于窗子里的，窗外只有美、好和自然，在窗外的世界里，是没有忧愁，没有烦恼的。"她把头靠在窗槛上，开始轻轻地哼起一个儿歌：

> 望望青天高高，
>
> 我愿变只小鸟，
>
> 扑扑翅膀飞去，
>
> 飞向云里瞧瞧……

康南走过去，站在她身边，感叹地说：

"那么，你所谓的'窗外'，只是个虚无缥缈的境界，是可望而不可即的，是吗？"

"大概是，"江雁容说，转过头来，深深地望着康南，"不过，我始终在追求着这个境界。"

"可怜的雁容，"康南摇摇头，"你可能永远找不到这境界。"

"那么，我会永远守着窗子，望着窗外。"

时间溜得很快，只一会儿，中午来了。江雁容叹息着说：

"我要走了，我还要去看看周雅安。"

"我们一起去吃饭吧！"

在一个学校附近的小馆子里，他们吃了一顿简单的饭，康南破例没有喝酒。吃完饭，康南把江雁容送到公共汽车站，江雁容说：

"下午，一定会有很多同学来看你，做个好老师也不简单！"

"现在已经不是好老师了！"康南笑了一下。

"哦，今天教务主任来跟你商量排课吗？我看到他从你房里出来！"

"排课？"康南笑笑，"不，他来，请我卷铺盖。"

"怎么？"江雁容大吃一惊。

"别紧张，我早就想换个环境了，他说得也很婉转，说学校可能要换校长，人事大概会有变动……我不是傻瓜，当然明白他的意思。走就走吧，此地不留人，自有留人处！又何必一定待在这个学校！"康南故作轻松地说。

"那么，你……"

"这些事，你别操心，"康南说，"车来了，上车吧！"

"可是，你到哪里去呢？"

"再说吧！上不上车？"

"我明后天再来！"江雁容说，上了公共汽车。

康南站在那儿，目送公共汽车走远，茫茫然地自问了一句："是的，我到哪里去呢？"他明白，这只是打击的第一步，以后，还不知道有多少的打击将接踵而至呢！"当我走投无路的时候，你真能跟我讨饭吗？"他心中默默地问着，想着江雁容那纤弱的身子和那轻灵秀气的脸庞，觉得在她那脆弱的外表下，却藏着一颗无比坚强的心。

大学联考后的一星期，程心雯来找江雁容一起去看电影。从电影院出来，她们在街头漫步着，江雁容知道程心雯有一肚子的话要和她说，而在暗中准备招架。果然，程心雯开始了，劈头就是一句：

"江雁容，康南到底有些什么地方值得你爱？"

江雁容愣了一下，程心雯立即接下去说：

"你看，他的年龄比你大那么多……"

"我不在乎他的年龄！"

"江雁容，我看你傻得可怜！告诉你，他根本不可能爱上你！"

"不可能？"

"他对你的感情绝不是爱情，你冷静地想一想就会明白，他是个四十几岁的男人，饱经世故，不会像年轻人那样动情的！他只是因为孤独寂寞，而你引起了他的兴趣，这种感情并不高尚……"

"不要再讲下去！"江雁容说，奇怪那粗率的程心雯，居然能这样分析事情。

"你怕听，因为我讲的是实情。"程心雯紧盯着她说，"事实上，你连你自己都不了解，你对康南也不是什么真正的爱情，你只是一时的……"

"我知道你要说的，"江雁容打断她，"我只是一时的迷惑，是不是？这不叫爱情，这只是一个少女的冲动，她以为这就是恋爱了，其实她还根本不懂得什么是爱，这个男人只使她迷惑，总有一天，她会发现自己并不爱他！程心雯，你要说的是不是这些？"

程心雯懊恼地望了江雁容一眼，愤愤地说：

"你明白就好了！你的生活太严肃，小说看得太多了，满脑子……"

"罗曼蒂克的思想，"江雁容代她接了下去，嘲讽地说，"生活中又没有什么男朋友，于是一个男人出现了，我就以为是珍宝，对不对？"

程心雯从鼻子里哼了一声，半天后才说：

"我真不知道康南什么地方迷住了你！你只要仔细地看看他，就会发现他浑身都是缺点，他那么酸，那么道学气，那么古板……"

"这些，见仁见智，各人欣赏的角度不同。程心雯，你不要再说了，你的意思我了解，如果我能够自拔，我绝对不会沉进这个旋涡里去，可是，现在我是无可奈何的，我努力过，也挣扎过，我和自己作过战，但是我没有办法。程心雯，你不会懂的！"

"江雁容，"程心雯沉住脸，显得少有的诚恳和严肃，语重心长地说，"救救你自己，也救救康南！你应该理智一点，就算你们是真正地恋爱了，但这恋爱足以毁掉你们两个人！昨天我去看过康南，他已经接了省立×中的聘书，马上就要搬到省立×中去了。全校风风雨雨，说他被赶出培人女中，因为他诱惑未成年的女学生。几年来，康南不失为一个好老师，现在一步走错，全盘完蛋，省立×中是不知情，如果知道了，也不会聘用他。而你呢，你知不知道同学们把你讲得多难听，你犯得着吗？这些都不谈吧，你自己认为你们有什么好结果？你妈妈一天到晚盼望你做女博士，拿诺贝尔奖金，出去留学，要不然嫁个年轻有为有成就的丈夫，她会允许你和康南结婚？一个结过婚、有孩子的小老头？事情一闹开，你妈妈的脾气，一定会弄得满城风雨，江雁容，仔细想想看，后果如何？你父亲在学术界也是有名的人，你千万小心，弄得不好，连你父亲的名誉都要受影响！江雁容，理智一点，只要你不去找他，他是没有办法找你的，逃开这个人吧！逃开他的魔掌……"

"不要这么说，你把他看成魔鬼？"

"他糊涂到跟你谈恋爱的地步，他就是魔鬼！"

"可是，爱情是没有罪的……"

"这样的爱情就是有罪！"程心雯斩钉截铁地说，"江雁容，我和你讲这些是因为我跟你好，你不要再糊涂了，下一个决心，从今天起不要去看他！"

江雁容茫茫然地看了程心雯一眼，凄苦地摇了摇头：

"程心雯，我办不到！"

"你……"程心雯气得瞪大了眼睛，"简直是不可救药！"

江雁容望着地下，默默无言地咬着手指甲。程心雯看了她好一会儿，气呼呼地说：

"好吧，我等着看你栽筋斗，等着看康南身败名裂！等着看你们这伟大的恋爱的结局！"

说完，她招手叫住一辆流动三轮车，价钱也不讲就跳上了车子，对江雁容挥挥手说：

"我回家去了，再也不管你江雁容的事了！你是个大糊涂蛋！"

江雁容目送程心雯走远，禁不住闭上眼睛，在路边站了几秒钟，直到有个男学生在她身边吹了一声尖锐的口哨，她才惊醒过来。转过身子，她向周雅安的家走去，她渴望能找到一个同情她、了解她的人。"我错了吗？或者，只有恋爱过的人才知道恋爱是什么！"她想。满腹凄惶无助的情绪，在周雅安门口停了下来。还没有敲门，她就听到一阵吉他的声音，其中还伴着周雅安那磁性而低柔的歌声，江雁容把背靠在墙上，先倾听她唱的歌：

　　寒鸦已蒙眬入睡，

　　明月高悬云外，

映照幽林深处，

今宵夜色可爱！

朔风如在叹息，

对我额上吹袭，

溪水依旧奔流，

朋友，你在哪里？

　　江雁容伸手敲门，吉他的声音停了。开门的是周雅安自己，穿着一件
宽宽大大的睡袍，拦腰系了根带子，头发用一条大手帕包着，额前拂着几
绺乱发，一副慵慵懒懒的样子。江雁容到了她房里，她微微一笑说：

　　"就猜到是你！要不要听我弹吉他？我弹一个吉卜赛流浪者之歌给你
听！"说着，她像个日本人似的盘膝坐在榻榻米上，抱着吉他，轻轻地
弹弄了起来。江雁容坐在她对面，用手抱住膝，把下巴放在膝盖上，呆
呆地听。周雅安一面弹，一面说：

　　"看你又是一肚子心事！"

　　"嗯，"江雁容心不在焉地应了一声，突然冒出一句话来，"周雅安，
我到底该怎么办？"

　　周雅安望望她，笑了笑，在弦上乱拂了一阵说：

　　"怎么办？一起玩玩，等玩厌了就分手，就是这样，什么事值得那样
严重？爱情不过是个口头说说的东西而已，对它认真才是傻瓜呢！"

　　"这是你的论调吗？"江雁容皱着眉问。

　　"是呀，有什么不对吗？告诉你，及时行乐才是人生最重要的，别的
都去他的！世界上不会有持久的爱情，你别急，包管再过三天半，你也
不会喜欢康南了！"

江雁容凝视着周雅安，后者耸了耸肩，一副满不在乎的劲，自管自地拨弄着琴弦，鼻子里哼着歌。

"周雅安，你变了！"江雁容说。

"是吗？"周雅安问，又笑了笑，"世界上没有不变的东西，十年后，我们还不知道变成什么样子呢！现在你在这儿为爱情烦恼，十年后，你可能有一大堆儿女。假如我们再碰到了，你会耸耸肩说：'记不记得，周雅安，我以前还和康南闹过恋爱哩！'"

江雁容站了起来，生气地说：

"我们现在是话不投机了！我看我还是告辞的好！"

周雅安跳起来，把吉他丢在一边，按住江雁容说：

"坐下来！江雁容！"她的脸色变了，望着江雁容，叹了口长气说："江雁容，我说真话，劝你别认真，最聪明的办法，是和康南分手！"

"你现在也这样说吗？一开始，你是赞成的！"

"那是那个时候，那时我没想到阻力这么多，而且那时我把爱情看得太美了。江雁容，记不记得一年前，我们在学校的荷花池边谈话，你还说爱情不会到你身上来，曾几何时，你就被爱情弄得昏头昏脑了。我觉得，走进爱情就走进了痛苦，那时候的你比现在幸福！江雁容，你曾劝我和小徐分手，当小徐折磨我的时候，你说这次恋爱只是我生命中的一小部分，并不是全部，记得吗？现在，我用你自己的话来劝你，和他分手吧，将来有一天，你会再开始一段恋爱的。"

"永远不会！"江雁容说，"我这一生永不可能再爱一个人像爱他这样。"

周雅安点了点头。

"我了解，"她轻声说，"可是，这段恋爱会带给你什么呢？我只能劝你把恋爱看淡一点，在问题闹大以前，把这段恋爱结束吧！我听到许多人谈论你，讲得不堪入耳，至于康南，更被骂得狗血喷头。这件事你妈妈还不知道，如果她知道了，更不晓得会闹成什么样子呢！江雁容，相信我的话，只有几个月，你就会把这件事忘记了。你看，我的恋爱的梦已经醒了，你也该醒醒了！”

“可是，你还在爱他，还在想他，是不是？”

“不！”周雅安愤愤地说，“我只恨他！”

“你恨他是因为你爱他，如果你不爱他，也不会恨他了！”

“管他呢！”周雅安挑挑眉毛，“反正，我的恋爱已经结束了，你如果为大局着想，也该快刀斩乱麻，及时自拔！”

江雁容呆望着榻榻米上的吉他，一句话也不说，过了好半天，周雅安问：

“你在想什么？”

“我在想，只有一个办法可以让我解脱。”

“什么办法？”

“死！”

“别胡说了！”周雅安望了她一眼，“等进了大学，新的一段生活开始了……”

“大学！”江雁容叫，“大学还是未知数呢！”

她站起身，走到窗前，窗外，夜色十分美好，月光正洒在大地上。周雅安又在拨弄着琴弦低唱了：“我从何处来，没有人知道，我往何处去，没有人明了！”

“一首好歌！”她想。望着月光发愣。

窗
外

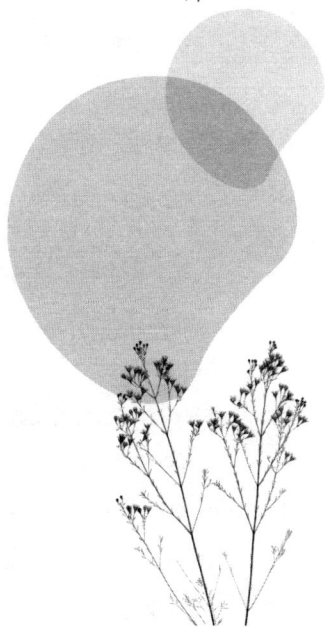

拾

TEN

========

我怕命运，很多时候，我们是无法支配命运的。

这是大学联考发榜的前一天。

江雁容在室内踱来踱去，坐立不安。明天，她的命运要决定了，她不敢相信自己能考上，也不相信自己会落榜，这种悬而未决的局面使她焦躁。江太太正在画画，江雁容的不安感染了给她，一连画坏了三张纸。她望着江雁容，后者脸上那份烦躁使她开口了：

“别在房里跑来跑去，反正明天什么都知道了！”

“嗯，”江雁容闷闷地应了一声，突然说，“妈，我出去一下。”

“又要出去？”江太太狐疑地望着江雁容，“你每天都往外跑，到底出去做什么？”

“找周雅安嘛！”江雁容说。

“每天找周雅安？你和周雅安有些什么谈不完的话？为什么总是你去找她她不来找你？”江太太问，锐利地望着江雁容，近来，江雁容的行动使她满肚子的怀疑。

“就是那些话嘛，我找她看电影去。”

“又看电影？你到底看了多少场电影？”

“妈妈怎么回事嘛，像审犯人似的！”江雁容噘着嘴说。

“雁容，”江太太说，“前两天，在省立 × 中教书的胡先生说是在 × 中看到你，你去做什么？”

江雁容的心猛跳了起来，但她平静地说：

"哦，我和周雅安一起去看了一次康南，就是我们的导师，他现在转到省立 × 中去教书了！"

"你常去看他吗？"江太太紧盯着江雁容问。

"没有呀，"江雁容脸在发烧，心跳得更厉害了，她把眼睛转开，望着别处支吾地说，"只去了一两次。"

"雁容，"江太太沉着脸说，"一个女孩子，对自己的行为一定要小心，要知道飞短流长，人言可畏。康南是个男老师，你是个女学生，常到他房间里去会给别人讲闲话的。当然我知道康南是个正经的好老师，但是嫌疑不能不避。上次我听隔壁刘太太说，不知道是你们女中还是雁若的女中里，有个男老师引诱了女学生，闹得很不像话。你看，一个女孩子要是被人讲了这种闲话，还做不做人呢？"

江雁容咬着下嘴唇，偷偷地看了江太太一眼，脸上烧得滚烫。从江太太的神色里，她看出母亲还没有发现她的事，她故意跺了一下脚说：

"妈妈跟我说这些，好像我做了什么……"

"我不是说你做了什么，我只是叫你小心！你知道人的嘴巴是最坏的！我是爱护你，你就跟我瞪眼睛跺脚！"江太太有点生气地说。

"我不过说了句要去找周雅安，妈妈就跑出这么一大套话来。"江雁容低低地说。

"好吧，你去吧！"江太太一肚子的不高兴，"反正，在家里是待不住的！这个家就是丈夫儿女的旅馆，吃饭睡觉才会回来，我是你们烧锅煮饭的老妈子！"

江雁容在椅子上一坐，噘着嘴说："好了，不去好了！"

"去吧！"江太太说，"不去我又要看你一个下午的脸色！把孩子带大了也不知道有什么好处！你要去就去吧，还发什么呆？晚上早点回来！"

　　江雁容迟疑了一下，终于走到玄关去穿上鞋子，直到走出大门，她才长长地吐了一口气。这才想起来，父亲的一个朋友胡先生也在省立×中教书。自从康南搬到省立×中之后，她几乎每隔一两天就要去一次，看样子，这秘密是保不住了！

　　站在家门口，她犹豫了一下，终于叹了口气，选择了那条到省立×中的路线。她知道她不应该再去了，但她不能自已，一种强而有力的吸引力控制了她。她对自己不满地摇头，但她仍然向那条路走着，直到她走进了×中的大门，又走进了教员单身宿舍的走廊，她还在和自己生气。停在康南门口，她敲了门，心里还在想：“我应该回去，我不应该到这里来！”但，当康南的脸出现在她面前，这一切的思想都遁走了。

　　关上了房门，康南把桌上已经泡好的一杯香片递给江雁容，江雁容接了过来，望着茶杯里的茉莉花问：

　　“你算准了我今天要来？”

　　“我每天都泡两杯茶，你不来也像来了一样，有时弄糊涂了，我会对着你的茶杯说上一大堆话。”

　　江雁容微微地笑了，默默地端着杯子。康南凝视着她，她的睫毛低垂，眼睛里有一层薄雾，牙齿习惯性地咬着下嘴唇，这神情是他熟悉的，他知道她又有了心事。他拿起她的一只手，扳开她的手指，注视着她掌心中的纹路。江雁容笑笑说：

　　“你真会看手相？我的命运到底怎样？”

　　“不，我看不出来，你的手相太复杂！”

　　“那一次你看的手相呢？怎么看出那么多？记得吗？你说我老运很好，会享儿女的福。儿女，我和谁的儿女，会是你的吗？”

　　“你说过，那些都是江湖话！”他把她的手合拢，让她握成拳，用自己的大手掌握住了她，"雁容，你那么小，但是你比我坚强。"

"我不坚强，我下过一百次决心不到你这里来，但是你仍然来了！"

"我也下过一百次决心，要冷淡你，疏远你。"

"为什么不呢？"她昂起头，有一股挑战的味道。

康南看着她，然后轻轻托起她的下巴，他的嘴唇轻触了一下她的，十分温柔。"我要你，小容，"他低低地说，他的手在发抖，"我要你。"他用嘴唇从她面颊上擦过去，凝视着她的眼睛，她的睫毛半垂，黑眼珠是湿润的。"告诉我，你永不会属于别人，告诉我！"

"用不着我告诉你，"她低声说，"你还不知道？"

"我知道你的心，但是我怕命运，很多时候，我们是无法支配命运的。"

"你认为命运不会把我判给你？"

"是的，因为你太好，我不配！"

"谁配呢？如果连你都不配？"

"有比我年轻有为有前途的人。"

"但是他们不是康南，他们没有康南的一个毛孔和一个细胞，他们是他们！"

康南拥紧她，他的嘴唇紧贴着她的。她被动地仰着头，眼泪从她眼角滑下去。

"你又哭了。"

"我知道，我们在说梦话，"她凄苦地微笑，"我不知道我的命运是什么，我有预感，有一大堆的不幸正等着我。"

"不会，明天发榜了，我猜……"

"不要猜！我有预感。康南，我很害怕，真的。"

他握住她的手，她的手冰冷。

"不要怕，天倒下来，让我帮你撑，行吗？"

"只怕你撑不住！"她走开，走到书桌旁边去，随手翻弄着桌上的东西，一面低声说："妈妈已经怀疑我了。若要人不知，除非己莫为！康南，我真想把一切都告诉妈妈，反正总有一天她会知道的，如果风暴一定会来，还不如让它早一点来。"

康南默然不语。江雁容从桌上拿起一张折叠起来的纸条，打开来看，康南抓住了她的手：

"不要看，昨天我不在家，她们从门缝里塞进来的条子，没有什么。"

"让我看！"江雁容说，打开了纸条，笔迹并不陌生，这是两个同学写的：

老师：

这两天大家都很忙，好久都没有机会和您谈话了，但您永远是我们最尊敬最爱戴的老师。今天来访，又正逢老师外出，非常遗憾。现在我们有几个小问题，能否请您为我们解答一下？

一、您认为一个为人师表者最值得尊敬的是什么？如果他因一时的冲动而失去了它，是不是非常地可惜？

二、我们有老师和同学的感情超过了师生的范围，您对这事有什么感想？那位老师向来是同学所最尊敬的，而这事却发生在他的身上，您认为这位老师是不是应该？他有没有错误？假如您是那位老师，您会采取什么态度？

三、您认为朱自清的《给亡妇》一文，是不是都是虚情假意？

四、您为何离开女中？

老师，我们都不会说话，但我们都非常诚恳，如果这纸条上有不礼貌的地方，请您原谅我们！

　　敬祝

快乐

　　　　　　　　　　两个最尊敬您的学生

　　　　　　　　　何淇

　　　　　　　　　　　　同上

　　　　　　　蔡秀华

江雁容放下纸条，望着康南。她想起以前曾和何淇谈起朱自清的《给亡妇》一文，认为朱自清有点矫揉造作，尤其最后一段，因后妻不适而不上坟，更显得他的虚情假意，而今，她们竟拿出朱自清的《给亡妇》来提醒康南的亡妻，这是相当厉害的一针。她把纸条铺平，淡淡地说：

"康南，你一生高傲，可是，现在你却在忍受这些！"

"我当初没有要人说我好，现在也不在乎人说我坏！"康南说，把纸条撕碎了。

"康南，"江雁容审视着他，"你是在乎的，这张纸条已经刺伤了你！"

"我不能希望她们能了解我，她们只是些毛孩子！"

"大人呢？大人能了解吗？曹老头、'行尸走肉'、'唐老鸭'，那些人能了解吗？我的父母会了解吗？教务主任、校长了解吗？这世界上谁会了解呢？康南，你做了老师，有过妻了，又超过了四十岁，所以，你是不应该有感情有血有肉的，你应该是一块石头，如果你不是石头，那么你就是坏蛋，你就该受万人唾骂！"

康南不说话，江雁容靠着桌子站着，眼睛里冒着火焰。突然，她弯下腰来，扑在康南的膝上。

"康南，我们错了，一开始就错了！"

"没有错，"康南抚摸着她的后颈，颈上有一圈细细的毫毛，"别难过！"

"我愿意有人给我力量，使我能离开你！"

他揽紧她，说："不！"

"康南，我有预感，我总有一天会离开你。"

"我怕你的预感，你最好没有预感。"

他们静静地望着，时间消失得很快，暮色从四面八方包围了过来，室内已经很暗了。康南开了灯，望着沉坐在椅中凝思的江雁容，问："想什么？"

"就这样，静静地坐着，我看着你，你看着我，不要说什么，也不要做什么，让两人的心去彼此接近，不管世界上还有什么，不管别人会怎么说，这多美！"她懒洋洋地伸了个懒腰，"假如没有那些多管闲事的人就好了！他们自以为在做好事，在救我，在帮助我，康南，你不觉得可笑吗？这是个莫名其妙的世界！我会被这些救我的人逼到毁灭的路上去，假如我自杀了，他们不知会说什么！"

"会骂我！"

"如果你也自杀呢？"

"他们会说这是两个大傻瓜、大糊涂虫，两个因情自误的人！"

"唉！"她把头靠在椅背上，叹了口长气。

"怎么了？"

"我饿了！想吃饭。"

"走吧，到门口的小馆子里去吃一顿。"

江雁容懒懒地站起身来，跟着康南走出校门。在校门口的一个湖南馆子里，他们拣了两个位子坐下。刚刚坐定，江雁容就"啊！"了一声，接着，里面一个人走了出来，惊异地望着江雁容和康南，江雁容硬着头皮，站起身来说：

"胡先生，你也在这儿！"

这就是那个曾看见她的胡先生，是个年纪很轻的教员，以前是江仰止的学生。

"哦，江小姐，来吃饭？"胡先生问，又看了康南一眼。

"这是胡先生。"江雁容对康南说。

"我们认识，"胡先生对康南打了个招呼，"我们的宿舍只隔了三间房间。"

"胡先生吃了吗？"康南客气地说，"再吃一点吧！"

"不，谢谢！"胡先生对江雁容又看了一眼，"我先走了，晚上还有事。"

江雁容目送胡先生走出去，用手指头蘸了茶碗里的茶，在桌子上写："麻烦来了！"然后望望康南，无可奈何地挑了挑眉毛。

"该来的总会来，叫菜吧！"

"不反对我喝酒吗？"康南问。

"不，我也想喝一点！"

"你喝过酒？"

"从来滴酒不沾的，但是今天想喝一点，人生不知道能醉几次？今天真想一醉！"康南叫了酒和一个拼盘，同时给江雁容叫了一瓶汽水。酒菜送来后，江雁容抗议地说：

"我说过我要喝酒！"

"醉的滋味并不好受。"康南说。

"我不管！"她抢过康南手中的瓶子，注满了自己的杯子，康南按住她的手说："你知道这是高粱？会喝酒的人都不敢多喝，别开玩笑！喝醉了怎么回家？"

"别管我！我豁出去了！一醉解千愁，不是吗？我现在有万愁，应该十醉才解得开！我希望醉死呢！"拿起杯子，她对着嘴直灌了下去，一股辛辣的味道从胸口直冲进胃里，她立刻呛咳了起来。康南望着她，紧紧地皱起眉头：

"何苦呢！"他说，拿开了她的杯子。

"给我吧！我慢慢喝。"江雁容说，用舌头舔了舔嘴唇，"我真不知道你怎么会爱酒，这东西跟喝毒药差不多，这样也好，如果我要服毒，先拿酒来练习！"

"你胡说些什么？"

"没有什么，我再喝一点，一点点！"

康南把杯子递给她。"只许一点点，别喝醉！慢慢喝。"

江雁容抿了一口酒，费力地把它咽进肚子里去，直皱着眉头。然后，她望着康南说：

"康南，我真的下决心了，我不再来看你了，今天是最后一次！"

"是吗？"康南望着她，她苍白的脸颊已经染上一层红晕，眼睛水汪汪的。"不要再喝了，你真的不能喝！"

"管他呢！"江雁容又咽了一口酒，"这世界上关心我们的人太多了！到最后，我还是要离开你的。我已经毁了半个你，我必须手下留情，让另外那半个你在省立×中好好地待下去！"

"你不是饿了吗？我叫他们给你添饭来。"康南说。

"我现在不饿了，一点都不想吃饭，我胸口在发烧！"江雁容皱着眉说。

"你已经醉了！"

"没有醉！"江雁容摇摇头，"我还可以喝一杯！"

康南撒去酒杯，哄孩子似的说：

"我们都不喝了，吃饭吧！"

吃完饭，江雁容感到脸在发烧，胸中热得难受。走出饭馆，她只觉得头昏眼花，不由自主地扶着康南的手臂，康南拉住她说：

"何苦来！叫你不要喝！到我屋里去躺一躺吧！等下闹上酒来就更难过了！"

回到康南屋里，江雁容顺从地靠在康南的床上。康南为她拧了一把手巾拿过来，走到床边，他怔住了。江雁容仰天躺着，她的短发散乱地拂在额前耳边，两颊如火，嘴唇红艳艳地微张着，合着两排黑而密的睫毛，手无力地垂在床边。康南定定地凝视着这张脸庞，把手巾放在一边。江雁容的睫毛动了动，微微地张开眼睛来，蒙蒙眬眬地看了康南一眼，嘴边浮起一个浅笑。

"康南，"她低低地说，"我要离开你了！多看看我吧，说不定明天你就看不到我了！"

"不！"康南说，在床边坐下来，握紧了她的手，"让我们从长计议，我们还有未来！"

江雁容摇摇头。

"没有，你知道我们不会有未来，我自己也知道！我们何必骗自己呢？"她闭上眼睛，嘴边仍然带着笑。

"妈妈马上就会知道了，假如她看到我这样子躺在你的床上，她会撕碎我！"她叹口气，睁开眼睛，"我累了，康南，我只是个小女孩，我没有力量和全世界作战！"她把头转向床里，突然哭了起来。康南伏下身去吻她。

"不要哭，坚强起来！"

"我哭了吗？"她模模糊糊地问。"我没有哭！"她张开眼睛，"康南，你不离开我吗？"

"不！"

"你会的，你不喜欢我，你喜欢你的妻子。"

"小容，你醉了！要不要喝水？"

"不要！"她生气地扭转头，"你跟我讲别的，因为你不爱我，你只是对我发生兴趣，你不爱我！"

"是吗？"他吻她。"我爱你！"他再吻她，"你不知道爱到什么程度！爱得我心痛！"他再吻她，感到自己的眼角湿润："雁容，我爱你！爱你！爱你！"

"康南，不要爱我，我代表不幸，从今天起，不许你爱我，也不许任何人爱我！"

"雁容！"

"我头痛。"

"你醉了。"

"康南，"她突然翻身从床上坐起来，兴奋地望着他，急急地说："你带我走，赶快，就是今晚，带我到一个没有人的地方去！走！我们马上走！走到任何人都不知道的地方去！赶快，好吗？"

"雁容，我们是没有地方可去的！"康南悲哀地望着江雁容那兴奋得发亮的眼睛，"我们不能凭冲动，我们要吃，要喝，要生存，是不？"

"康南，你懦弱！你没种！"江雁容生气地说，"你不敢带着我逃走，你怕事！你只是个屠格涅夫笔下的罗亭！康南，你没骨气，我讨厌你！"

康南站起身来，燃起一支烟，他的手在发抖。走到窗边，他深深地吸了一口烟，对着窗外黑暗的长空喷出去。江雁容溜下床来，摇晃着走到他面前，她一只手扶着头，紧锁着眉，另一只手拉住了他的手腕，她的眼睛乞求地仰望着他。

"我不是存心这么说，"她说，"我不知道在说什么，我头痛得好厉害，让我抽一口烟。"

他伸手扶住了她。

"雁容，"他轻声说，"我不能带你逃走，我必须顾虑后果，台湾太小了，我们会马上被找出来，而且，我没钱，我们能到哪里去呢！"

"别谈了，"江雁容说，"我要抽一口烟。"她把烟从他手中取出来，猛吸了一口。立即，一阵呛咳使她反胃，她拉住他的手，大大地呕吐了起来。康南扶住她，让她吐了个痛快，她吐完了，头昏眼花，额上全是汗，康南递了杯水给她，她漱过口，又洗了把脸，反而清醒了许多。在椅子上坐下来，她休息了一段时间，觉得精神恢复了一些。"好些吗？"康南问，给她喝了口茶。

"几点钟了？"她问，回到现实中来了。

"快九点了。"他看看表。

"我应该回去了，要不然妈妈更会怀疑了。"她振作了一下，"我身上有酒味吗？希望妈妈闻不出来。"

"我送你回去。"康南说。

走到外面，清新的空气使她精神一爽。到了校门口，她叫了一辆三轮车，转头对康南说：

"别送我，我自己回去！"站在那儿，她欲言又止地看了康南，一会儿，终于说："康南，我真的不再来了！"

"你还会来的！"康南说，握紧她的手。

"不怕我毁了你？"她问。

"只怕我毁了你！"他忧郁地说。

"康南，记得秦观的词吗？两情若是久长时，又岂在朝朝暮暮？"江雁容跨上了三轮车，对康南挥挥手，"再见，康南，再见！"

三轮车迅速地踩动了，她回头望着康南，他仍然站在那儿，像一株生根的树。一会儿，他就只剩下个模糊的黑影，再一会儿，连影子都没有了。她叹口气，坐正了身子，开始恐惧回家后如何编排谎话了。她用手按按面颊，手是冷的，面颊却热得烫手。

在路口，她叫车子停下，下了车，她迅速地向家中跑去，心中有种莫名其妙的紧张。按了铃，来开门的是雁若，她望了姐姐一眼，眼中流露出一抹奇异的怜悯和同情。她紧张地走进家门，江太太已经站在玄关等她。

"你整个下午到哪里去了？"江太太板着脸，严厉地问。

"去找周雅安。"她嗫嚅地说。

"你还要对我说谎，周雅安下午来找过你！"

江雁容语塞地望着母亲，江太太脸上那层严霜使她害怕。在江太太身后，她看到了父亲和江麟，江仰止脸上没有一丝笑容，正默默地摇头，望着她叹气。江麟也呆呆地望着她，那神情就像她是个已经死去的人。恐惧升上了她的心头，她喃喃地说：

"怎么，有……什么……"

"今天爸爸到大学联考负责处去查了你的分数，"江太太冷峻地说，"你已经落榜了！"

江雁容觉得脑子里轰然一声巨响，她退了几步靠在墙上，眼前父母和江麟的影子都变得模糊不清了，她仰首看看天花板，喉头像被扼紧似的紧逼着，她喃喃自语着：

"天哪，你竟没有给我留下一条活路！"

说完，她向前面栽倒了过去。

拾壹

ELEVEN

人不怕失败，只怕灰心。

　　"我从何处来，没有人知道，我往何处去，没有人明了！"江雁容躺在床上，仰视着天花板。一整天，她没有吃，没有喝，脑子里空空洞洞，混混沌沌。可是，现在，这几句话却莫名其妙地来到她的脑中。是的，从何处来？她真的奇怪自己的生命是从哪里来的？生命多奇妙，你不用要求，就有了你，当你还在糊糊涂涂的时候，你就已经存在了。她想起父亲说过的顺治皇帝当和尚时写的一个偈语中的两句："生我之前谁是我，生我之后我是谁？"她也奇怪着谁是她，她是谁？"十九年前的我不知在哪里？"她模糊地想着，"一百年后的我又不知在哪里？"天花板上有一块水渍，她定定地望着那块水渍。"为什么我偏偏是我而不是别人呢？我愿意做任何一个人，只要不是江雁容！"天早已黑了，房间里一片昏暗，只有桌上的一盏小台灯亮着，灯上的白瓷小天使仍然静静地站着。江雁容把眼光调到那小天使身上，努力想集中自己的思想，但她的思想是紊乱而不稳定的。"天生我材必有用，千金散尽还复来！"她想。"但我不是李白，我是无用的，也没有可以复来的千金！"她翻了个身。"虚空的虚空，一切都是虚空！"这是《圣经》里的句子，她总觉得这句子不大通顺。"人死了不知道到哪里去了？灵魂离开躯壳后大概可以随处停留了。人的戒条大概无法管灵魂吧！"她觉得头痛。"我在做什么？为什么躺在床上？是了，我落榜了！"她苦涩地合上眼睛。"为什么没有发生地震、山崩或陆沉的事？来一个惊天动地的大变动，那么我的落榜就变成小事一桩了！"

有脚步声走进屋子，江雁容没有移动。是江太太。她停在床前面，凝视着面如白纸的江雁容。然后，她在床沿上坐了下来。

"雁容。"她的声音非常柔和。

江雁容把头转开，泪水又冲进了眼眶里。

"雁容，"江太太温柔地说，"没有人是没经过失败的，已经过去的事，就不要再想了。振作起来，明年再考！起来吧，洗洗脸，吃一点东西！"

"不，妈妈，你让我躺躺吧！"江雁容把头转向墙里。

"雁容，我们必须面对现实，躺在床上流泪不能解决问题，是不是？起来吧，让雁若陪你看场电影去。"江太太轻轻地摇着江雁容。

"不！"江雁容说，泪水沿着眼角滚到枕头上。"为什么她不骂我一顿？"她想着，"我宁愿她大骂我，不愿她原谅我，她一定比我还伤心还失望！哦，妈妈，可怜的妈妈，她一生最要强，我却给她丢脸，全巷子里考大学的孩子，就我一个没考上！哦，好妈妈，你太好，我却太坏了！"江雁容心里在喊着，泪水成串地滚了下来。"你一定伤心透了，可是你还要来劝我，安慰我！妈妈，我不配做你的女儿！"她想着，望着母亲那张关怀的脸，新的泪水又涌上来了。

"雁容，失败的并不是你一个，明年再考一次就是了，人不怕失败，只怕灰心。好了，别哭了，起来散散心，去找周雅安玩玩吧！"

周雅安！周雅安和程心雯都考上了成大，她们都是胜利者，她怎能去看她们快乐的样子？她闭上眼睛，苦涩地说：

"不！妈妈！你让我躺躺吧！"

江太太叹了口气，走开了。对于江雁容的失败，她确实伤心到极点，她想不透江雁容失败的原因。孩子的失败也是母亲的失败！可是，她是冷静的，在失望之余，她没忘记振作雁容是她的责任。看到雁容苍白的脸和红肿的眼睛使她心痛，想起雁容的失败就使她更心痛。走到她自己的桌子前面，铺开画纸，她想画张画，但，她无法下笔。"无论如何，我已经尽了一个母亲的责任！别的母亲消磨在牌桌上，孩子却考上大学，我呢？命运待我太不公平了！"她坐在椅子上，望着画纸发呆，感到心痛更加厉害了。

江雁容继续躺在床上，她为自己哭，也为母亲哭。忽然，她面前一个黑影一闪，她张开眼睛，惊异地发现床前站的是江麟，自从诬告一咬的仇恨后，他们姐弟已将近一年不交一语了。

"姐，"江麟有点不好意思地说，"考不上大学又不是你一个，那么伤心干什么？喏，你最爱吃的牛肉干！是雁若买来请你的。爸爸问你要不要去看电影？《理想警察》！是个什么英国笑匠诺曼·威斯顿演的，滑稽片，去不去？"

江雁容呆呆地看着江麟和那包牛肉干，心里恍恍惚惚的。突然，她明白全家都待她这么好，考不上大学，没有一个人责备她，反而都来安慰她，她又想哭了。转开头，她哽咽地说：

"不，我不去，你们去吧！"

弟弟妹妹去看电影了，她又继续躺在床上瞪着天花板。"我对不起家里的每一个人，我给全家丢脸！"她想。又联想起母亲以前说过的话："我们江家不能有考不上大学的女儿！""你考不上大学不要来见我！"她把头埋进枕头里，觉得有一万个声音在她耳边喊："你是江家的羞耻！你是江家的羞耻！你是江家的羞耻！"

有门铃声传来，江太太去开的门，于是，江雁容听到母亲在喊：

"雁容，程心雯来看你！"

立即，程心雯已经钻进了她的房里，她跑到床边喊：

"江雁容！"

江雁容什么话都说不出来，眼泪又来了。

"你不要这样伤心，"程心雯急急地说，"你想想，考大学又不是你一生唯一的事！"

不是唯一的事！她这一生又有什么事呢？每一件事不都和考大学一样吗？哦，如果她考上了大学，她也可以这样的劝慰失败者。可是，现在，所有的安慰都变得如此刺心，当你所有的希望全粉碎的时候，又岂是别人一言半语就能振作的？她真希望自己生来就是个白痴，没有欲望，没有思想，也没有感情，那么也就没有烦恼和悲哀了。但她却是个有思想有感情的人！

"江雁容，别闷在家里，陪我出去走走吧！"

"不！"

"我们去找周雅安？"

"不！"

"那么去看电影。"

"不！"

"江雁容，你怎么那么死心眼？人生要看开一点，考大学不是什么了不起的事！"

如果我考上了，我也会这么说。江雁容想着，默默地摇了摇头。程心雯叹了口气，伏下身来低声说：

"你需要我为你做什么事吗？"

江雁容又摇摇头。忽然拉住程心雯的手。

"程心雯，你是我的好朋友！"

程心雯眨着她的眼睛，笑了笑。

"始终我们都很要好，对不对？虽然也孩子气地吵过架，但你总是我最关心的一个朋友！"她伏在江雁容耳边，低低地说，"早上我见到康南，他问起你！"

康南！江雁容觉得脑子里又轰然一响。考大学是她的一个碎了的梦，康南是另一个碎了的梦。她把头转开，眼泪又滚了下来。

三天之后，江雁容才能面对她所遭遇的问题了。那是个晴朗的好天气，她落榜后第一次走出了家门。站在阳光普照的柏油路上，她茫然回顾，不能确定自己的方向。最后，她决心去看看周雅安，她奇怪，落榜以来，周雅安居然没有来看她。"看样子，朋友是最容易忘记被幸福所遗弃的人！"她想，这是勃朗特在《简·爱》中写的句子。走出巷子，她向周雅安的家走去，才走了几步，她听到有人叫她：

"江雁容！"

她回过头，是叶小蓁和何淇。她们都已考上台大。

"我们正要来看你。"叶小蓁说。

"我刚要去找周雅安。"江雁容站住了说。

"真巧，我们正是从周雅安家里来的。"何淇说。

"她在家？"

"嗯。"叶小蓁挽住了江雁容，"我们走走，我有话和你谈。"

江雁容顺从地跟着她们走，叶小蓁沉吟了一下说：

"周雅安告诉我们，康南毁了你，因为他，你才没考上大学，是吗？"

周雅安！江雁容头昏脑涨地想："你真是个好朋友，竟在我失败的时候，连康南一起打击进去！"她语塞地望着叶小蓁。何淇接着说：

"周雅安告诉我们好多事，我真没想到康南会在你本子里夹信来诱惑你，江雁容，你应该醒醒了，康南居然这样无耻……"

"周雅安出卖了我！"江雁容愤愤地说。

"你别怪周雅安，是我们逼她说的。"叶小蓁说。

"她不该说，那些信没有一丝引诱的意思，感情的发生你不能责怪哪一方，周雅安错了！她不该说，我太信任她了！"江雁容咬着嘴唇说。

"江雁容，我们在学校里那么要好，我劝你一句话：躲开康南，他不是个君子！"叶小蓁说。

"你不是最崇拜他的吗？"江雁容问。

"那是以前，那时候我并不知道他的道德面孔全是伪装呀！现在想起来，这个人实在很可怕！"

"我知道了，小蓁，你们放心，我会躲开他的！"

和叶小蓁她们分了手，江雁容赶到周雅安家里，劈头就是一句：

"周雅安，你好，没忘记我是谁吧？"

"怎么了，你？"周雅安问，"怪我没去看你吗？我刚生了一场病。"

"周雅安，你出卖了我！你不该把那些事告诉叶小蓁她们，你不该把我考不上大学的责任归在康南身上！"

"难道他不该负责任吗？假如你不是天天往他房间里跑，假如你不被爱情冲昏了头，你会考不上大学吗？"

"周雅安，我太信任你了，现在我才知道你是个不足信赖的朋友！"

"江雁容，"周雅安困惑地说，"你是来找我吵架的吗？"

"我是来找你吵架的，"江雁容一肚子的伤心、委屈全爆发在周雅安的身上，"我来告诉你，我们的友谊完蛋了！"

"你是来宣布跟我绝交？为了这么一点小事？"

"是的！为了这一点小事！我母亲常说：'有朋友不如没朋友。'我现在才懂得这意思！周雅安，我来跟你说再见！我以后再也不要朋友了！"说完，她转过身子，头也不回地向大路走去。

离开了周雅安的家，她觉得茫然若失，搭上公共汽车，她无目的地在西门町下了车。她顺着步子，沿着人行道向前走，街上全是人，熙来攘往，匆匆忙忙。但她只觉得孤独寂寞。在一个电影院门口，她站住了，毫无主见地买了一张票，跟着人群涌进戏院。她并不想看电影，只是不知道该做什么好。刚刚坐定，她就听到不远处有个声音在说：

"看！那是江雁容！"

"是吗？"另一个声音说，显然是她们的同学，"在哪儿？康南有没有跟她在一起？"

"别糊涂了，康南不会跟她一起出入公共场合的！"

"你知道吗？"一个新的声音插了进来，"江雁容是江仰止的女儿，真看不出江仰止那样有学问的人，会有一个到男老师房里投怀送抱的女儿！"

"据说康南根本不爱她，是她死缠住康南！"

完了！这里也是待不住的！江雁容站起身来，像逃难似的冲出了电影院。回到大街上，她闭上眼睛，深深地吸了一口气。

"天！我该怎么办？"

靠在电影院的墙上，她用手紧紧压着心脏，一股冷气从她胸腔里升了上来，额上全是冷汗。她感到头昏目眩，似乎整个大街上的人都在望着她，成千成万只手在指着她，几个声音在她耳边狂喊：

"看哪，那是江雁容！那个往男老师房里跑的小娼妇！"

"看到吗？那个是江仰止的女儿，考不上大学，却会勾引男老师！"

她左右四顾，好像看到许许多多张嘲笑的脸庞，听到许许多多指责的声音，她赶快再闭上眼睛。"不！不！不！"她对自己低声说，拭去了额上的汗，踉跄着向大街上冲去。

"给我一条路走，请给我一条路走！"

她心里在反复叫着，一辆汽车从她身边紧擦而过，司机从窗口伸出头来对她抛下一声咒骂：

"不长眼睛吗？找死！他妈的！"

她跌跌冲冲地穿过了街道，在人行道上无目的地乱走。"找死"，是的，找死！她猛然停住，回头去看那辆险些撞着她的车子，却早已开得没有影子了。她呆呆地看着街道上那些来往穿梭不停的汽车，心脏在狂跳着，一个思想迅速地在她脑中生长，成形。"是的，找死！人死了，也就解脱了，再也没有痛苦，没有烦恼，没有悲哀和愁苦了！"她凝视着街道，一瞬间，好像世界上所有的声音都汇成一种声浪，在她耳畔不断地叫着："死吧！死吧！死吧！"

她跨进了一家药房，平静地说："请给我三片安眠药片！"拿着药片，她又跨进另一家药房。一小时内，她走了十几家药房。

回到家里，她十分疲倦了，把收集好的三十几片安眠药藏在抽屉中，她平静地吃饭，还帮妈妈洗了碗。

黄昏的时候，天变了。窗外起了风，雨丝从窗口斜扫了进来。江雁容倚窗而立，凉丝丝的雨点飘在她的头发和面颊上。窗外是一片朦朦胧胧的夜雾。"人死了会有灵魂吗？"她自问着，"如果有灵魂，这种细雨蒙蒙的夜应该是魂魄出来的最好时光。"她静静地站着，体会着这夜色和这雨意。"我还应该做些什么？在我离开这个世界之前？"她回到桌边，抽出一张信纸，顺着笔写：

我值何人关怀?

我值何人怜爱?

愿化轻烟一缕,

来去无牵无碍!

她怔了一下,望了望窗外的夜色和雨丝,又接着写下去:

当细雨湿透了青苔,

当夜雾笼罩着楼台,

请把你的窗儿开,

那漂泊的幽灵啊,四处徘徊!

那游荡的魂魄啊,渴望进来!

用手托住面颊,她沉思了一会儿,又写了下去:

啊,当雨丝湿透了青苔,

当夜雾笼罩了楼台,

请把你的窗儿开,

没有人再限制我的脚步,

我必归来,与你同在!

我必归来,与你同在!

　　写完,她把头扑在桌上,气塞喉堵,肝肠寸断。过了一会儿,她换
了张信纸,开始写一封简单的信。

南：

再见了！

我去了，别骂我懦弱，别责备我是弱者，在这个世界上，你给过我快乐，给过我哀伤，也给过我幻想和绝望。现在，带着你给我的一切一切，我走了，相信我，在我写这封信的时候，心中的难过一定赛过你看信的时候。别为我伤心，想想看，我活着的时候就与欢笑无缘，走了或者反会得到安宁与平静。因此，当你为我的走而难过的时候，也不妨为我终于得安宁而庆幸。但愿我能把你身上的不幸一起带走，祝福你，希望在以后的岁月里，你能得到快乐和幸福。

你曾说过，你怀疑你妻子的死讯，我也希望那死讯只是个谣言。假如你终于有一天能和你妻子团圆，请告诉她，在这世界上，曾有这么一个小小的女孩子，爱过她所爱的人，并且羡慕她所拥有的一切！

记得吗？有一天你在一张纸上写过："今生有愿不能偿，来世相逢又何妨？"好的，让我期待着来世吧。只是，那时候应该注意一下，不要让这中间再差上二十年！

再见了！老师！让我再最后说一句：我——爱你！

容

信写完了，她把刚刚写的那首诗和信封在一起，冒雨走到巷口去寄了信。回到家里，夜已经深了。江太太正在画画。她走到江太太身边，默默地望着江太太的头发、脸庞，那专注的眼睛，那握着笔的手……一种依恋的孺慕之思油然而生，她觉得喉咙缩紧了，眼泪涌进了眼眶。她颤着声音叫：

"妈妈！"

　　江太太回过头来，江雁容猛然投进她的怀里，用手抱住了她的腰，把脸埋在她的胸前，哭着说：

　　"妈妈，请原谅我，我是个坏孩子，我对不起你这么多年的爱护和教育！"

　　江太太被她这突然的动作弄得有点惊异，但，接着，就明白了，她抚摩着江雁容的头发，温柔地说：

　　"去睡吧，今年考不上，明年再考就是了！"

　　"妈妈，你能原谅我，不怪我吗？"江雁容仰着头，眼泪迷离地望着江太太。

　　"当然。"江太太说，感到鼻子里酸酸的。

　　江雁容站起身来，抱住母亲的脖子，在江太太面颊上吻了一下。"妈妈，再见！"她不胜依依地说。

　　"再见！早些睡吧！"

　　江雁容离开了母亲的房间，看到江仰止正在灯前写作，她没有停留，只在心里低低地说了一声："爸爸，也再见了！"回到了自己的房里，她怔怔地望着床上熟睡的江雁若，像祈祷般对妹妹低低地说："请代替我，做一个好女儿！请安慰爸爸和妈妈！"

　　走到桌前，她找出了药片，本能地环视着室内，熟悉的绿色窗帘，台灯上的小天使，书架上的书本，墙上贴的一张江麟的水彩画……她呆呆地站着，模模糊糊地想起自己的童年，跟着父母东西流浪，她仿佛看到那拖着两条小辫子的女孩，跟在父母身后长途跋涉。在兵荒马乱的城里，在蔓草丛生的山坡，她送走了自己的童年。只怪她生在一个战乱的时代，从没有过一天安静的日子。然后，长大了，父母的注意力全集中在弟妹身上，她是被冷落的。她离撒娇的年龄已经很远了，而在她能撒娇的那些时候，她正背着包袱，赤着脚，跋涉在湘桂铁路上。

细雨打着玻璃窗，风大了。江雁容深深地吸了口气。她想起落霞道上，她和周雅安手挽着手，并肩互诉她们的隐秘和她们对未来的憧憬。她依稀听到周雅安在弹着吉他唱她们的歌："海角天涯，浮萍相聚，叹知音难遇！山前高歌，水畔细语，互剖我愁绪。昨日悲风，今宵苦雨，聚散难预期。二人相知，情深不渝，永结金兰契！"这一切都已经隔得这么遥远。她觉得眼角湿润，不禁低低地说：

"周雅安，我们始终是好朋友，我从没有恨过你！"

接着，她眼前浮起程心雯那坦率热情的脸，然后是叶小蓁、何淇、蔡秀华……一张张的脸从她面前晃过去，她叹了口气：

"我生的时候不被人所了解，死了也不会有人同情。十九年，一梦而已！"

她迷迷离离地看着台灯上的小天使。

"再见！谧儿！"

她低低地说，拿起杯子，把那些药片悉数吞下。然后，平静地换上睡衣，扭灭了台灯，在床上躺下。

"我从哪里来，没有人知道，我往何处去，没有人明了！"她仿佛听到有人在唱着。"一首好歌！"她想，凝视着窗子。"或者，我的'窗外'不在这个世界上，在另外那个世界上，能有我梦想的'窗外'吗？"她迷迷糊糊地想着，望着窗外的夜、雨……终于失去了知觉。

没有人能解释生死之谜，这之间原只一线之隔。但是，许多求生的人却不能生，也有许多求死的人却未见得能死。江雁容在迷迷糊糊之中，感到好像有一万个人在拉扯她，分割她，她挣扎着，搏斗着，和这一万个撕裂她的人作战。终于，她张开了眼睛，恍恍惚惚地看到满屋子的人，强烈的光线使她头痛欲裂。她继续挣扎，努力想弄清楚是怎么回事，她的耳边充满了乱糟糟的声音，脑子里仿佛有人在里面敲打着锣鼓，她试着把头侧到一边，于是，她听到一连串的呼唤声：

"雁容！雁容！雁容！"

她再度张开眼睛，看到几千几万个母亲的脸，她努力集中目力，定定地望着这几千几万的脸，终于，这些脸合成了一个，她听到母亲在说：

"雁容，你到底是为什么？为什么？"

她醒了，那个飘散的"我"又回来了，是，她明白，一切都过去了，她没死。闭上眼睛，眼泪沿着眼角滚了下来，她把头转向床里，眼泪很快地濡湿了枕头。

"好了，江太太，放心吧，已经没有危险了！"这是她熟悉的张医生的声音。

"你看不用送医院吗，张大夫？"是父亲的声音。

"不用了，劝劝她，别刺激她，让她多休息。"

医生走了，江雁容泪眼模糊地看着母亲，淡绿的窗帘、书架、小台灯……这些，她原以为不会再看到的了，但，现在又一一出现在她面前了。江太太握住了她的手：

"雁容，你为什么要这样做？"

江雁容费力地转开头，泪水不可遏止地滚了下来。

"告诉妈妈，你为什么？"江太太追问着。

"落——榜。"她吐出两个字，声音的衰弱使她自己吃了一惊。

"这不是真正的原因，我要那个真正的原因！"江太太紧追着问。

"哦，妈妈。"江雁容的头在枕上痛苦地转侧着，她闭上眼睛，逃避母亲的逼视。

"妈妈别问了，让姐姐休息吧。"在一边的雁若说，用手帕拭去了江雁容额上的冷汗。

"不行！我一定要知道事实。雁容，告诉我！"

"妈妈，不，不！"江雁容哭着说，哀求地望着母亲。

"意如，你让她睡睡吧，过两天再问好了！"江仰止插进来说，不忍地看着江雁容那张小小的、惨白的脸。

"不，我一定要现在知道真相！雁容，你说吧！有什么事不能告诉母亲？"

江雁容张大眼睛，母亲的脸有一种权威性的压迫感，母亲那对冷静的眼睛正紧紧地盯着她。她感到无从逃避，闭上眼睛，她的头在剧烈地痛着，浑身都浴在冷汗里，江太太的声音又响了：

"你是不是为了一个男人？你昏迷的时候叫过一个人的名字，告诉我，你是不是为了他？"

"哦，妈妈，妈妈！"江雁容痛苦地喊，想加以解释，但她疲倦极了，头痛欲裂，她哭着低声哀求，"妈妈，原谅我，我爱他。"

"谁？"江太太紧逼着问。

"康南，康南，康南！"江雁容喊着说，把头埋在枕头里痛哭起来。

"就是你那个男老师？在省立×中教书的？"江太太问。

"哦，妈妈，哦，妈妈，哦！"她的声音从枕头里压抑地飘出来，"我爱他，妈妈，别为难他，妈妈，请你，请你！"

"好，雁容，"江太太冷静地说，"我告诉你，天下最爱你的是父母，有什么问题你应该和母亲坦白说，不应该寻死！我并不是不开明的母亲，你有绝对的恋爱自由和婚姻自由，假如你们真的彼此相爱，我绝不阻扰你们！你为什么要瞒着妈妈，把妈妈当外人看待？你有问题为什么不找妈妈帮忙？世界上最爱你的是谁？最能帮助你的又是谁？假如你不寻死，我还不会知道你和康南的事呢！如果你就这样死了，我连你为什么死的都不知道！雁容，你想想，你做得对不对？"

"哦，妈妈。"江雁容低声喊。

"好了，现在你睡睡吧，相信妈妈，我一定不干涉你的婚姻，你随时可以和康南结婚，只要你愿意。不过我要先和康南谈谈。你想吃什么吗？"

"不，妈妈，哦，妈妈，谢谢你。"江雁容感激地低喊。

江太太紧紧地闭着嘴，看着江雁容在过度的疲倦后，很快地睡着了。她为她把棉被盖好，暗示雁若和江麟都退出房间。她走到客厅里，在沙发中沉坐了下来，望着默默发呆的江仰止，冷笑了一声说：

"哼，现在的孩子都以为父母是魔鬼，是他们的敌人，有任何事，他们宁可和同学说，绝不会和父母说！"

"康南是谁，妈妈？"江麟问。

"我怎么知道他是谁？"江太太愤愤地说，"他如果不是神，就是魔鬼！但以后者的成分居多！"她看看江仰止，"仰止，我们为什么要生孩子带孩子？"

江仰止仍然默默地站着，这件突如其来的事整个冲昏了他的头，他觉得一片茫茫然！他的学问在这儿似乎无用了。

"哼！"江太太站起身来，"我现在才知道雁容为什么没考上大学！"抓起了她的皮包，她冲出了大门。

窗
外

拾贰

TWELVE

========

爱情发生的时候，是没有什么道理可讲的，也无法解释的。

　　康南接到江雁容那封信，已经是写信的第二天下午了。信封上熟悉的字迹使他心跳，自从江雁容落榜以来，他一直没见到过她，想象中，她不知如何悲惨和失望。但他守着自己的小房间，既不能去探视她，也不能去安慰她，这咫尺天涯，他竟无法飞渡！带着无比的懊丧，他等待着她来，可是，她没有来，这封信却来了。

　　康南握着信，一种本能的预感使他不敢拆信，最后，他终于打开信封，抽出了信笺。最先映入他眼中的是那首诗，字迹潦草零乱，几不可辨。看完，他急急地再看那封信，一气读完，他感到如同挨了一棍，呆呆地坐着，半天都不知道在做什么。然后，抓起信笺，他再重读了一遍，这才醒悟过来。

　　"雁容！"

　　他绝望地喊了一声，把头埋在手心中。接着，他跳了起来。"或者还能够阻止！"他想，急急地换上鞋子。但，马上他又愣住了。"怎样阻止她呢？到她家里去吗？"他系上鞋带，到了这时候，他无法顾虑后果了。"雁容，不要傻，等着我来！"他心里在叫着，急切中找不到锁门的钥匙。"现在还锁什么门！"他生气地说。心脏在狂跳，眉毛上全是冷汗。"但愿她还没有做！但愿她还没有做！天，一切的痛苦让我来担承，饶了她吧！"

　　冲到门口，他正预备开门，有人在外面敲门了，他打开门。外面，江太太正傲然挺立着，用一对冰冷而锐利的眼睛打量着眼前这个男人。

"请问，您找哪一位？"康南问，望着这个陌生的中年妇人。她的脸色凝肃，眼光灼灼逼人。康南几乎可以感到她身上那份压倒性的高傲气质。

"我是江雁容的母亲，你大概就是康先生吧！"江太太冷冷地说。

"哦，"康南吃了一惊，心里迅速地想，"雁容完了！"他的嘴唇失去了颜色，面容惨白，冷汗从额上滚了下来。但他不失冷静地把江太太延了进来，关上房门，然后怯怯地问："江雁容——好吗？"

"她自杀了，你不知道吗？"

果然，康南眼前发黑，他颤抖地扶住了桌子，颤声问："没有救了？"

"不，已经救过来了！"江太太说，继续冷静地打量着康南。

"谢谢天！"康南心中在叫着，"谢谢天！"他觉得有眼泪冲进了眼眶。不愿江太太看到他的窘状，他走开去给江太太泡了一杯茶，他的手无法控制地抖着，以至于茶泼出了杯子。江太太平静地看着他，傲然说：

"康先生，雁容刚刚才告诉我她和你的事。"她的眼睛紧逼着康南，从上到下注视着他，康南不由自主地垂下了眼睛。

"是的。"他说。考虑着如何称呼江太太，终于以晚辈的身份说："伯母……"

"别那么客气，"江太太打断他，"彼此年龄差不多！"

康南的脸红了。

"我想知道，雁容有没有信给你？"江太太问。

"刚刚收到一封。"

"我想看看！"

康南把那封信从口袋里拿出来，递给江太太，江太太匆匆地看了一遍，一语不发地把那封信收进了皮包里。她盯着康南，咄咄逼人地说：

"看样子，你们的感情已经很久了，康先生，你也是个做过父亲的人，当然不难体会父母的心。雁容只是个孩子，我们吃了许多苦把她抚育到十九岁，假如她这次就这样死了，你如何对我们做父母的交代？"

康南语塞地看着江太太，感到她有种控制全局的威力。他嗫嚅地说："相信我，我对江雁容没有一点恶意，我没料到她竟这么傻！"

"当然，"江太太立即抓住他的话，"在你，不过逗逗孩子玩，你不会料到雁容是个认真的傻孩子，会认真到寻死的地步……"

"不是这样，"康南觉得被激怒了，他压制着说，"我绝没有玩弄她的意思……"

"那么，你一开始就准备跟她结婚？"

"不，我自知没有资格……"

"既然知道没有资格，你还和她谈恋爱，那你不是玩弄又是什么呢？"康南感到无法解释，他皱紧了眉。

"江太太，"他于是勉强地说，"我知道我错了，但感情的发生是无话可说的，一开始，我也努力过，我也劝过她，但是……"他叹口气，默然地摇摇头。

"那么，你对雁容有什么计划？你既不打算娶她，又玩弄她的感情……"

"我没有说不打算娶她！"康南分辩。

"你刚才不是说你自知不能娶她吗？现在又变了，是不是？好吧，那你是打算娶她了？请恕我问一句，你今年多少岁？你能不能保证雁容的幸福？雁容在家里，是一点事都不做的，一点委屈都不能受的，你能给她一份怎么样的生活？你保证她以后会不吃苦，会过得很快乐？"

康南低下了头，是的，这就是他自己所想的问题，他不能保证，他始终自认为未见得能给她幸福。最起码，自己比她大了二十几岁，终有一天，他要把她抛下来，留她一个人在世界上，他不忍想，到那一天，他柔弱的小容会怎么样！

"康先生，"江太太继续紧逼着说，"在这里，我要问问你，什么是真正的爱情？你是不是想占有雁容，剥夺她可以得到的幸福？这叫作真爱情吗？"

"你误会了，我从没有想占有雁容……"

"好！这话是你说的，如果雁容问起你，希望你也这样告诉她！你并不想要她，是不是？"

"江太太，"康南涨红了脸，"我爱雁容，虽然我知道我不配爱，我希望她幸福，哪怕是牺牲了我……"

"如果没有你，她一定会幸福的，你不是爱她，你是在毁她！想想看，你能给她什么？除了嘴巴上喊的爱情之外？她还只是个小孩，你已经四十几了，康先生，做人不能做得太绝！假如雁容是你的女儿，你会怎么样想？"

"江太太，你是对的。"康南无力地说，"只要你们认为雁容会幸福，我决不阻碍她。"他转开头，燃起一支烟，以掩饰心中的绝望和伤感。

"好吧，"江太太站起身来，"有你这句话，我就放心了，请你体谅做父母的心，给雁容一条生路！我相信你是君子，也相信你说的不想占有雁容的话，既然当初你也没存要和她结婚的心，现在放开她对你也不是损失。好吧，再见！"

"等一等，"康南说，"我能去看她一次吗？"

江太太冷笑了一声：

"我想不必了，何必再多此一举！"

"她——身体——"康南困难地说，想知道江雁容现在的情况。

"康先生放心吧，雁容是我的女儿，我绝对比你更关心她！"她走到门口，又回过头来说，"如果雁容来找你，请记住你答应我的话！"开开门，她昂着头走了。

康南关上门，倒在椅子上，用手蒙住了脸。

"雁容！小容！容容！"他绝望地低喊，"我爱你！我要你！我爱你！我要你！"他把头扑在桌上，手指插进头发里，紧紧地拉扯住自己的头发。

江太太回到家里的时候，已经是黄昏时分了。江雁容刚刚醒来，正凝视着天花板发呆。现在，她的脑子已比较清楚了，她回忆江太太对她说的话，暗中感叹着，她原以为母亲一定反对她和康南，没想到母亲竟应允了。早知如此，她何必苦苦瞒着母亲呢？"我有个好妈妈。"她想，"康南，别愁了，一切问题都解决了！"她闭上眼睛，幻想着和康南以后那一连串幸福的日子。

江太太进了门，先到书房中和江仰止密谈了一下。然后走到江雁容房里。

"雁容，好些吗？"她问，坐在雁容的床头。

"哦，妈妈，"江雁容温柔地笑笑，微微带着几分腼腆，"我真抱歉会做这种傻事！"

"年轻人都会有这种糊涂的时候，"江太太微笑着说，"你舅舅读中学的时候，为了一个女孩子吞火柴头自杀，三个月之后却和另一个女孩子恋爱了。"

江雁容感到舅舅的情况不能和她并提，她转变话题问：

"妈妈刚才出去了？"

"雁容，"江太太收起了笑容，严肃而温和地望着江雁容，"我刚才去看了康南，现在，告诉我，你们是怎么开始恋爱的？"

江雁容不安地看着江太太，苍白的脸浮起一片红晕。

"我不知道怎么说，我箱子里有个小本子，里面有片段的记载。"

"好，我等下去看吧，"江太太说，沉下脸来，"雁容，每个女孩子都会有一段初恋，每个人的初恋也都充满了甜蜜和美好的回忆。现在，保留你这段初恋的回忆吧，然后把这件事抛开，不要再去想它了。"

"妈妈，"江雁容惊惶地说，"你是什么意思？"

"忘掉康南，再也不要去理他了！"江太太一字一字地说。

"妈妈！"江雁容狐疑地望着江太太，"你变了卦！"

"雁容，听妈妈的话，世界上没有一种爱可以代替母爱。妈妈是为了你好，不要去追究原因，保留你脑子里那个美好的初恋的印象吧，再追究下去，你就会发现美的变成丑的了。"

"妈妈，你是什么意思？你见到康南了？"江雁容紧张地问，脸色又变白了。

"是的，"江太太慢吞吞地说，"我见到康南了。"

"他对你说了些什么？"

"你一定要听吗？雁容？"江太太仍然慢吞吞地说，"我见到了他，他告诉我，他根本无意于娶你，而且还劝你不要爱他！雁容，他没有爱上你，是你爱上他！"

"不！不！不！"江雁容喊，泪水迷蒙了视线，"他不会这样说，他不能这样说！"

"他确实这样说的！你应该相信我，妈妈不会欺骗你！雁容，他是个

懦夫！他不敢负责任！他说他从没有要娶你，从没有想要你！雁容，他
毫无诚意，他只是玩弄你！"

"不！不！不！"江雁容大声喊。

"我今天去，只要他对我说他爱你、他要你，我就会把你交给他。但
他却说他没有意思要娶你，雁容，你受骗了，你太年轻！我绝没有造
谣，你可以去质问他！现在，把他忘掉吧，他不值得你爱！"

"不！不！不！"江雁容喊着，把头埋在枕头里痛哭，从没有一个时
候，她觉得这样心碎，这样痛恨，她捶着枕头，受辱的感觉使她血脉偾
张。她相信江太太的话，因为江太太从没说过谎。她咬住嘴唇，直到嘴
唇流血，在这一刻，她真想撕碎康南！她再也没想到康南会这样不负责
任，竟说出无意娶她的话！那么，这么久刻骨铭心的恋爱都成了笑话！
这是什么样的男人！这世界多么可怕！她哭着喊："我为什么不死，我为
什么不死！"

江太太俯下身来，揽住了她的头。

"雁容，哭吧，"她温柔地说，"这一哭，希望像开刀一样，能割去你
这个恋爱的毒瘤。哭吧，痛痛快快地哭一次，然后再也不要去想它了。"

"妈妈哦！妈妈哦！"江雁容紧紧地抱住母亲，像个溺水的人抓着一
块浮木一样，"妈妈哦！"

江太太爱怜地抚摸着她的短发，感到鼻中酸楚。

"傻孩子！傻雁容！你为什么不信任母亲？如果一开始你就把你的恋
爱告诉我，让我帮助你拿一点主意，你又怎么会让他欺骗这么久呢？好
了，别哭了。雁容，忘掉这件事吧！"

"哦，"雁容哭着说，"我怎么忘得掉？我怎么能忘掉！"

"雁容，"江太太忽然紧张了起来，"告诉我，他有没有和你发生肉体

关系？”

江雁容猛烈地摇摇头。江太太放下心来，叹了口长气说："还算好！"

"妈妈，"江雁容摇着头说，"你不知道我是多么爱他，哦，他怎么能这样卑鄙！"她咬紧牙齿，捶着枕头说："我真想杀了他！杀了他！杀了他！"

她又哭又叫，足足闹了半小时，终于被疲倦所征服了，她的头在剧烈地痛着，但是心痛得更厉害。她软弱地躺在床上，不再哭也不说话，眼睛茫然地望着窗子和窗外黑暗的世界。在外表上，她是平静了。但，在内心，却如沸水般翻腾着。"我用全心爱过你，康南，"她心里反复地说着，"现在我用全心来恨你！看着吧！我要报复的，我要报复的！"她虚弱地抬头，希望自己能马上恢复体力，她要去痛骂他，去质问他，甚至去杀掉他！但她的头昏沉得更厉害，四肢没有一点力气，被衰弱所折倒，她又热泪盈眶了。"上帝，"她胡乱地想着，"如果你真存在，为什么不让我好好地活又不让我死？这是什么世界？什么世界？"眼泪已干，她绝望地闭上眼睛，咬紧嘴唇。

三天之后，江雁容仍然是苍白憔悴而虚弱的，但她坚持要去见一次康南，坚持要去责问他，痛骂他，她抓住江太太的手说：

"妈妈，这是最后一次见他，我不出这一口气永不能获得平静，妈妈，让我去！"

江太太摇头，但是，站在一边的江仰止说："好吧，让她去吧，不见这一次她不会死心的！"

"等你身体好一点的时候。"江太太说。

"不！我无法忍耐！"

江太太不得已，只得叫江麟送江雁容去。但，背着江雁容，她吩咐江麟要在一边监视他们，并限定半小时就要回来。她不放心地对江雁容说：

"只怕你一见他，又会被他的花言巧语所迷惑了！记住，这个人是条毒蛇，你可以去骂他，但再也不要听信他的任何一句话！"

江雁容点点头，和江麟上了三轮车。在车上，江雁容对江麟说：

"我要单独见他，你在校园等我，行不行？"

"妈妈要我……"江麟不安地说。

"请你！"

"好吧！"江麟同情地看了姐姐一眼，接着说，"不过，你不要再受他的骗！姐姐，他绝对不爱你，告诉你，如果我的女朋友为我而自杀，那么，刀搁在我脖子上我也要去看她的！他爱你，他会知道你自杀而不来看你吗？"

"你是对的，我现在梦已经醒了！"江雁容说，"我只要问他，他的良心何在？"

当江雁容敲着康南的门的时候，康南正在房间里踱来踱去，从清晨直到深夜。江太太犀利的话一直荡在他的耳边，是的，真正的爱是什么？为了爱江雁容，所以他必须撤退？他没有资格爱江雁容，他不能妨碍江雁容的幸福！是的，这都是真理！都是对的！他应该为她牺牲，哪怕把自己打入十八层地狱！但，江雁容离开他是不是真能得到幸福呢？谁能保证？他的思想紊乱而矛盾，他渴望见到她，但他没有资格去探访，他只能在屋里和自己挣扎搏斗。他不知道江太太回去后和江雁容怎么说，但他知道一个事实，雁容已经离开他了，他再也不能得到她了！"假如你真得到幸福，一切都值得！如果你不能呢？我这又是何苦？"他愤愤地击着桌子，也击着他自己的命运。

敲门声传来，他打开了门，立即感到一阵晕眩。江雁容站在那儿，苍白、瘦弱而憔悴。他先稳定了自己，然后把她拉进来，关上房门。她的憔悴使他吃惊，那样子就像一根小指头就可以把她推倒。但她的脸色愤怒严肃，黑眼睛里冒着疯狂的火焰，康南感到这火焰可以烧熔任何一样东西。他推了把椅子给她，她立即身不由己地倒在椅子上，康南转开头，掩饰涌进眼眶里的泪水，颤声说：

"雁容，好了吗？"

江雁容定定地注视着他，一语不发，半天后才咬着牙说：

"康南，你好……"才说了这两个字，她的声音就哽塞住了，眼泪冲进了眼眶里，好一会儿，她才能控制住自己的声音，一字一字地说："康南，我一直以为你是个正大光明的人，谁知道你是个卑鄙无耻的魔鬼！"

康南身子摇晃了一下，眼前发黑。江雁容满脸泪痕，继续说：

"你告诉我母亲，你根本没意思要娶我！康南，你玩弄我的感情，你居然忍心欺骗我，你的良心呢？你……"她哽塞住，说不出话来，脸色益形苍白。康南冲到她身前，抓住她的手，蹲伏在她的脚前。她的手冷得像块冰，浑身剧烈地颤抖着，他的手才接触到她，她就迅速抽出手去，厉声说：

"不许你碰我！"然后，她泪眼迷离地望着他的脸，举起手来，用力对他的脸打了一个耳光。康南怔了一下，一把拉住她的手，把江太太临走时警告他的话全抛在脑后，愤怒地说：

"我没说过无意娶你！"

"你说过，你一定说过！妈妈从不会无中生有！"她痛苦地摇着头，含泪的眼睛像两颗透过水雾的寒星，带着无尽的哀伤和怨恨注视着他，这把他折倒了，他急切地说：

"你相信我会这样说？我只说过我自知没资格娶你，我说过我并没有要占有你……"

"这又有什么不同！"

"这是不同的，你母亲认为我占有你是一种私欲，真正爱你就该离开你，让你能找到幸福，否则是我毁你，是我害你，你懂吗？我不管世界上任何一切，我只要你幸福！离开你对我来说是牺牲，这么久以来你还不了解我？如果连你都在误会我在欺骗你，玩弄你，我还能希望这世界上有谁能了解我！好吧！雁容，你恨我，我知道，继续恨吧，如果恨我而能带给你幸福的话！你母亲措辞太厉害，她逼得我非说出不占有你的话，但是我说不占有你并不是不爱你！我如果真存心玩弄你，这么久以来，发乎情，止乎礼，我有没有侵犯你一分一毫？雁容，假如我说了我无意娶你，我不要你……或任何不负责任的话，我就马上死！"他握紧了那只小小的冰冷的手，激动和难过使他满盈热泪，他转开头，费力地说，"随你怎么想吧！雁容，随你怎么想！"

江雁容看着他，泪珠停在睫毛上，她思索着，重新衡量着这件事情。康南拿出一支烟，好不容易点着了火，他郁闷地吸了一大口，站起身来，走到窗口，竭力想平静自己，四十几岁的人了，似乎不应该如此激动，对窗外喷了一口烟，他低声说：

"我除了口头上喊的爱情之外，能给你什么！这是你母亲说的，是的，我一无所有，除了这颗心，现在，你也轻视这颗心了！我不能保证你舒适的生活，我不配有你！我不配，我不配，你懂吗？"

"康南，你明明知道我的幸福悬在你身上，你还准备离开我！你明知没有你的日子是一连串的黑暗和绝望，你明知道我不是世俗的追求安适的女孩子！你为什么不敢对我母亲说：'我爱她！我要她！我要定了她！'你真的那么懦弱？你真是个屠格涅夫笔下的罗亭？"

康南迅速地车转身子来面对着她。

"我错了，我不敢说，我以为我没资格说，现在我明白了！"他走到江雁容身边，蹲下来望着她，"你打我吧！我真该死！"

他们对望着，然后，江雁容哭着倒进了他的怀里，康南猛烈地吻着她，她的眼睛、眉毛、面颊和嘴唇，他搂住她，抱紧了她，在她耳边喃喃地说：

"我认清了，让一切反对的力量都来吧，让一切的打击都来吧，我要定了你！"

他们拥抱着，江雁容小小的身子在他怀里抽搐颤抖，苍白的脸上泪痕狼藉，康南捧住她的脸，注视她消瘦的面颊和憔悴的眼睛，感到不能抑制的痛心，眼泪涌出了他的眼眶，他紧紧地把她的头压在自己的胸前，深深地战栗起来。

"想想看，我差点失去你！你母亲禁止我探视你，你……怎么那么傻？怎么要做这种傻事？"他吻她的头发，"身体还没好，是不是？很难过吗？"

"身体上的难过有限，心里才是真正的难过。"

"还恨我？"

她望着他："是的，恨你没勇气！"

康南叹了口气："如果我没结过婚，如果我比现在年轻二十岁，你再看看我有没有勇气。"

一阵高跟鞋的声音从走廊传来，他们同时惊觉到是谁来了，江雁容还来不及从康南怀里站起来，门立即被推开了。江太太站在门口，望着江雁容和康南的情形，气得脸色发白，她冷笑了一声：

"哼，我就猜到是这个局面，小麟呢？"

"在校园里。"江雁容怯怯地说，离开了康南的怀抱。

江太太走进来，关上房门，轻蔑而生气地望着江雁容说：

"你说来骂他，责备他，现在你在这里做什么！"

"妈妈！"江雁容不安地叫了一声，低下了头。

"康先生，你造的孽还不够？"江太太逼视着康南，"你说过无意娶她……"

"江太太！"康南严肃地说，"我不是这样说的，我只是说如果她离开我能得到幸福，我无意占有她！可是，现在我愿向您保证我能给她幸福，请求您允许我们结婚！"

江太太愕然地看着康南，这个变化是她未曾料及的。一开始，从江雁容服毒自杀，到她供出和康南的恋爱，江太太就自觉卷进一个可怕的狂澜中。她只有一个坚定的思想，这个恋爱是反常的，是违背情理的，也是病态而不自然的。她了解江雁容是个爱幻想的孩子，她一定把自己的幻想塑成一个偶像，而把这偶像和康南糅合在一起，然后盲目地爱上这个自己的幻象。而康南也一定是个无行败德的男老师，利用雁容的弱点而轻易地攫取了这颗少女的心。所以，她坚定地认为自己要把江雁容救出来，一定要救出来，等到和康南见了面，她更加肯定，觉得康南言辞闪烁，显然并没有甘冒天下之大不韪而娶江雁容的决心。于是她对于挽救雁容有了把握，断定康南绝对不敢硬干，绝对不会有诚意娶雁容，这种四十几岁的男人她看多了，知道他们只会玩弄女孩子而不愿负担起家庭的责任，尤其要付出相当代价的时候。康南开口求婚使她大感诧异，接着，愤怒就从心底升了起来。哦，这是个多么不自量力的男人，有过妻子，年过四十，竟想娶尚未成人的小雁容！她不是个势利的母亲，但她看不起康南，她断定雁容跟着他绝不会幸福。望了康南好一会儿，她冷冷地笑着说：

"怎么语气又变了？"她转过头，对江雁容冷冰冰地讽刺着说："雁容，你怎么样哀求得他肯要你的？"

"哦，妈妈。"江雁容说，脸色更加苍白了。

"江太太，"看到江太太折磨雁容使康南愤怒，他坚定地说，"请相信我爱江雁容的诚意，请允许我和她结婚，我绝对尽我有生之年来照料她，爱护她！我说这话没有一丝勉强，以前我怕我配不上她……"

"现在你觉得配得上她了？"江太太问。

康南的脸红了，他停了一下说：

"或者大家都认为配不上，但是，只要雁容认为配得上，我就顾不了其他了！"

江太太打量着康南，后者挺然而立，有种挑战的意味，这使江太太更加愤怒。转过身来，她锐利地望着江雁容，严厉地说："你要嫁这个人，是不是？"

江雁容低下头去。

"说话呀！"江太太逼着，"是不是？"

"哦，妈妈，"江雁容扫了母亲一眼，轻轻地说，"如果妈妈答应。"

"假如我不答应呢？"江太太问。

江雁容低头不语，过了半天，才轻声说：

"妈妈说过不干涉我的婚姻。"

"好，我是说过，那么你决心嫁他了？"

江雁容不说话。江太太怒冲冲地转向康南。

"你真有诚意娶雁容？"

"是的。"

"你能保证雁容的幸福？保证她不受苦？"

康南望了江雁容一眼。"我保证。"他说。

"好，那么，三天之内你写一张书面的求婚信给雁容的爸爸和我，上面要写明你保证她以后决不受苦，绝对幸福。如果三天之内你的信不来，一切就作罢论。信写了之后，你要对这信负全责，假如将来雁容有一丁点的不是，我就唯你是问！"

康南看着那在愤怒中却依然运用着思想的江太太，知道自己碰到了一个极强的人物。要保证一个人的未来几乎是不可能的，谁能预测命运？谁又能全权安排他的未来？他又望了江雁容一眼，后者正静静地看看他，眼睛里有着单纯的信赖和固执的深情，就这么一眼相触，他就感到一阵痉挛，他立即明白，现在不是她离不离得开他的问题，而是他根本离不开她！他点点头，坚定地望着江太太：

"三天之内，我一定把信寄上！"

江太太锐利地看着康南，几乎穿过他的身子，看进他的内心里去。她不相信这个男人，更不相信一个中年男人会对一个小女孩动真情。山盟海誓，不顾一切的恋爱是属于年轻人的，度过中年之后的人，感情也都滑入一条平稳的槽，揆之情理，大都不会像年轻人那样冲动了。难道这个男人竟真的为雁容动了情？她打量他，不相信自己几十年阅人的经验会有错误，康南的表情坚定稳重，她简直无法看透他。"这是个狡猾而厉害的人物。"她想，直觉地感到面前这个人是她的一个大敌，也是一只兀鹰，正虎视眈眈地觊觎着像只小雏鸡般的雁容。母性的警觉使她悚然而惊，无论如何，她要保护她的雁容，就像母鸡佑护她的小鸡一般。她昂着头，已准备张开她的翅膀，护住雁容，来和这只兀鹰作战。

"好！"她咬咬牙说，"我们等你的信来再说！雁容，现在跟我回去！在信来之前，不许到这儿来！"

江雁容默默地望了康南一眼，依然是那么信赖，那么深情，引起康南内心一股强烈的冲击力。他回望了她一眼，尽量用眼睛告诉她："你放心，我可以不要全世界，但是要定了你！"他看出江雁容了解了他，她脸上掠过一层欣慰的光彩，然后跟着江太太走出了房间。

带着江雁容，找到了江麟，他们坐上三轮车回家，江太太自信地说："雁容，我向你打包票，康南绝不敢写这封信，你趁早对这个人死心吧！"

江雁容一语不发，江太太转过头去看她。她苍白的小脸焕发着光彩，眼睛里有着坚定的信任。那两颗闪亮的眸子似乎带着一丝对母亲的自信的轻蔑，在那儿柔和地说："他会写的！他会写的！"

接着而来的三天，对江太太来说，是极其不安的，她虽相信康南不敢写这封信，但，假如他真写了，难道她也真的就把雁容嫁给他吗？如果再反悔不嫁，又违背了信用，而她向来是言出必行的！和江太太正相反，江雁容却显得极平静，她安静地期待着康南的信，而她知道，这封信是一定会来的！

这是整个家庭的低潮时期，江家被一片晦暗的浓雾所笼罩着，连爱笑爱闹的江麟都沉默了，爱撒娇的雁若也静静地躲在一边，敏感地觉得有大风暴即将来临。江仰止的大著作已停顿了，整天背负着两只手在房里踱来踱去，一面叹气摇头。对于处理这种事情，他自觉是个低能，因此，他全由江太太去应付。不过，近来，从雁容服毒，使他几至于失去这个女儿，到紧接着发现这个女儿的心已流落在外，让江仰止憬然而悟，感到十几年来，他实在太忽略这个女儿了。江太太看了江雁容的一本杂记，实际上等于一本片段的日记，这之中记载了她和康南恋爱的经过，也记载了她在家庭中受到的冷落和她那份追求情感生活的渴望。这本东西江仰止也看了，他不能不以一种新的眼光来看江雁容，多么奇怪，十几年的父女，他这才发现他以前竟完全不了解江雁容！那些坦白的记载提醒了他的偏爱江麟，也提醒了他是个失职的父亲。那些哀伤的句子和强烈的感情使他感到愧疚和难过，尤其，他发现了自己竟如此深爱江雁容！深爱这个心已经离弃了父母的女儿。他觉得江雁容的爱上康南，只是因为缺乏了父母的爱，而盲目地抓住一个使她能获得少许温情的人，这更加使他感到江雁容的可爱和可怜。他知道自己有救助江雁容的责任，他想弥补自己造成的一份过失，再给予她那份父爱。但，他立即发现，他竟不知如何做才能让江雁容了解，他竟不会表达他的感情和思想，甚至于不会和江雁容谈话！江太太总是对他说：

"你是做爸爸的，你劝劝她呀！让她不要那么傻，去上康南的当！"

怎么劝呢，他茫然了。他向来拙于谈话，他的谈话只有两种，一种是教训人，一种是发表演说。要不然，就是轻轻松松地开开玩笑。让他用感情去说服一个女孩子，他实在没有这份本领。

在他们等信的第三天早上，江仰止决心和江雁容谈谈。他把江雁容叫过来，很希望能轻松而诚恳地告诉江雁容，父母如何爱她，要她留在这个温暖的家里，不要再盲目地被人所欺骗。可是，他还没开口，江雁容就以一副忍耐的、被动的、准备挨骂的眼色看着他。在这种眼色后面，江仰止还能体会出一种反叛性和一种固执的倔强。叹了口气，江仰止只能温柔地问：

"雁容，你到底爱康南一些什么地方？听妈妈说，他并不漂亮，也不潇洒，也没什么特别了不起的地方。"

江雁容垂下眼睛，然后，轻轻地说：

"爸爸，爱情发生的时候，是没有什么道理可讲的，也无法解释的。爸爸，你不会用世俗的眼光来衡量爱情吧！"

"可是，你想过没有，你这份爱情是不合常理的，是会遭到别人攻击的？"

"我不能管别人，"江雁容倔强地说，"这是属于我自己的事，与别人无关，是不是？人是为自己而活着，不是为别人而活着，是不是？"

"不，你不懂，人也要为别人而活！人是不能脱离这个社会的，当全世界都指责你的时候，你不会活得很快乐。而且，人不能只凭爱情生活，你还会需要很多东西，包括父母、兄弟、姐妹和朋友！"

"如果这些人因为我爱上了康南而离弃我，那不是我的过失。爸爸！"江雁容固执地说。

"这不是谁的过失问题，而是事实问题，造成孤立的事实后，你会发现痛苦超过你所想象的！"

"我并不要孤立，如果大家逼我孤立，我就只好孤立！"江雁容说，眼睛里已充满了泪水。

"雁容，"江仰止无可奈何地叹口气，"把眼界放宽一点，你会发现世界上的男人多得很……"

"爸爸，"江雁容打断了他，鲁莽地说，"世界上的女人也多得很，你怎么单单娶了妈妈？"

江仰止哑然无言，半天后才说：

"你如果坚持这么做，你就一点都不顾虑你会伤了父母的心？"

江雁容满眼泪水，她低下头，猛然醒悟，以父母和康南相提并论，她是如此偏向于康南！在她心里，属于父母的地位原只这么狭小！十九年的爱护养育，却敌不住康南的吸引力！她把父母和康南放在她心里的天平上，诧异地发现康南的那一端竟重了那么多！是的，她是个不孝的孩子，难怪江太太总感慨着养儿女的无用，十九年来的抚养，她羽毛未丰，已经想振翅离巢了。望着父亲斑白的头发，以及少见的、伤感的脸色，她竟不肯说出放弃康南的话。她哀求地望了父亲一眼，低低地说：

"爸爸，我不好，你们原谅我吧！我知道不该伤了你们的心，但是，要不然我的心就将碎成粉末！"她哭了，逃开了父亲，钻进自己的卧室里去了。

江仰止看着她的背影，觉得眼中酸涩。孩子长成了，有他们自己的思想和意志，他们就不再属于父母了。儿女可以不顾虑是否伤了父母的心，但做父母的，又怎忍让儿女的心碎成粉末？他感到自己的心意动摇，主要的，他发现江雁容内在的东西越多，他就越加深爱这个女儿。这变成他心中的一股压力，使他不忍也不能看到她痛苦挣扎。

江太太走进来，问：

"怎么样？你劝了她吗？"

江仰止无可奈何地摇摇头。

"她已经一往情深了，我们的力量已太小了。"

"是吗？"江太太挺起了背脊，"你看吧！不顾一切，我要阻止这件事！首先，我算定他不敢写那封信！他是个小人，他不会把一张追求学生的字据落在我手里，也不敢负责任！你看吧！"

但是，下午三点钟，信准时寄到了。江仰止打开来细看，字迹劲健有力，文笔清丽优雅，词句谦恭恳切，全信竟无懈可击！他的求婚看来是真切的，对江雁容的情感也颇真挚。江仰止看完，把信递给江太太，叹口气说：

"这个人人品姑且不论，才华确实很高。"

江太太狠狠地盯了江仰止一眼，生气地说：

"什么才华！会写几句诗词对仗的玩意，这在四十几岁的人来说，几乎人人能写！"看完信，她为自己的判断错误而生气，厉声说："雁容，过来！"

事实上，江雁容根本就站在她旁边，她冷冷地看着江雁容说："好，康南的求婚信已经来了，我曾经答应过不干涉你的婚姻，现在，你是不是决定嫁给这个人？"

江雁容在江太太的盛气下有些瑟缩，但她知道现在不是畏缩的时候，她望着榻榻米，轻轻地点了两下头。

"好！"江太太咬咬牙，"既然你已经认定了嫁他，我就守信不干涉你，你去通知康南，叫他一个月之内把你娶过去，不过，记住，从此你算是和江家脱离了关系！以后你不许承认是江仰止的女儿，也永远不许再走进我的家门！"

"哦，妈妈！"江雁容低喊，抬头望着江太太，乞求地说，"不！妈妈，别做得那么绝！"

"我的话已经完了，你只有在家庭和康南中选一条路，要不然和康南断绝，要不然和家庭断绝！"

"不！妈妈！不！"江雁容哀求地抓住母亲的袖子，泪水盈眶，"不要这样，妈妈！"

"你希望怎么样？嫁给康南，让人人都知道江仰止有一个康南那样的女婿？哼？雁容，你也未免太打如意算盘了。假如你珍惜这个家，假如你还爱爸爸妈妈和你的弟弟妹妹，你就和康南断绝！"

"不！"江雁容摇着头，泪如雨下，"我不能！我不能！"

"雁容，"江仰止插进来说，"想想看，你有个很好的家，爸爸妈妈都爱你，弟弟妹妹也舍不得你离开，想想看，十九年的恩情，你是不是这么容易斩断？如果你回到爸爸妈妈的怀抱里来，我相信，半年内你就会忘了康南……"

"不！不！不！"江雁容绝望地摇着她的头。

"好！"江太太气极了，这就是抚育儿女的好处！当他们要离开的时候，对这个家的温情竟这样少！父母弟妹加起来，还敌不过一个康南！"好！"她颤声说，"你滚吧！叫康南马上把你娶过去，我不想再见到你！就算我没有你这个女儿！去通知康南，一个月之内不迎娶就作罢论！现在，从我面前滚开吧！"

"哦，妈妈。哦，妈妈！不要！"江雁容哭着喊，跪倒在江太太脚前，双手抓紧了江太太的旗袍下摆，把面颊紧挨在江太太的腿上。"妈妈，妈妈！"

江太太俯头看着江雁容，一线希望又从心底萌起，她抚摩着江雁容的头发，鼻子里酸酸的。

"雁容，"她柔声说，"再想想，你舍得离开这个家？连那只小白猫，都是你亲手喂大的，后院里的茑萝，还是你读初二那年从学校里弄回来的种子……就算你对父母没有感情，你对这些也一无留恋吗？雁若跟你睡惯了，到现在还要揽住你的脖子睡，她夜里总是怕黑，有了你才觉得安全……这些，你都不顾了？"

"妈妈！哦，妈妈！"江雁容喊。

"你舍不得？是不是？好孩子，告诉妈妈，你愿意留下来，愿意和康南断绝！爸爸妈妈也有许多地方对不起你，让我们重新开始，重新过一段新生活，好不好？来，说，你愿意和康南断绝！"

　　"哦，妈妈，"江雁容断断续续地说，"别逼我，妈妈，我做不到！妈妈哦！"她摇着头，泪水弄了江太太一身。

　　"好，"江太太的背脊又挺直了，"妈妈这样对你说，都不能让你转变！那么，起来吧！去嫁给康南去！以后永远不要叫我作妈妈！我白养了你，白带了你！滚！"她把腿从江雁容手臂里拔出来，毅然地抬抬头，走到里面去了。

　　失去了倚靠，江雁容倒在地下，把头埋在手腕里，哭着低声喊："上帝哦，我宁愿死！"

　　江仰止走过去，眼角是湿润的。他托起江雁容的头，江雁容那对充满了泪的眼睛正哀求地看着他。他摇摇头，叹了口气，感慨地念了两句：

　　"世间多少痴儿女，可怜天下父母心！"然后，他站起身，踉跄地走开说："起来吧！雁容，做爸爸的答应你和他结婚了！"

窗外

拾叁

THIRTEEN

当爱情一开始的时候，我们都没有注意，

而当我们发现的时候，就已经爱得很深了。

　　康南在他的小屋里生起了一个炭炉子，架上一口锅，正在炒着一个菜，菜香弥漫了整间屋子。他看看靠在椅子上的江雁容，她正沉思着什么，脸上的神情十分寥落。

　　"来，让你看看我的手艺，"康南微笑着说，"以前在湖南的时候，每到请客，我就亲自下厨，炒菜是一种艺术。"

　　江雁容仍然沉思着，黑眼睛看起来毫无生气。康南走过去，用手臂支在椅背上，在她额上轻轻地吻了一下，俯视着她：

　　"想什么？"

　　江雁容醒了过来，勉强地笑了笑，眨眨眼睛。

　　"你娶了我之后会不会后悔？"

　　"你怎么想的？"

　　"我什么都不会，炒菜烧饭，甚至洗不干净一条小手帕，你会发现我是个很无能的笨妻子！"

　　"让我伺候你！你会是个十分可爱的小妻子！让我为你做一切的事，我高兴做，只要是为你！"

　　江雁容笑笑，又叹了口气：

　　"婚事准备得怎么样？越快越好，我怕妈妈会变卦！"

　　"房子已经租定了，剩下的工作是买家具、填结婚证书和做衣服。"

　　"还做什么衣服，公证结婚简单极了！"江雁容望着窗外，又叹了口气。康南把菜装出来，放在桌子上。望着江雁容。

"怎么了？"

"有点难过，"江雁容说，眼睛里升起一团雾气，"康南，你会好好待我？为了你，我抛弃了十九年的家，断绝了父母弟妹和一切原有的社会关系。等我跟你结了婚，我就只有你了！"康南捧住她的脸，看着她那对水汪汪的眼睛，小小的嘴角浮着个无奈的、可怜兮兮的微笑。他简直不敢相信，这个女孩子终于要属于他了，完完全全属于他。他不知道自己到底有什么地方值得她抛弃家庭来奔向他，她那种火一般的固执的热情使他感动，她那蚕丝般细韧的感情把他包得紧紧的。他温柔地吻她。

"小雁容，请相信我。"他再吻她。"我爱你，"他轻声说，"爱得发狂。"他的嘴唇轻触着她的头发，她像只小羊般依偎在他胸前，他可以听到她的心的跳动，柔和细致，和她的人一样。他们依偎了一会儿，她推开他，振作起来说：

"来，让我尝尝你炒的菜！"

他们开始吃饭，她望着他笑。

"笑什么？"他问。

"你会做许多女人的事。"她说。

他也笑了："将来结了婚，你不愿意做的事，我都可以帮你做。"

她沉默了一会儿，皱皱眉。

"不知道为什么，"她说，"我有点心惊肉跳，我觉得，我们的事还有变化。"

"不至于了吧，一切都已经定了！"康南说，但他自己也感到一阵不安，他向来很怕江雁容的"预感"。"今天下午两点钟，我的堂弟和一个最好的朋友要从台南赶来，帮忙筹备婚事。"

"那个朋友就是你提过的罗亚文？"江雁容问。

"是的。"罗亚文本是康南在大陆时的学生，在台湾相遇，适逢罗亚文穷病交迫，康南帮助了他。为他治好了肺病，又供给学费使他完成大学教育。所以，罗亚文对于康南是极崇拜也极感激的。

"你弟弟叫什么名字？"

"康平。"

"好吧，我等他们来。"江雁容说。

"我弟弟写信来，要我代他向大嫂致意。"

"大嫂？"

"就是你呀！"江雁容蓦地脸红了。吃过了饭，他们开始计划婚礼的一切，江雁容说：

"我爸爸妈妈都不会参加的。但是我还没有到法定年龄，必须爸爸在婚书上签字，我不认为他会肯签。"

"既然已经答应你结婚，想必不会在婚书上为难吧！"康南说。江雁容看着窗外的天，脸上忧思重重。

"我右眼跳，主什么？"她问。

"左眼跳财，右眼跳灾——"康南说。接着说："别迷信了吧！一点意义都没有！"但是，江雁容的不安影响了他。他也模糊地感到一层阴影正对他们笼罩过来。

两点钟，罗亚文和康平来了。康平年纪很轻，大约只有二十几岁，英俊漂亮，却有点腼腆畏羞。罗亚文年约三十，看起来是个极聪明而理智的男人。他们以一种新奇的眼光打量江雁容，使江雁容觉得脸红，罗亚文笑笑，露出一口白牙，给人一种亲切感。

"没想到江小姐这么年轻！"他说。

　　江雁容的脸更红了，康南也微微感到一阵不安。然后他们开始计划婚事，江雁容显得极不安，坐了一会儿，就起身告辞。走出了康南的房间，她奇怪地看了看天，远处正有一块乌云移过来。"是我命运上的吗？"她茫然自问，"希望不是！老天，饶了我吧！"

　　回到家里，一切如常，江太太不理她，江仰止在书房中叹气。只有江雁若和她打招呼，告诉她周雅安和程心雯来看过她，向她辞行，她们坐夜车到台南成大去注册了。

　　"去了两个好朋友，"她想，"我更孤独了。"

　　以后半个月，一切平静极了。江仰止又埋在他的著作里，江太太整天出门，在家的时候就沉默不语。一切平静得使人窒息。江雁容成了最自由的人，没有任何人过问她的行动。她几乎天天到康南那儿去，她和康平罗亚文也混熟了，发现他们都是极平易近人的青年。他们积极地准备婚事，康平已戏呼她大嫂，而罗亚文也经常师母长师母短地开她的玩笑了。只有在这儿，她能感到几分欢乐和春天的气息，一回到家里，她的笑容就冻结在冰冷的气氛中。

　　这天，她从康南那儿回来，江太太正等着她。

　　"雁容！"江太太喊。

　　"妈妈！"江雁容走过去，敏感地料到有问题了。她抢先一步说："我们已经选定九月十五日结婚。"

　　江太太上上下下地看着她，然后冷冰冰地说：

　　"收回这个日期，我不允许你们结婚！"

　　像是晴天中的一个霹雳，江雁容立即被震昏了头。她愕然地看着江太太，感到江太太变得那么高大，自己正被掌握在她手中，她恐惧地想，自己是没有力量翻出她的掌心的，正像孙悟空翻不出如来佛的掌心一样。她嗫嚅地说：

"爸爸已经答应了的！"

"要结婚你去结婚吧，"江太太说，"我们不能签字，要不然，等到你自己满了法定年龄再结婚，反正你们相爱得这么深，也不在乎再等一年多，是不是？你们就等着吧！我不干涉你的婚姻，但我也绝不同意你这个婚姻，明白吗？去吧！一年多并不长，对你对他，也都是个考验，我想，你总不至于急得马上要结婚吧？"

"你不是说一个月内让他娶我吗？"

"那句话我收回了！行不行？"

江雁容望着江太太，母亲的脸那么坚决而冰冷，完全没有转圜的余地，她顿时明白了！她根本没有办法改变江太太的主意。是的，一年多并不长。只是，这一年多是不是另藏着些东西？它绝不会像表面那样平静。但，她又能怎样呢？江太太的意志是不容反叛的！她踉跄地退出房间，知道自己必须接受这安排，不管这后面还有什么。

当江雁容带着这消息去看康南的时候，康南上课去了，罗亚文正在他房间里。江雁容把婚礼必须延到一年后的事告诉罗亚文，罗亚文沉思了一段长时间，忽然望着江雁容说：

"江小姐，我有一种感觉，你不属于康南！"

江雁容看着他，觉得他有一种超凡的智慧和颖悟力，而且，他显然是个懂得感情生活的人。

"就是到了一年后，"罗亚文说，"阻力依然不会减少！你母亲又会有新的办法来阻止了。"他望着她叹了口气："你和康南只是一对有情人，但不是一对有缘人，有的时候，我们是没有办法支配命运的！你觉得对吗？"

江雁容茫然地坐着，罗亚文笑笑说：

"既然你们不结婚，我也要赶回台南去了。"停了一会儿，他又说，"江小姐，如果我是你，我就放弃了！"

"你是什么意思？"江雁容问。

"这道伤口已经划得很深了，再下去，只有让它划得更深。"罗亚文说，诚恳地望着江雁容。"你自己觉得你有希望跟他结合吗？"他摇摇头，"太渺茫了。"

是的，太渺茫了，在接下来的日子中，江雁容才更加感到这希望的渺茫。江太太的态度忽然有了一百八十度的转变，她用无限的温柔和母爱来包围住江雁容，在江雁容面前，她绝口不提康南。同时对她亦步亦趋地跟随着，无形中也限制了她去探访康南。她发现，她等于被母亲软禁了。在几度和康南偷偷见面之后，江太太忽然给江雁容一个命令，在她满二十岁之前，不许她和康南见面！否则，江太太要具状告康南引诱未成年少女。江雁容屈服了，她在家里蛰居下来，一天一天地挨着日子，等待二十岁的来临。

生活变得如此寂寞空虚和烦躁，江雁容迅速地憔悴下去，也委顿了下去。对于母亲，她开始充满了恨意。江太太的感觉是敏锐的，她立即觉出了江雁容对她的仇恨。这些日子以来，她内心的挣扎和痛苦不是外人所能了解的。眼望着江雁容，一朵她所培育出来的小花，那么稚嫩、娇弱，却要被康南那个老狐狸所攀折，这使她觉得要发狂。为江雁容着想，无论如何，跟着康南绝不会幸福。雁容是个太爱幻想的孩子，以为"爱情"是人生的一切，殊不知除了爱情之外，生存的条件还有那么多！她不能想象雁容嫁给康南之后的生活，在所有人的鄙视下，在贫穷的压迫下，伴着一个年已半百的老头，那会是一种多么悲惨的生活。她现在被爱情弄昏了头，满脑子绮丽的梦想，一旦婚后，在生活的折磨下，她还有心情来谈情说爱吗？江太太想起她自己，为了爱情至上而下嫁一贫如洗的江仰止，此后二十年的生活中，她每日为了几张嗷嗷待哺的小嘴发愁，为三餐不继忧心，为前途茫茫困扰，为做不完的家务所压迫……爱情，爱情又在哪里？但是，这些话江雁容是不会了解的，当她对江雁容说起这些，江雁容只会以鄙夷的眼光望着她，好像她是个金钱至上的凡夫俗子！然后以充满信心的声音说：

“妈妈，只要有爱情，贫穷不当一回事！”

是的，只要有爱情，贫穷不当一回事，社会的抨击不当一回事，亲友的嘲笑也不当一回事！可是，她怎能了解日久天长，这些都成了磨损爱情的最大因素！等到爱情真被磨损得黯然无光，剩下的日子就只有贫穷、孤独、指责和困苦了！到那时再想拔步抽身就来不及了！江太太不能看着江雁容陷到那个地步，她明知如果江雁容嫁给康南，那一天是一定会来临的！但是，要救这孩子竟如此困难，她在江雁容的眼睛里看出仇恨。“为了爱她，我才这么做，但我换得的只是仇恨！可是，我不能撒手不管，不能等着事实去教训她，因为我是母亲！”

当着人前，江太太显得坚强冷静，背着人后，她的心在流血。“为了救雁容，我可以不择手段，哪怕她恨我！只希望若干年后，当她也长大了，体验过了人生，看够了世界，那时候，她能了解我为她做了些什么！”她想着，虽然每当江雁容以怨恨的眼光看她一眼，她就觉得自己的心被猛抽了一下，但她仍然咬着牙去安排一切。有的时候，看到江雁容那冷漠的小脸，她就真想随江雁容去，让她自己去投进火坑里。可是，她知道她不能那么做，因为她是母亲，孩子的一生握在她的手里！“母爱真是个奇怪的东西，你竟然不能不爱她！”她想着，感到泫然欲涕。短短的几十天，她好像已经老了几十年了。

江雁容更加苍白了，她的脸上失去了欢笑，黑眼睛里终日冷冷地发射着仇恨的光。她变得沉默而消极，每日除了斜倚窗前，对着窗外的青天白云发呆之外，几乎什么事都不做，看起来像一只被关在笼子里的小鸟。

"这样不行！这样她会生病的！"江太太太想，那份蠢动在她心头的母爱又迫着她另想办法。她感到她正像只母猫，衔着她的小猫，不知道放在什么地方才能安全。

没多久，江雁容发现家里热闹起来了，许多江仰止的学生和学生的朋友，开始川流不息地出入江家。江麟和江雁若都卷进了这批青年中，并且把江雁容拉了进去，他们打桥牌，做游戏，看电影……这些年轻人带来了欢笑，也带来了一份年轻人的活力。家庭中的空气很快地改观了，日日高朋满座，笑闹不绝，江麟称家里作"青年俱乐部"。江雁容冷眼看着这些，心中感叹着："妈妈，你白费力气！"可是，她也跟着这些青年笑闹，她和他们玩，和他们谈笑，甚至于跟他们约会、跳舞。她有一种自暴自弃的心理，这些人是母亲选择的，好吧，管你是谁，玩吧！如果得不到康南，那么，任何男孩子还不都是一样？于是，表面上，她有了欢笑。应酬和约会使她忙不过来。但，深夜里，她躺在床上流泪，低低地喊："康南！康南！"

和这些年轻人同时而来的，是亲友们的谏劝。曾经吞火柴头自杀的舅舅把年轻时的恋爱一桩桩搬了出来，以证明爱情的短暂和不可靠。一个旧式思想的老姑姑竟晓以大义，婚姻应听从父母之命，要相信老年人的眼光。一个爸爸的朋友，向来自命开明，居然以"年龄相差太远，两性不能调谐"为理由来说服江雁容，弄得她面红耳赤，瞠目结舌……于是，江雁容明白她已经陷入了八方包围。凭她，小小的江雁容，似乎再也不能突围了。

两个月后。

这天，康南意外地收到江雁容一封信。

南：

　　妈妈监视得很严，我偷偷地写这信给你！我渴望见到你，在宝宫戏院隔壁，有一家小小的咖啡馆，明天下午三点钟，请在那咖啡馆中等我！我将设法摆脱身边的男孩子来见你！南，你好吗？想你，爱你！想你，爱你！想你，爱你！

容

准三点钟，康南到了那家咖啡馆，这是个地道的伸手不见五指的地方，而且每个座位都有屏风相隔，康南不禁惊异江雁容怎么知道这么一个所在！大约四点钟，江雁容被侍应生带到他面前了，在那种光线下，他无法辨清她的脸，只看得到她闪亮的眼睛。侍应生走后，她在他身边坐下来，一股脂粉香送进了他的鼻子，他紧紧地盯着她，几乎怀疑身边的人不是江雁容。

"康南！"她说话了，她的小手抓住了他，"康南！"

像一股洪流，康南被淹没了！他把她拉进怀里，找寻她的嘴唇。"不要，康南！"她挣扎着坐起来，把他的手指压住在自己的唇上，低声说："康南，这嘴唇已经有别的男孩子碰过了，你还要吗？"

康南捏紧她的手臂，他的心痉挛了起来。

"谁？"他无力地问。

"一个年轻人，政大外交系三年级的高才生，很漂亮，很有天才。有一副极美的歌喉，还能弹一手好钢琴。父亲是台大教授，母亲出自名门，他是独生子。"江雁容像背家谱似的说。"嗯。"康南哼了一声，放开江雁容，把身子靠在椅子上。

"怎么？生气了？"

"没有资格生气。"康南轻轻说，但他呼吸沉重，像一只被激怒的牛。他伸手到口袋里拿出烟，打火机的火焰颤动着，烟也颤动着，半天点不着火。江雁容从他手上接过打火机，稳定地拿着，让他燃着了烟。火焰照亮了她的脸，她淡淡地施了脂粉，小小的红唇丰满柔和，粉红色的双颊细腻娇艳，她穿着件大领口的湖色衬衫，露出白皙的颈项。康南目不转睛地望着她，她抬了抬眼睛，微微一笑，吹灭了火。

"不认得我了？"她问。

"嗯。"他又哼了一声。

"你知道，妈妈和姨妈她们整天在改变我，她们给我做了许多新衣服，带我烫头发，教我化妆术，舅母成了我的跳舞老师……你知道，我现在的跳舞技术很好了！前天晚上的舞会，我几乎没有错过一个舞！前天不是和政大的，是一个台大的男孩子，他叫我作'小茉莉花'。"

"嗯。"

"人要学坏很容易，跳舞、约会、和男孩子打情骂俏，这些好像都是不学就会的事。"

"嗯。"

江雁容沉默了一会儿。

"你为什么不说话？"她问。

"还有什么话好说？"他喷出一大口烟。

江雁容默默地看着他，然后，她投进了他的怀抱，她的胳膊勾住了他的脖子，她的脸紧贴在他的胸前。她啜泣着说：

"康南，啊，康南！"

他抚摸她的头发，鼻为之酸。

"我竟然学不坏，"她哭着说，"我一直要自己学坏，我和他们玩，让他们吻我，跟他们到黑咖啡馆……可是，我仍然学不坏！只要我学坏了，我就可以忘记你，可是，我就是学不坏！"

他捧起她的脸，吻她。他的小雁容，纯洁得像只小白鸽子似的雁容！无论她怎么装扮，无论她怎么改变，她还是那个小小的、纯洁的小女孩！

"雁容，不要折磨你自己，你要等待。"他说。

"等待？等到你娶我的时候吗？告诉你，康南，这一天永远不会来的！"

"你要有信心，是不是？"

"信心？对谁有信心？命运不会饶我们的，别骗我，康南，你也没有信心，是不？"

是的，他也没有信心。从一开始，他就知道这孩子不会属于他。可是，在经过这么久的痛苦、折磨、奋斗和挣扎之后，他依然不能获得她，他不禁感到一阵不甘心。尤其，他不能想象她躺在别的男人怀里的情形，他觉得自己被嫉妒的火焰烧得发狂。这原不该是他这个度过中年之后的男人所有的感情，为什么这孩子竟能如此深地打进他心中？竟能盘踞在他心里使他浑身痉挛颤抖？

"康南，别骗我，我们谁都没有办法预卜一年后的情形，是不是？妈妈个性极强，她不会放我的，她宁可我死都不会让我落进你手中的！康南，我们毫无希望！"

"我不信，"康南挣扎地说，"等你满了二十岁，你母亲就没有办法支配你了，那时候，一切还是有希望！"

"好吧，康南，我们等着吧！怀着一个渺茫的希望，总比根本不怀希望好！"江雁容叹了口气，把头靠在康南的肩上。咖啡馆的唱机在播送着一曲柔美的小提琴独奏《梦幻曲》，江雁容幽幽地说："梦幻曲，这就是我们的写照，从一开始，我们所有的就是梦幻！"

他们又依偎了一会儿，江雁容说：

"五点钟以前，我要赶回去，以后，每隔三天，你到这里来等我一次，我会尽量想办法赶来看你！"

就这样，每隔几天，他们在这小咖啡馆里有一次小小的相会，有时候短得只有五分钟，但是，够了。这已经足以鼓起江雁容的生气，她又开始对未来有了憧憬和信心。她恢复了欢笑，活泼了，愉快了，浑身都散发着青春的气息。这引起了江太太的怀疑，但江雁容是机警的，她细心地安排了每次会面，竟使江太太无法捉住她。可是，世界上没有永久的秘密，这天，她才回到家里，江太太就厉声叫住了她；

"雁容！说出来，你每次和康南在什么地方见面？"

江雁容的心沉进了地底下，她嗫嚅地说：

"没有呀！"

"没有！"江太太气冲冲地说，"你还说没有！胡先生看到你们在永康街口，你老实说出来吧，你们在哪里见面？"

江雁容低下头，默然不语。

"雁容，你怎么这样不要脸？"江太太气得浑身发抖，"你有点出息好不好？现在爸爸所有的朋友都知道江仰止有个女儿到男老师房里去投怀送抱！你给爸爸妈妈留点面子好不好？爸爸还要在这社会上做人，你知不知道？"

江雁容用牙齿咬住嘴唇，江太太的话一句一句地敲在她的心上，她的脸色变得苍白了。

"好吧，既然你们失信于先，不要怪我的手段过分！"江太太怒气填膺地说了一句，转身走出了房间，江雁容惊恐地望着她的背影，感到一阵晕眩。

"风暴又来了！"她想，乏力地靠在窗上，"我真愿意死，人活着到底为了什么？"

又过了三天，她冒险到咖啡馆去看康南，她要把江太太发现他们相会的事告诉他。在路口，康南拦住了她，他的脸色憔悴，匆匆地递了一个纸条给她，就转身走了。她打开纸条，上面潦草地写着：

　　容：

　　　　你母亲已经在刑警总队告了我一状，说我有危害你家庭，勾引未成年少女之种种恶行。一连三天，我都被调去审讯，我那封求婚信以及以前给你的一封信，都被照相下来作为引诱你的证据。虽然我问心无愧，但所行所为，皆难分辩，命运如何，实难预卜！省中诸同仁都侧目而视，谣言纷纭，难以安身，恐将被迫远行。我们周围，遍布耳目，这张纸条看后，千万撕毁，以免后患。

　　　　雁容雁容，未料到一片痴情，只换得万人唾骂！世界上能了解我们者有几人？雁容珍重，千万忍耐，我仍盼你满二十岁的日子！

　　　　　　　　　　　　　　　　　　　　　　　　　　　南

江雁容踉跄地回到家里，就倒在床上，用棉被蒙住了头。她感到一种被撕裂的痛楚，从胸口一直抽痛到指尖。她无法运用思想，也无法去判断面前的情况。她一直睡到吃晚饭，才起来随便吃了两口。江太太静静地看着她，她的苍白震撼了江太太，禁不住地，江太太说：

"怎么吃得那么少？"

江雁容抬起眼睛来看了江太太一眼，江太太立即感到猛然被人抽了一鞭，仓促间竟无法回避。在江雁容这一眼里，她看出一种深切的仇恨和冷漠，这使她大大地震动，然后剩下的就是一份狼狈和刺伤的感情。她呆住了，十九年的母女，到现在她才明白彼此伤害有多深！可是，她的动机只是因为爱雁容。

吃过了晚饭，江雁容呆呆地坐在台灯下面，随手翻着一本《白香词谱》，茫然地回忆着康南教她填词的情况。她喃喃地念着几个康南为她而填的句子："尽管月移星换，不怕云飞雨断，无计不关情，唯把小名轻唤！……"感到心碎神驰，不知身之所在。在今天看到康南的纸条后，她明白，他们是再也不可能逃出江太太的手心，也是再不可能结合的了。忽然，剧烈响起的门铃声打断了她的沉思，突然的干扰使她浑身掠过一阵痉挛。然后，她看到门外的吉普车和几个刑警人员。她站起身来，听到江仰止正在和刑警办交涉：

"不，我没想到你们要调我的女儿，我希望她不受盘询！"

"对不起，江教授，我们必须和江小姐谈谈，这是例行的手续，能不能请江小姐马上跟我们到刑警总队去一下？我们队长在等着。"

江仰止无奈地回过身来，江雁容已走了出来，她用一对冷漠而无情的眼睛看了江仰止一眼说：

"爸爸，我做错了什么？你们做得太过分了！你们竟把自己的女儿送到刑警总队去受审！爸爸，我的罪名是什么？多么引人注目的桃色纠纷，有没有新闻记者采访？"

江仰止感到一丝狼狈，告到刑警总队原不是他的意思，他早知道这样做法是两败俱伤，可是，他没有办法阻止盛怒的江太太。望着江雁容挺着她小小的脊梁，昂着头，带着满脸受伤的倔强，跟着刑警人员跨上吉普车，他觉得心中一阵刺痛，他知道他们已伤害了雁容。回过头来，江太太正一脸惶惑地木立着，他们对望了一眼，江太太挣扎着说：

"我只是要救雁容，我只是要把她从那个魔鬼手里救出来，我要她以后幸福！"江仰止把手放在江太太肩上，同情而了解地说：

"我知道。"

江太太望着江仰止，一刹那间，这坚强的女人竟显得茫然无助，她轻声说：

"他们会不会为难雁容？仰止，你看能不能撤销这个告诉？"

"我会想办法。"江仰止说，怜惜地看看江太太，诧异最近这么短的时间，她已经苍老了那么多。

江雁容傲然而倔强地昂着头，跟着刑警人员走进那座总部的大厦，上了楼，她被带到一间小房间里。她四面看看，房里有一张书桌和两把椅子，除此之外，几乎一无所有。她觉得比较放心了，最起码，这儿并没有采访社会新闻的记者，也没有拥挤着许多看热闹的人。那个带她来的刑警对她和气地说：

"你先坐一坐，队长马上就来。"

她在书桌旁的一把椅子上坐了下来，不安地望着桌面上玻璃砖下压着的几张风景画片。一会儿，队长来了，瘦瘦的脸，温和而深沉的眼睛，看起来文质彬彬的。他捧着一个卷宗夹子，在书桌前面的藤椅上坐下，对江雁容笑了笑，很客气地问：

"是江小姐吧？"江雁容点点头。

"江仰止是你父亲吗？"

江雁容又点点头。

"我听过你父亲的演讲。"那队长慢条斯理地说，"好极了，吸引人极了。"

江雁容没有说话。于是，那队长打开了卷宗夹子，看了看说：

"康南是你的老师吗？"

"是的。"

"怎么会和你谈恋爱的？"

"我不知道怎么说，"江雁容回避地把眼光调开，"他是个好老师，他爱护我，帮助我，我感激他，崇拜他……当爱情一开始的时候，我们都没有注意，而当我们发现的时候，就已经爱得很深了。"她转过头来，直望着队长的脸："假若你要对爱情判罪，你就判吧！"

那队长深深地注视了她一会儿，笑了笑。

"我们不会随便判罪的。你和他有没有发生关系？"

"何不找个医生来验验我？"江雁容生气地说。

"你的意思是没有，是吗？"

"当然，他不会那样不尊重我！"

队长点点头，沉思了一会儿。

"这是他写的吗？"

他拿出一张信笺的照片来，这是康南某日醉后写的，她把它夹在杂记本中，因而和杂记本一起到了母亲手里。其中有一段，是录的赵孟頫之妻管夫人的词：

你浓我浓，忒煞情多，情多处，热如火！把一块泥，捏一个你，塑一个我，将我两个，都来打破，用水调和，再捏一个你，再塑一个我，我泥中有你，你泥中有我。与你生同一个衾，死同一个椁。

江雁容点了点头，表示承认。那队长说：

"以一个老师的身份，写这样的信未免过分了吧？"

"是吗？"江雁容挑战地说，"一个人做了老师，就应该没有感情了吗？而且，我看这信的时候，并没有想到他老师的身份，我只把他当一个朋友。"她咬了咬嘴唇，又轻声加了一句："假若你把所有全天下男女的情书都找来看看，比这个写得更过分的，不知道有多少呢！"

那队长望着她，摇了摇头：

"江小姐，看你的外表，你是非常聪明的，你又有一个很高尚的家庭，为什么你会做出这种事来？"

江雁容涨红了脸，感到被侮辱了。

"我做出什么见不得人的事来了？"她愤愤地问。

"我是指你这个不正常的恋爱，"那队长温和地说，"你看，像康南这种人的人格是没有什么话好说的，既不能忠于自己妻子，又不能安分守己做个好教员，给一个比自己小二十几岁的女学生写这种情书……任何人都能明白他是怎么样的一种人！而你，江小姐，你出自书香门第，父亲也是个有名有学问的教授，你怎么会这样糊涂呢？你把自己和康南搅在一起是多么不值得！"

江雁容涨红的脸又转成了灰白，她激怒得浑身发抖，好半天，才咬着牙说：

"我不能希望世界上的人会了解我们的爱情！"

"江小姐，"那队长又继续说，"你父母把这件案子告到我们这儿来，我们只有受理。可是，为你来想，搅进这种不大名誉的案子中来实在不太好，你要知道，我是很同情你，很想帮助你的。你也受过高等教育，一个十八九岁的女学生，怎么不知道洁身自爱呢？"

江雁容从椅子上跳了起来，泪珠在眼眶里打转，她竭力憋着气说：

"请你们送我回去！"

那队长也站起身来，用一种怜悯的眼光望着她说：

"江小姐，如果你能及时回头，我相信你父母会撤销这案子的，人做错事不要紧，只要能改过，是不是？你要为你父亲想，他的名誉也不能被你拖垮。你小小年纪，尽可利用时间多念点书，别和这种不三不四的男人鬼混……"

江雁容咬紧了嘴唇，眼泪迸了出来，她把手握紧了拳，从齿缝里说：

"别再说！请你们送我回去！"

"好吧！回去再想想！"

那队长叫人来带她回去，她下楼的时候，正好两个刑警押了一批流莺进来，那些女的嘴里用闽南语乱七八糟地说着下流话，推推拉拉地走进去，一面好奇地望着江雁容，江雁容感到窘迫得无地自容，想起那队长的话，她觉得在他们心目中，自己比这些流莺也高明不了多少。

江雁容回到了家里，走进客厅，江仰止和江太太正在客厅中焦虑地等着她。她一直走到江太太的面前，带着满脸被屈辱的愤恨，直视着江太太的眼睛，轻声而有力地说：

"妈妈，我恨你！我恨你！我恨你！"

说完，她转身冲回自己的房间里，把房门关上，倒在床上痛哭。江太太木然而立，江雁容的话和表情把她击倒了，她无助地站着，软弱得想哭。她知道，她和康南作了一次大战，而她是全盘失败了。她摇晃着走回自己的房间，江雁若正在江太太的书桌上做功课。江太太茫然地在床沿上坐下，江雁若跑了过来，用手挽住江太太的脖子，吻她的面颊，同情地喊：

"哦，妈妈，别伤心，妈妈，姐姐是一时冲动。"

江太太抚摸着江雁若的面颊，眼中充满了泪水，轻轻地说：

"雁若，你还小，等你长大了，你也会从妈妈身边飞开，并且仇视妈妈了！"

"哦，不，不！我永远是妈妈的！"江雁若喊着，紧紧地抱着母亲。

"不会的，"江太太摇摇头，眼泪滑了下来，"没有一个孩子永远属于父母。雁若，千万不要长大！千万不要长大！"

江雁容哭累了，迷迷糊糊地睡着了。这一夜她睡得很不安宁，好几次都被噩梦惊醒，然后浑身冷汗。她注意到每次醒来，江太太的房里仍然亮着灯光，显然，江太太是彻夜未睡。她在床上辗转反侧，深深懊悔晚上说的那几句话，她明白自己已经伤透了母亲的心，这一刻，她真想扑在母亲脚前，告诉她自己是无意的。可是，倔强封住了她的嘴，终于，疲倦征服了她，她又睡着了。

早上醒来，已经日上三竿了，她起了床，雁若和江麟都上课去了，饭桌上摆着她的早餐。她整理床铺的时候，发现枕边放着一封信，她诧异地抽出信笺，竟是江太太写给她的！上面写着：

容容：

　　在你很小的时候，我们都叫你容容。那时候，你喜欢扑在我怀里撒娇，我还能清晰地记得你用那软软的童音说："妈妈喜欢容容，容容喜欢妈妈！"曾几何时，我的小容容长大了。有了她自己的思想领域，有了她独立的意志和感情。于是，妈妈被摒绝于她的世界之外。大家也不再叫你容容，而叫你雁容，我那个小小的容容已经失去了。

今天，我又叫你容容了，因为我多么希望你还是我的小容容！事实上，我一直忽略着你在长大，在我心中，管你是十七、十八、十九、二十，你还是我的小容容，可是，你已经背弃了我！孩子，没有一个母亲不爱她的子女，这份爱是无条件的付与，永远不希望获得报酬和代价。孩子，我所做的一切，无论是对是错，全基于我爱你！小容容，如果我能洒脱到不爱你的地步，我也无须乎受这么多的折磨，或者，你也就不会恨我了。可是，我不能不爱你，就在你喊着你恨我的时候，我所看到的，依然是我那个摇摇摆摆学走路的小容！孩子，事实上，你仍在学步阶段，但你已妄想要飞了。容容，我实在不能眼看着你振起你未长成的翅膀，然后从高空里摔下来，我不能看着你受伤流血，不能看着你粉身碎骨！孩子，原谅妈妈做的一切，原谅我是因为爱你，妈妈求求你，回到妈妈的怀里来吧，你会发现这儿依然是个温馨而安全的所在。小容容，回来吧！

所有做儿女的，总以为父母不了解他们，总以为父母是另一个时代的人，事实上，年轻一代和年老一代间的距离并不是思想和时代的问题，而是年老的一代比你们多了许多生活的经验。可是，你们不会承认这个，你们认为父母是封建、顽固和不开明！孩子，将来，等你到了我的年龄，你就会了解我的，因为我凭经验看出你盲动会造成不幸，而你还沉溺在你的梦和幻想里。容容，别以为我没有经过十九岁，我也有过你那份热情和梦想，所以，相信我吧，我了解你。我是在帮助你，不是在陷害你！

最近，我似乎不能和你谈话了，你早已把你的心关闭起来，我只能徘徊在你的门外。所以，我迫不得已给你写这封信，希望你能体会一个可怜的、母亲的心，有一天，你也要做母亲，那时候，你会充分了解母亲那份爱是何等强烈！

　　孩子，我一生好强，从没有向人乞求过什么，但是，现在我向你乞求，回来吧！小容容！父母的手张在这儿，等着你投进来！回来吧，容容！做父母的曾经疏忽过你，冷落了你，请你给父母一个补过的机会。儿女有过失，父母是无条件原谅的，父母有过失，儿女是不是也能这样慷慨？

　　回来吧！容容，求你！

妈妈于深夜

　　看完了信，江雁容早已泣不成声。妈妈，可怜的妈妈！她握着信纸，泪如雨下。然后，她跪了下来，把头放在床沿上，低声地说：

　　"妈妈，我屈服了！一切由你！一切由你！"她用牙齿咬住被单，把头紧紧地埋在被单里。"妈妈哦！"她心中在叫着，"我只有听凭你了，撕碎我的心来做你孝顺的女儿！"她抬起头，仰望着窗外的青天，喃喃地，祈祷似的说："如果真有神，请助我，请给我力量！给我力量！"

　　这天下午，江雁容和康南又在那小咖啡馆中见面了。她刻意修饰了自己，淡淡地施了脂粉，穿着一套深绿色的洋装。坐在那隐蔽的屏风后面，她尽量在暗沉沉的光线下去注视他，他沉默得出奇，眼睛抑郁迷茫。好半天，他握住了她的手，才要说什么，江雁容先说了：

　　"别担心刑警队的案子了，妈妈已经把它撤销了。"

　　"是吗？"康南问，凝视着江雁容，"怎么这样简单就撤销了？"

　　"妈妈总是妈妈，她不会伤害我的。"她轻轻地说，望着面前的咖啡杯子出神。她不能告诉他，今天早上，她们母女曾经谈了一个上午，哭了说，说了哭，又亲又抱。然后，江太太答应了撤销告诉，她答应了放弃康南。她咽下了喉咙口堵塞着的硬块，端起咖啡，既不加牛奶也不放糖，对着嘴灌了下去。

"好苦，"她笑笑说，"但没有我的心苦！"

"雁容，"康南握紧了她的手，"我要告诉你一件事。"他沉吟地看着她，终于说了出来："我们要分离了！"

她迅速地抬起头来，直视着他。这话应该由她来说，不是由他！她嗫嚅地问："怎么？"

"省中已经把我解聘了，教育厅知道了我们的事，有不录用的谕令下来，台北已经不能容我了！"

"哦！康南！"江雁容喊。多年以来，康南是各校争取的目标，学生崇拜的对象，而现在，教育厅竟革了他的职！教书是他终生的职业，学生是他生活上的快乐，这以后，叫他怎么做人呢？她惶然地喊："康南，我害了你！"

康南握住了她的小手：

"不要难过，雁容，在这世界上，只要能够得到一个你，其他还有什么关系呢！"

"可是，你连我也得不到哦！"江雁容心中在喊，她已经做了允诺，想想看，经过这么久的挣扎和努力，她还是只得放弃他，她不忍将这事告诉他，泪水涌进了她的眼眶。

"不要愁，"康南继续说，"罗亚文在 A 镇一个小小的初级中学里教书，我可以去投靠他，或者，可在那中学里谋一个教员的位置，吃饭总是没问题的。我会隐居在那里，等着你满二十岁，只是，以后的日子会很困苦，你过得惯吗？"

江雁容用手蒙住脸，心中在剧烈地绞痛，她无法压抑地哭了起来。

"别哭，"康南安慰地拍着她的肩膀，"只是短暂的别离而已，以后的日子还长着呢！是吗？雁容，等你满了二十岁，你可以给我一封信，我们一起到台南去结婚，然后在乡间隐居起来，过你所希望的茅屋三间，清茶一盏，与世无争的生活。到那时候，你为我所受的一切的苦，让我慢慢地报偿你。"

江雁容哭得更厉害，她用手抓住他，把脸埋在他的胸前。

"康南，一年太长了，康南……"她绝望地摇头。

"只要有信心，是不是？"康南拍着她的手，"我对你有信心，你难道对我还没有信心吗？"

"不！不！不！"江雁容心里在叫着，"我已经答应过了，我怎么办呢？"但她嘴里一个字都说不出来，只紧紧地抓着康南的衣服，小小的身子在发抖。

"雁容，相信我，并且答应我，"他用手托起江雁容的下巴，深深地注视着她的眼睛，"一年之后，到台南车站来，我等你！不要让我等得太久。雁容，记住，一年之后，你已经到了法定年龄，你可以自己做主了，那时候，我会守在台南火车站！"

"哦！康南！"江雁容深深吸了口气，恍恍惚惚地看着面前这张脸，她对江太太所做的允诺在她心中动摇。她闭上眼睛，语无伦次地说："是的，一年后，或者我会去，没有法律可以限制我了，我要去！是的，你等我，我会来的。但是，但是，但是……我怎么办呢？我会去吗？我真会去吗？我……"她痛苦地把头从康南手上转开。康南感到他握的那只小手变得冰一样冷，并且战栗着。他抓住了她的肩膀，凝视着她：

"雁容，你一定会去，是不是？"

"我不知道，我，我……"她咬咬牙，颤抖地端起咖啡杯，喝了一口，"假如我没有去……"

康南捏紧了她的肩膀。

"你是什么意思？"他问。

"我对未来没有信心！你知道！"她叫着说，然后，痛哭了起来。"康南，"她泣不成声地说，"我简直不知道要怎么办？我是要去的，我会去的，你等我吧！只是，假若……假若……到时候我没有去，你不要以为我变了心，我的心永远不变，只怕情势不允许我去。"

康南把手从她肩膀上放下来，燃起了一支烟，猛烈地吸了两口。在烟雾和黑暗之中，他觉得江雁容的脸是那么模糊，那么遥远，好像已被隔在另一个星球里。一阵寒战通过了他的全身，他望着她，她那泪汪汪的眼睛哀怨而无助地注视着他。他感到心中猛然掠过一阵尖锐的刺痛，拿起那支烟，他把有火的那一端揿在自己的手背上，让那个烧灼的痛苦来平定内心的情绪。江雁容扑了过来，夺去了他手里的烟，丢在地下，喊着说：

"你干什么？"

"这样可以舒服一些。"他闷闷地说。

江雁容拿起他那只手来，抚摸着那个灼伤的痕迹，然后用嘴唇在那个伤口上轻轻摩擦，把那只手贴在自己的面颊上。她的泪水弄痛了他的伤口，他反而觉得内心平静了一些。她轻声说：

"康南，你不要走，你守住我，好吗？"

"小容，"他用手指碰着她耳边细细的茸毛，"我不能不走，但，我把我的心留在你这儿。"

"我可能会伤害你的心。"

"你永远不会，你太善良了，太美，太好了。"

"是吗？"江雁容仰视着他，"你相信我不会伤你的心吗？"

"我相信！"康南说，"雁容，拿出信心来，我马上就要离开你了，我要你有信心！"

"康南，"她拼命摇头，"康南！我没有办法，没有信心，命运支配着我，不是我在支配命运！"她把手握着拳。"我的力量太小了，我只是个无用的小女孩。康南，假若到时候我没有去，你就忘了我吧！忘了我！"

康南狠狠地盯着她。

"你好像已经算定你不会去！"

"我不知道，"江雁容无助地说，"可是，康南，我永远爱你，永远爱你。不管我在哪儿，我的心永远跟着你，相信我，康南，我永不负心！我会永远怀念你，想你！哪怕我做了别人的妻子，我的心还是你的！"

康南捧起了她的脸，注视着她的眼睛。

"为什么要说这种话？说起来像诀别似的！"

"康南，"她闭上了眼睛，"吻我！"

他的嘴唇才碰到她的，她就用手死命地勾住了他的脖子，她的嘴唇火热地压着他的，身子紧紧地靠着他。他感到她的泪水正流到嘴边，他可以尝出那泪水的咸味。然后，她的身子蜷伏进他的怀里，她小小的头倚在他的胸口，她轻轻地啜泣着，一遍又一遍地低喊：

"康南……康南……康南……"

"容容！"他的鼻子发酸，眼睛潮湿了，"相信我，我等着你。"

江雁容闭上眼睛，一串眼泪滴在他的衣服上。就这样，她一语不发地靠着。唱机里又播放起《梦幻曲》来，她依恋地靠紧了他。曲子完了，她的梦也该醒了。但她不想移动，生怕一移动他就永远消失了。好半天，她才颤抖着问：

"几点了？"

康南把打火机打亮，用来看表：

"快六点了！"

江雁容在打火机的光亮下注视着康南，脸上有种奇异的表情。"不要灭掉打火机，让我就这样看着你！"她说。康南让打火机亮着，也在火焰下注视江雁容，她的黑眼睛像水雾里的寒星，亮得奇异。脸上泪痕犹在，肃穆庄严，有种悲壮的、牺牲的表情，看起来凄美动人。许久许久，他们就这样彼此注视，默然不语。然后，火光微弱了，机油将尽，最后，终于熄灭了。江雁容长长地吐出一口气。

"走吧，该回去了！"

他们走出咖啡馆，一阵寒风迎着他们，外面已经黑了。冬天的暮色，另有一种苍凉的味道。

"你什么时候走？"江雁容问。

"明天。"

"好快！"江雁容吸了口气，"我不送你了，就今天跟你告别。"她望着他："康南，再见了，别恨我！"

"我永不会恨你。"

"康南，"她吞吞吐吐地说，"多珍重，少喝点酒，也少抽点烟……"她的声音哽住了。"如果我今生真不能属于你，我们还可以有来生，是不是？"

康南的眼睛模糊了。

"我等你，雁容。"

他们走到宝宫戏院前面，霓虹灯闪耀着，戏院前的电影广告前面疏疏落落地有两三个人在看广告。江雁容说：

"站住！康南。以前我看过一部电影，当男女主角必须分手的时候，男的停在一个商店前面，望着橱窗，女的在他后面走开了。现在，你也站着，五分钟内，不许回头，我走了！"

康南遵命站住，脸对着橱窗。江雁容轻声说：

"再见，康南，再见！"

康南迅速地回过头来：

"雁容！你会去的，是不是？"

江雁容默然。

"我不知道，"她轻轻说，"我真的不知道。康南，回过头去，跟我说再见。"

康南望了她好一会儿，把头转了过去，颤声说：

"再见，小容！"他咬住牙，抑制即将涌出的泪水。"她不会去的，"他想着，定定地望着橱窗，"我永远失去她了！永远失去了！经过这么久的努力，我还是失去她了！"

"再见！康南！"江雁容喊，迅速地向信义路口跑去，跑到巷口，她回过头来，康南正伫立在暮色之中，霓虹灯的光亮把他的影子投在地上，瘦瘦的，长长的，孤独的，寂寞的。"就这么永别了吗？是的，永远不会再见了！"她酸涩地想，拭去了颊上的泪痕，向前面走去。

夜来了。

拾肆

FOURTEEN

头一次，她觉得她能够尽情欢乐而不再有抑郁感，也是头一次，

在整个出游的一天中，她竟没有想起康南。

　　白天过去了是黑夜，黑夜过去了是白天。地球无声无息地运转着，三年的时间，悄悄地过去了。

　　这是混乱的一天，从一清早，家里就乱成一团。早上，江雁容起身没多久，程心雯就来了，跟着程心雯一起来的，是一阵嘻嘻哈哈的笑闹和打趣。江雁容羞涩地站着，多少有点紧张和不安，程心雯拍着她的肩膀说：

　　"还发什么呆，新娘子？赶快去做头发，我陪你去。你看，为了给你当女傧相，我本来想剪短头发的都没剪，谁教你留那么一头长发，我也只好留长头发陪你。快走吧，到海伦去做，那儿的手艺比较好。"

　　和程心雯一起到了理发店，程心雯像个指挥官似的，指示着理发师如何卷，这边要弯一点，这边要直一点，弄了半天，等江雁容戴着满头发卷，被套进吹风机的大帽子里，程心雯就在她旁边一坐，突然严肃地说：

　　"江雁容，有句话一直想问你，最近你忙着结婚的事，我也没办法和你谈话。老实告诉我，你嫁给李立维，是不是完全出于爱情？"

　　"你这话怎么讲？"江雁容皱着眉头说，"李立维在台湾无亲无友，一个穷无立锥之地的苦学生，不为爱情还能为什么别的东西而嫁给他呢？"

　　"我的意思是说，"程心雯抓了抓头，中学时代那份憨直仍然存在，

"你对康南已经完全忘怀了吗？"

江雁容锁起了眉头，一清早，她一直告诫着自己，今天绝不能想到康南！可是，现在程心雯来揭伤疤了。她叹了口气说：

"程心雯，我和康南那段事你和周雅安是最了解的，我承认三年来，我并不能把他全然忘怀，但是，现在我既择人而嫁，以后就再不提也不想这个人了！当然，我欠康南的很多，可是，我是无可奈何的。他的一个朋友说得好，我和康南仅仅有情而无缘！和李立维，大概是有缘了吧！"

"有没有情呢？"程心雯追问。

"当然也有，我欣赏他，喜欢他，也感于他的深情。"

"我有一句话要说，江雁容，"程心雯严肃地说，"好好做一个好妻子，尽量去爱李立维，他是个非常好的人！康南那件事已经过去了，不要让康南的阴影存在你和李立维的中间！"

江雁容感激地看着程心雯，在程心雯洒脱的外表下，向来藏着一颗细密的心。她知道程心雯这几句话是语重心长的。她对程心雯点点头：

"谢谢你，程心雯，这是我们最后一次提康南，以后大家都不要再提了！"

做好了头发，回到家里，家中已经挤满了客人，周雅安和叶小蓁也来了，叶小蓁吱吱喳喳的，像只多话的小鸟。舅母、姨妈更挤了一堂，围着江雁容问长问短。江太太在客人中周旋，大家都争着向她恭喜，她心里是欣慰的，三年前为救江雁容所做的那番奋斗犹历历在目，而今，江雁容终于嫁了个年轻有为的男孩子。虽然太穷了，但没关系，年纪轻，总可以奋斗出前途来，如果跟了康南，前途就不堪设想了。欣慰之余，她也不无感慨，想起当年和康南的那次大战争，那种痛苦和努力，今天这一声"恭喜"，付出的代价也真不小！

　　午饭之后，江雁容被按在椅子上，七八个人忙着给她化妆，穿上了那件里面衬着竹圈圈的结婚礼服，裙子那么大，房间都转不开了。程心雯也换上了礼服，两个人像两只银翅蝴蝶，程心雯满屋子转，笑闹不停。江雁容则沉静羞涩。屋子里又是人，又是花，再加以各种堆满桌子的化妆品、头纱、耳环……使人心里乱糟糟的。江雁容让大家给她画眉，搽胭脂、口红，隐隐觉得自己是个任人摆布的洋娃娃。终于，化妆完了，江雁容站在穿衣镜前，镜子里那个披着雾似的轻纱，穿着缀满亮片的白纱礼服，戴着闪烁的耳环项链的女孩，对她而言，竟那么陌生。好一会儿，她无法相信镜子里的是她自己。透过镜子里那个浓妆的新娘，她依稀又看到那穿着白衬衫黑裙子的瘦小的女孩，正伫立在校中荷花池畔捕捉着梦想。她的眼眶湿润了，迅速地抬了一下头，微笑着说：

　　"化妆太浓了吧？"

　　"要这样，"周雅安说，"等会儿披上面纱就嫌淡了！"

　　门口的客人一阵喧嚣，她听到汽车喇叭声，和"新郎来了！"的呼叫声。她端坐在椅子上，李立维出现了。他含笑打量着她，笑容里有着欣赏和掩饰不住的喜悦。她羞涩地扫了他一眼，他漂亮的黑眼睛那么亮，她不禁想起他第一次到他们家里来，为了拜访他崇拜已久的江教授，而江仰止碰巧不在家，她接待了他。那时候，她就想过："多漂亮的一对黑眼睛！如果长在女孩子脸上，不知要风靡多少人呢！"而现在，这对黑眼睛的主人竟做了她的丈夫！他站在她面前，笑得那么愉快，但也有一份做新郎的紧张。程心雯在一边大吼大叫着：

　　"新郎要对岳父行三鞠躬礼，岳母三鞠躬礼，凡女家长辈一人三鞠躬礼，还要对新娘行三鞠躬礼，对女傧相也行三鞠躬礼！赶快！一鞠躬！"

　　大家哄笑了起来，在哄笑声中，江雁容看到傻呵呵的李立维真的行礼如仪，不禁也为之莞尔。然后，到处都乱成一片，江雁容简直不知道怎么走出大门的，鞭炮声、人声、叫闹声、紧张中她差点连捧花都忘了，程心雯又不时发出莫名其妙的惊呼，造成更加混乱的局面。门口挤满了邻居的孩子，还有附近的太太们，她只得把头俯得低低的……最后，总算上了汽车。然后，是照相馆中的一幕……头抬高一点，眼睛看正，头向左偏一点，笑一笑，笑一笑，别紧张……哦，总算又闯过一关。

　　进了结婚礼堂，旧日的同学包围了过来，或者是她太敏感，她听到有人在议论，隐隐提到康南的名字。李立维总是绕在她旁边，碍手碍脚的，如此混乱紧张的局面下，他竟悄悄俯在她耳边问了一句：

　　"中午吃了几碗饭？饿不饿？"

　　她真不知道男人是怎么搞的！

　　行礼了，在《结婚进行曲》的演奏下，程心雯搀着她一步步走向礼坛前面，宾客们在议论着，有人在大声叫：

　　"新娘怎么不笑？"

　　这条短短的通道变得那么漫长，好像一辈子走不完似的，好不容易，才算站住了。司仪朗声报着：向左转，向右转，三鞠躬，交换信物，对主婚人一鞠躬，证婚人一鞠躬，介绍人一鞠躬，最后还开玩笑地来了一个对司仪一鞠躬，引起了满堂哄笑。然后主婚人致辞，江仰止简单地说了两句。证婚人是教育界的一位名人，江雁容模模糊糊听到他在勉励新婚夫妇互助合作互信互谅……最后，司仪的一声"礼成"像是大赦般结束了婚礼。程心雯拉起了江雁容，百米赛跑般对新娘休息室冲去，为了逃避那四面八方撒过来的红绿纸屑。

　　接着，是参加喜宴，江雁容坐在首席，食不知味。江太太温柔的眼光，不时怜爱地扫着她，引起她一阵惜别的战栗。有的宾客来闹酒了，满堂嬉笑之声。她悄悄地向李立维看过去，正巧李立维的眼光也对她扫来，他立即对她展齿一笑，并挤眼示意叫她多吃一点，吓得她赶快低下头去，暗中诧异李立维居然吃得下去。新郎新娘敬酒时，又引起一阵喧闹，连带程心雯也成了围攻的目标，急得她哇哇大叫……

　　好了，一切都过去了，席散后，江雁容发现居然不能逃过闹房一关。回到新房，宾客云集，那间小小的客厅被挤得满满的，椅子不够分配，江雁容被迫安排坐在李立维的膝上，大家鼓掌叫好，江雁容不禁涨红了脸。在客人的叫闹起哄中，江雁容被命令做许多动作，包括接吻、拥抱和合吃一块糖……最后，客人们倦了，月亮也偏西了，大家纷纷告辞，江雁容和李立维站在花园门口送客。程心雯和周雅安是最后告辞的两个，程心雯走到门口，忽然回过头来，在江雁容耳边轻轻说："祝福你！永远快乐！"

　　江雁容微笑点头，心中有种莫名其妙的感动。

　　周雅安握住江雁容的手，也悄悄说：

　　"你有个最好的选择，幸福中别忘了老朋友！明天我们要到成大去注册了，别懒，多写两封信。"

　　送走了这最后一对客人，他们关上了园门，世界上只剩下他们两个了！这是夏末秋初的时分，园中充满了茉莉花香，月光把这小花园照射得如同白昼。江雁容望着李立维，李立维也正静静地看着她，他那张年轻的脸上焕发着光辉和衷心的喜悦。拥住她，他吻了她。然后，他把她一把抱了起来。

　　"外国规矩，"他笑着说，"新婚第一夜，把新娘抱进新房。"

　　他抱着她跨进新房，却并不放下来。灯光照着她姣好的脸，水汪汪的眼睛，布满了红晕的面颊，柔和而小巧的嘴……他呆呆地看着她，又对她的嘴唇吻下去，他激动地在她耳边说：

"雁容，我真爱你，毫无保留的爱！"

江雁容从他身上滑了下来，微笑地看着他。他伸手关掉了灯，江雁容立即走到窗边，凝视窗外的月光。李立维走到她身后，用手揽住她的腰：

"还不累？"

"我最喜欢在安静的夜晚，看窗外的月光。"江雁容轻轻地说，注视着花园中绰约的花影树影，深深地吸了口气。这幢小小的房子坐落在碧潭之畔，一来由于房租便宜，二来由于江雁容深爱这个花园和附近的环境。月光下的花园是迷人的，江雁容又轻声说："多美的夜！"

李立维也对花园注视着，他们彼此依偎，为之神往。李立维用手指绕着江雁容披肩的长发，柔声问：

"容，爱我吗？"

"还要问！"江雁容说。

"我喜欢听你说！"他捧起她的脸，深深地注视着她的眼睛，"你心里只有我一个，是吗？"

江雁容心中立即掠过一个阴影，李立维漂亮的脸上有种傻气的固执，也就是他这份傻气的固执打动了她，使她答应了他的求婚。她笑笑，抬了抬眉毛。

"当然！"

他笑了，笑得十分开朗。

"我要你完完全全属于我！你知道吗？我会是个很嫉妒很自私的丈夫，但我爱你爱得发狂！"

江雁容又感到心中那个阴影。李立维在她脖子上吻了一下，很温柔地说：

"我先去洗澡，然后帮你放好水。"

李立维走进浴室之后，江雁容把胳膊支在窗台上，用手托住了下巴，望着月亮发呆。恍恍惚惚地，她想起她以前抄录了一阕词给康南，内容是：

> 恨君不似江楼月，南北东西，南北东西，只有相随无别离！恨君恰似江楼月，暂满还亏，暂满还亏，待得团圆是几时！

那时候，自己还存着能和他团圆的梦想。而现在，又是个月圆之夜！她已经属于别人了。今夜，康南不知在何方？他是不是也看到了这个月亮？他不知是恨她，怨她，还是依然爱她？"我对不起你，康南。"她对着月亮低低地说，感到黯然神伤。

"雁容！"李立维在浴室里叫了起来，"我忘了拿干净的内衣裤，在壁橱里，递给我一下！"

这像是一声响雷，把江雁容震醒了！她惊觉地抬起头来，顿时给了自己一句警告："以后，再也不能想康南了，李立维太好了，你绝不能伤害他！你应该尽全力做个好妻子！"她毅然地甩甩头，仿佛思掉了康南的影子。这才醒悟李立维要她做的事，想起他现在在浴室中的情况，她羞红了脸说：

"我不管，谁叫你自己不记得带！"

"你不拿给我，我就光着身子到卧室里来拿！"李立维说，声音里夹着笑。

"你撒赖！"江雁容叫着，在壁橱里找出李立维的内衣和睡衣，跑到浴室里去了。

午夜，江雁容醒了过来。听到身边李立维平静的呼吸声，她有种茫然的、新奇的感觉。多奇妙，她身边竟会睡着一个男人！侧过身子，在月光的照射下，可以隐约地辨出他的面貌。她静静地望着他，暗中对命运感到奇怪，认识李立维的时候，她有好几个亲密的男朋友，他们的条件，未见得不如李立维，可是，她却嫁了李立维！

她还记得，李立维第二次到他们家来的时候，家中正高朋满座，这正是"青年俱乐部"最热闹的时间，有两个男孩子在唱歌。他来了，她开玩笑似的说：

"你也唱一支歌给我们听听？"

他真的唱了，唱的是一支《阮郎归》：

> 南园春半踏青时，风和闻马嘶，青梅如豆柳如眉，日长蝴蝶飞。花露重，草烟低，人家帘幕垂，秋千慵困解罗衣，画堂双燕归。

他的歌喉并不十分好，但是，他唱完后望着她笑，一股子傻劲。尤其，她刚刚听了另外两人唱了许多流行歌曲，猛然听到他这首古色古香的《阮郎归》，不禁耳目一新。于是，她也对他笑笑，看到她笑，他的眼睛闪亮了一下，竟十分动人。

然后，星期天一清早，他出其不意地来了，手中捧着两盒美而廉的旅行野餐盒。她奇怪地说："做什么？"

"和你去野餐！我们到碧潭玩去，我知道山后面有个很美的地方！"

他说，笑嘻嘻的，露出两排整齐而洁白的牙齿，清亮的眸子闪灼动人。

他倒是一厢情愿！既没有事先约定，又不问她有没有别的约会，就鲁鲁莽莽地带了野餐来了！江雁容很想碰他一个钉子。看样子，他连社交的礼节都不懂！可是，望着他那副兴冲冲的傻样子，她竟无法拒绝，而他已在一边连声地催促了：

"快点呀，穿一件外套，河边的风大！"

她啼笑皆非地看着他，他仍然在催促着。

"好吧！走！"她站起来说，自己也不明白怎么答应得如此干脆。那天，他把她带到碧潭后面的山里，沿着一条小山路，蜿蜿蜒蜒地走了一段，又下了一个小山坡，眼前豁然开朗，竟是个风景绝佳的山谷！三面都是高山，一条如带的河流穿过谷底，清澈如镜。河边绿草如茵，疏疏落落地点缀着两三棵小橘树。四周静静的，没有一个人影，只有两只白色长嘴的水鸟，站在水中的岩石上，对他们投过来好奇的眼光。江雁容深深地赞叹了一声，问：

"你怎么知道这个地方？"

"我在这里受预备军官训练，碧潭附近已经摸熟了。"

他们在草地上坐下来，她问：

"这里叫什么名字？是什么山谷？"

他望着她笑，说："这里叫情人谷！"

她的脸红了。看着他，他笑得那么邪门，她发现在他傻气的外表下，他是十分聪明的。

"唔，"她用手抱住膝，"不知道是谁取的别扭名字！"

"是我取的，"他笑着说，"半分钟前才想出来的！"

他们相对望着，大笑了起来。她感到他身上那份男性的活力和用不完的精力。他大声笑，爽朗愉快，这感染了她，头一次，她觉得她能够尽情欢乐而不再有抑郁感，也是头一次，在整个出游的一天中，她竟没有想起康南。离开康南一年半以来，她第一次有了种解脱感。

然后，他成了江家的常客，他用一种傻气的、固执的热情来击败他的对手。江麟给他取了个外号，叫他"风雨无阻先生"，因为当他一经追求起江雁容来，他就每日必到，风雨无阻。江雁容还记得那次大台风，屋外天昏地暗，树倒屋摇，他们塞紧了门窗躲在家里，江雁若笑着说：

"今天，'风雨无阻先生'总不会来了吧！"

"如果他今天还来，"江麟说，"就该改一个外号，叫他神经病了！"

好像回答他们的议论似的，门响了起来，在大雨中，他们好不容易才打开门。李立维正摇摇晃晃地站在门口，浑身滴着水，活像个落汤鸡！当江雁容目瞪口呆地望着他的时候，他却依然咧着大嘴，冲着她一个劲地傻笑。

就这样，他攻进了江雁容的心，也击退了别的男孩子，没多久，他就经常和江雁容出游了。江雁容还记得，那天晚上，他们坐在萤桥的茶座上，对着河水，她告诉了他关于康南的整个故事。讲完后，她仰着脸望着他，叹息着说：

"立维，我知道你爱我已深，可是，别对我要求过分，我爱过，也被爱过，所以我了解。坦白说，我爱你实在不及我爱康南，如果你对这点不满，你就可以撤退了！"

她现在还清楚地记得他听完了这些话后的激动，他的脸色在一刹那间变得苍白，他的眼睛冒火地盯着她。好一会儿，他紧闭着嘴一句话不说。然后，他深吸了口气说：

"如果我不能得到完整的你，我情愿不要！"

　　"好吧，"她说，望着那张年轻的负伤的而又倔强的脸说，"如果我不告诉你，是我欺骗你，是吗？我很喜欢你，但不像我对康南那样狂热，那样强烈，你懂吗？"

　　他咬了咬牙："我懂，我早就知道你和康南的故事，许多人都传说过，可是，我没料到你爱他爱得这么深！好吧，如果你不能爱我像爱康南一样，我得到你又有什么意思。"

　　那天晚上，是他们交友以来第一次不欢而散。回到家里，江雁容确实很伤心，她为失去他难过，也为伤了他的心而难过，但是，那些话她是不能不说的。一夜失眠，到天快亮她才蒙眬入睡，刚睡着，就被人一阵猛烈的摇撼而弄醒了。她张开眼睛来，李立维像头冲锋陷阵的野牛般站在她床前，死命地摇着她，他的眼睛布满红丝，却放射着一种狂野的光。她诧异地说：

　　"你怎么直闯了进来？我还没起床呢！"

　　"管你起床没有！我等不及你醒过来！"他鲁莽地说，"我急于要告诉你，我收回昨天晚上的话。"他咬咬嘴唇，一股受了委屈的傻样子："哪怕你根本不喜欢我，我还是要你！"他眼睛潮湿，脸色苍白，"来不及撤退了！我怕失去你！只要你给我机会，让我慢慢来击败你心里的偶像！"他的骄傲和自负又回来了，他挺了挺胸，"我会成功的，我会使你爱我超过一切！"

　　不管怎样，她深深被他所感动了，她觉得眼睛湿润，心中涨满了温情。于是，她对他温柔地点了点头。他一把抓住了她在被外的手，激动地说：

　　"那么，嫁给我，等我预备军官的训受完了就结婚！"

　　还有什么话说呢！这漂亮的傻孩子得到了胜利，她答应了求婚。以后将近一年的时间内，每当他们亲昵的时候，他就会逼着她问：

"你心里只有我一个，是吗？"

她能说不是吗？她能去伤害这个善良的孩子吗？而且，久而久之，她自己也迷糊了，她不知道到底是爱康南深些还是爱李立维深些。他们这两个人是完全不同的，一个沉着含蓄，像一首值得再三回味咀嚼的诗篇；一个豪放明朗，像一张色彩鲜明的水彩画。可是，李立维的固执和热情使她根本无法思想。于是，每当他问这个问题，她就习惯性地答一句：

"当然！"

听到她这两个字的回答，他会爽朗地笑起来，充满了获胜的快乐和骄傲之情。

现在，这个漂亮的傻孩子已做了她的丈夫，睡在她的身边，真奇妙！她会没有嫁给爱得如疯如狂的康南，却嫁给了这个中途撞进来的鲁莽的孩子！她静静地，在月光照射下打量着他，他睡得那么香那么沉，那么踏实，像个小婴儿。她相信山崩也不会惊醒他的。他有一头黑密的浓发，两道浓而黑的眉，可是，看起来并不粗野，有时，乖起来的时候，是挺文静，挺秀气的。他的嘴唇长得十分好，嘴唇薄薄的。她最喜欢看他笑，他笑的时候毫无保留，好像把天地都笑开了。在他的笑容里，你就无法不跟着他笑。他是爱笑的，这和康南的蹙眉成了个相反的习惯。康南总是浓眉微蹙，一副若有所思的哲人态度，再加上那缕时刻缭绕着他的轻烟，把他烘托得神秘而耐人寻味……哦，不！怎么又想起康南来了！奇怪，许久以来，她都没有想过康南，偏偏这结婚的一天，他却一再出现在她脑海中，这该怪程心雯不该在早上提起的。

李立维在床上翻了个身，嘴里不知道在呓语着什么。窗外很亮，江雁容对窗外看过去，才发现不是月光而是曙光，天快亮了。她转头注视着李立维，奇怪他竟能如此好睡，他又呓语了，根据心理学，临醒前梦最多。她好奇地把耳朵贴过去，想听听他在说什么。她的发丝拂在他的脸上，他立刻睁开了眼睛，睁得那么快，简直使她怀疑他刚才是不是真的睡着了。可是，他的眼睛里掠过一抹初醒的茫然。然后，他一把揽住了她，笑了。

"你醒了？"他问，拂开她的头发注视她的脸。

"醒了好久了。"江雁容说。

"你新鲜得像才挤出来的牛奶！"他说，闻着她的脖子。

"噢，你弄得我好痒！"她笑着躲开。

他抓住了她，深深地注视她，他的笑容收敛了，显得严肃而虔诚。

"早！我的小妻子！"他说。

小妻子！多刺耳的三个字！康南以前也说过："你会是个可爱的小妻子！""你会成为我的小妻子吗？""我要尽我的力量来爱护你这个小妻子！"她猛烈地摇了摇头，李立维正看着她，她笑着说：

"早！我的小丈夫！"

"小丈夫！"李立维抗议地叫："我是个大男人，大丈夫，你知道吗？"

"你是个傻孩子！"江雁容笑着说，伏在床上看他，"我的傻孩子！"她吻吻他的额头。

他一把抱住了她，她慌忙挣扎，笑着说：

"别闹！我怕痒！"

他放开她，问：

"醒了多久了？"

"好久好久。"

"做些什么？"

"想我们认识的经过，想情人谷。"

"情人谷！"李立维叫了起来，翻身从床上坐起来，兴奋地说，"告诉你，雁容，我们虽然没有钱去蜜月旅行，可是我们可以到情人谷去。起来，雁容，我们一清早去看日出，谷里一定清新极了，看看有没有和我们同样早起的小鸟，快！"

他下了床，把床边椅子上放着的衣服丢给江雁容，挤挤眼睛说："懒太太，动作快一点！"

他就是这种说是风就是雨的急脾气。但，他这份活力立即传染给了江雁容，她下了床，梳洗过后，李立维早已摒挡就绪。江雁容笑着说：

"早饭也不吃就去吗？"

"我们到新店镇上转一转，买两个面包啃啃就行了，再买根钓鱼竿，到情人谷去钓鱼，在河边煎了吃！哈！其妙无穷！"

走到花园门口，李立维站住了，在门边的一棵玫瑰花上摘下一朵半开的蓓蕾，簪在江雁容的发边。他望着她，托起了她的下巴，深深地吸了口气。

"我爱你，我真爱你，爱得不正常！"他吻她，然后又注视着她，"告诉我，你心里只有我一个，是吗？"

"当然！"江雁容说。

他笑了，笑得明朗愉快。

"好，开步走！"他们大踏步地走了出去。

拾伍

FIFTEEN

婚姻对我实在没什么好处,

首先把我从书房打进了厨房,然后就是无止境的等待。

　　江雁容把晚餐摆在桌子上，用纱罩子罩了起来。表上指着六点二十五分，室内的电灯已经亮了。感到几分不耐烦，她走到花园里去站着，暮色正堆在花园的各个角落里，那棵大的芙蓉花早就谢光了，地上堆满了落花。两棵圣诞红盛开着，娇艳美丽。茶花全是蓓蕾，还没有到盛开的时候。她在花园中浏览了一遍，又看了一次表。总是这样，下了班从不准时回家，五点钟下班，六点半还没回来，等他到家，饭菜又该冰冷了。

　　走回到房间里，她在椅子上坐了下来，寥落地拿起早已看过的日报，细细地看着分类广告。手上有一块烫伤，是昨天煎鱼时被油烫的，有一枚五角钱那么大，已经起了个水泡，她轻轻地抚摩了一下，很痛。做饭真是件艰巨的工作，半年以来，她不知道为这工作多伤脑筋，总算现在做的东西可以勉强入口了，好在李立维对菜从不挑剔，做什么吃什么。但是，厨房工作是令人厌倦的。

　　快七点了，李立维还没有回来，天全黑了，冬天的夜来得特别早。江雁容把头靠在椅背上。"大概又被那些光棍同事拉去玩了！下了班不回家，真没道理！就该我天天等他吃饭，男人都是这样，婚前那股劲不知到哪里去了，那时候能多挨在我身边一分钟都是好的，现在呢？明明可以挨在一起他却要溜到外面去了！贱透了！"她想着，满肚子的不高兴，而且，中午吃得少，现在肚子里已经叽里咕噜地乱响了起来。

起风了，花园里树影幢幢，风声瑟瑟，有种凄凉而恐怖的味道。江雁容向来胆怯，站起身来，她把通向花园的门关上，开始懊悔为什么要选择这么一幢乡间的房子。风吹着窗棂，叮叮咚咚地响着，窗玻璃上映着树影，摇摇晃晃的，像许多奇形怪状的生物。她感到一阵寒意，加了一件毛衣，在书架上拿下一本《唐诗三百首》。她开始翻阅起来。但，她觉得烦躁不安，书上没有一个字能跃进她的眼帘，她合起了书，愤愤地想："婚姻对我实在没什么好处，首先把我从书房打进了厨房，然后就是无止境的等待。立维是个天下最糊涂的男人！最疏忽的丈夫！"她模模糊糊地想着："如果嫁了另一个男人呢？"康南的影子又出现在她面前了，那份细致，那份体贴和那份温柔。她似乎又感到康南深情的目光在她眼前浮动了。甩甩头，她站了起来，在房间里兜着圈子，四周安静得出奇，她的拖鞋声发出的声音好像特别大。"我不应该常常想康南，"她想，"立维只是粗心，其实他是很好的。"她停在饭桌前面，今天，为了想给立维一个意外，她炒了个新学会的广东菜"蚝油牛肉"，这菜是要吃热的，现在已经冰冷。

明知道他不会回来吃晚餐了，但她仍固执地等着，等的目的只是要羞羞他，要让他不好意思。用手抱住膝，她倾听着窗外的风声，那棵高大的芙蓉树是特别招风的，正发出巨大的沙沙声。玻璃窗上的树影十分清晰，证明外面一定有很好的月色，她想起康南以前写过的句子："阶下虫声，窗前竹籁，一瓶老酒，几茎咸菜，任月影把花影揉碎，任夜风在树梢徘徊……"多美的情致！她仿佛看到了那幅图画，她和康南在映满月色的窗下，听着虫鸣竹籁，看着月影花影，一杯酒，一盘咸菜，享受着生活，也享受着爱情……她凝视着窗上的影子，眼睛朦朦胧胧的。忽然，一个黑影从窗外直扑到窗玻璃上，同时发出"吱噢"一声，江雁容吓得直跳了起来，才发现原来是只野猫。

　　惊魂甫定，她用手轻抚着胸口，心脏还在扑通扑通地跳着。花园外面传来一阵熟悉的脚踏车铃声，终于回来了！随着铃声，是李立维那轻快的呼唤声：

　　"雁容！"

　　打开了门，江雁容走到花园里，再打开花园的篱笆门。李立维扶着车子站在月光之下，正咧着嘴对她笑。

　　"真抱歉，"李立维说着，把车子推进来，"小周一定要拉我去吃涮羊肉。"

　　江雁容一语不发，走进了房里。李立维跟着走了进来，看到桌上的饭菜。

　　"怎么，你还没吃饭？"

　　江雁容仍然不说话，只默默地打开纱罩，添了碗冷饭，准备吃饭。李立维看了她一眼，不安地笑笑说：

　　"怎么，又生气了？你知道，这种事对一个男人来讲，总是免不了的，如果我不去，他们又要笑我怕太太了！你看，我不是吃完了就匆匆忙忙赶回来的吗？"

　　江雁容依然不说话，冷饭吃进嘴里，满不是味道，那蚝油牛肉一冷就有股腥味，天气又冷，冷菜冷饭吃进胃里，好像连胃都冻住了。想起这蚝油牛肉是特别为李立维炒的，而他却在外面吃馆子，她感到十分委屈，心里一酸，眼睛就湿润了。李立维看着她，在她身边坐了下来，看到她满眼泪光，他大为惊讶，安慰地拍拍她的肩膀，他说："没这么严重吧？何至于生这么大的气？"

　　当然！没什么严重！他在外面和朋友吃喝玩乐，却把她丢在冷清清的家里，让野猫吓得半死！她费力地咽下一口冷饭，两滴泪水滴进了饭碗里。李立维托起了她的脸，歉意地笑了笑，他实在不明白他晚回家一两小时，有什么严重性！虽然，女孩子总是敏感柔弱些的，但他也不能因为娶了她，就断绝所有的社交关系呀！不过，看到她眼泪汪汪的样子，他的心软了，他说：

"好了，别孩子气了，以后我一定下了班就回家，好不好？"

她把头转开，擦去了泪水，她为自己这么容易流泪而害羞。于是，想起一件事来，她对他伸出手去，说：

"药呢？给我！"

"药？什么药？"李立维不解地问。

"早上要你买的药，治烫伤的药！"江雁容没好气地说，知道他一定忘记买了。

"哎呀！"李立维拍了拍头，一股傻样子，"我忘了个干干净净。"

"哼！"江雁容哼了一声，又说，"茶叶呢？"

"噢，也忘了！对不起，明天一定记得给你买！你知道，公司里的事那么多，下了班又被小周拖去吃涮羊肉，吃完了就想赶快赶回来，几下子就混忘了。对不起，明天一定记得给你买！"

哼！就知道他会忘记的！说得好听一点，他这是粗心，说得不好听一点，他是对她根本不关心。如果是康南，绝不会忘记的，她想起那次感冒，他送药的事，又想起知道她爱喝茶，每天泡上一杯香片等她的事。站起身来，她一面收拾碗筷，一面冷冰冰地说：

"不用了，明天我自己进城去买！"

他伸手拦住了她：

"不生气，行不行？"

"根本就没生气！"她冷冷地说，把碗筷拿到厨房里去洗，洗完了，回过身子来，李立维正靠在厨房墙上看着她。她向房里走去，他一把拉住了她，把她拉进了怀里，她挣扎着，他的嘴唇碰到了她的，他有力的胳膊箍紧了她。她屈服了。他抬起头来，看着她的眼睛，他脸上堆满了笑，露出两排洁白的牙齿。

"别生气，都是我不好，我道歉，好了吧？气消了没有？"

江雁容把头靠在他胸前，用手玩着他西装上衣的扣子洞。

"扣子掉了一个，掉到什么地方去了？"

"不知道。"

"粗心！"

"气消了吧？"

"还说呢，天那么黑，一只野猫跳到窗子上，把人吓死了！"

他纵声大笑了起来，江雁容跺了一下脚：

"你笑什么！有什么好笑！"

他望着她，看样子她是真的被吓着了，女人是多么怯弱的动物！他收起了笑，怜爱地揽着她，郑重地说：

"以后我再也不晚回家了！"

可是，诺言归诺言，事实归事实。他依然常常要晚回家。当然，每次都是迫不得已，就是这样，同事们已经在取笑他了。下班铃一响，小周就会问一句："又要往太太怀里钻了吧？"李立维对女人气量的狭小，感到非常奇怪，就拿晚回家这件事来讲吧，雁容总是不能原谅他。他就无法让她了解，男人和女人不同，男人的世界太广，不仅仅有一个家！

结婚一年了，江雁容逐渐明白，婚姻生活并不像她幻想中那么美好，她遭遇到许多问题，都是她婚前再也想不到的。首先，是家务的繁杂，这一关，总算让她克服过去了。然后是经济的拮据，她必须算准各项用度，才能使收支平衡，而这一点，是必须夫妇合作的。但，李立维就从不管预算，高兴怎么用就怎么用，等到钱不够用了，他会皱着眉问江雁容：

"怎么弄的？你没有算好吗？"

可是，假如她限制了他用钱，他又会生气地说：

"你总不能让我一个大男人，身边连钱都没有！"

气起来，她把账簿扔给他，叫他管账，他又说：

"不不，你是财政厅长，经济由你全权支配！"

对于他，江雁容根本就无可奈何。于是，家庭的低潮时时产生，她常感到自己完全不了解他。他爱交朋友，朋友有急难，他赴汤蹈火地帮助，而她如果有病痛，他却完全疏忽掉。在感情上，他似乎很马虎，又似乎很苛求，一次，她以前的一个男朋友给了她一封比较过火的信，他竟为此大发脾气。他把她按在椅子上，强迫她招出有没有和这男友通过信，气得她一天没有吃饭，他又跑来道歉，揽住她的头说：

"我爱你，爱得不正常！我真怕你心里有了别人，你只爱我一个，是吗？"

望着他那副傻相，她觉得他又可气又可怜。她曾叹息着说：

"立维，你是个矛盾的人，如果你真爱我，你会关心我的一切，哪怕我多了根头发，少了根头发，你都会关心的，但你却不关心！我病了你不在意，我缺少什么你从来不知道。可是，唯独对我心里有没有别的人，你却注意得很。你使我觉得，你对我的感情不是爱，而是一种占有欲！"

"不!"李立维说,"我只是粗心,你知道,我对自己也是马马虎虎的。不要怀疑我爱你。"他眼圈红红的,恳切地说:"我爱你,我嫉妒你以前的男朋友,总怕他们会把你从我手里抢回去!你不了解,雁容,我太爱你了!"

"那么,学得细心一点,好吗?"江雁容用手揉着他的浓发说。"好!一定!"他说,又傻气地笑了起来,好像所有的芥蒂,都在他的笑容里消失了。可是,这份阴影却留在江雁容的心底。而且,李立维也从不会变得细心的。江雁容开始明白,夫妇生活上最难的一点,是彼此适应,而维持夫妇感情的最大关键,是毅力和耐心。

周雅安和程心雯都毕业了,又回到台北来居住。六月初行完毕业典礼,周雅安就择定七月一日结婚,未婚夫是她们系里的一个年轻助教,女傧相也是请的程心雯。得到了婚期的消息,这天,江雁容带着一份礼物去看周雅安。周雅安正在试旗袍,程心雯也在。久不聚会的好朋友又聚在一起,大家都兴奋了起来,程心雯哇啦哇啦地叫着:

"去年给江雁容做伴娘,今年给周雅安做伴娘,明年不知道又要给谁做伴娘了?你们一个个做新娘子,就是我一辈子在做伴娘!"

"小妮子春心动矣!"江雁容笑着说。

"别急,"周雅安拍拍程心雯的肩膀,"你的小林不是在外面恭候着吗?"小林是程心雯的未婚夫,是大学同学。

"哈!他把我冷藏在台湾,自己跑到外面去读书,又不放我出去,我就该在台湾等他等成个老处女!男人,最自私的动物!"程心雯借着她洒脱的个性,大发其内心的牢骚。

"同意!"江雁容说。

"你才不该同意呢!"周雅安说,"你那位李立维对你还算不好呀?

别太不知足！论漂亮、论人品、论学问、论资历……哪一点不强？"

"可是，婚姻生活并不是有了漂亮、人品、学问和资历就够了的！"江雁容说。

"那么，是还要爱情！他对你的爱还不算深呀？"

"不，这里面复杂得很，有一天你们会了解的。说实话，婚姻生活是苦多于乐！"

"江雁容，"程心雯说，"你呀，你的毛病就是太爱幻想，别把你的丈夫硬要塑成你幻想中的人。想想看，他不是你的幻想，他是李立维自己，有他独立的思想和个性，不要勉强他成为你想象中的人，那么，你就不会太苛求了！"

"很对，"江雁容笑笑说，"如果他要把我塑成他幻想中的人物呢？"

"那你就应该跟他坦白谈。但是，你的个性强，多半是你要塑造他，不是他要塑造你。"程心雯说。

"什么时候你变成了个婚姻研究家了？程心雯？"周雅安笑着问。

"哼，你们都以为我糊涂，其实我是天下最明白的人！"程心雯说着，靠在椅子上，随手在桌上拿了一张纸和一支眉笔，用眉笔在纸上迅速地画起一张江雁容的侧面速写来。

"周雅安，记得你以前说永远不对爱情认真，现在也居然要死心嫁人了！"江雁容说，从墙上取下周雅安的吉他，胡乱地拨弄着琴弦。

"你以为她没有不认真过呀，"程心雯说，"大学四年里，她大概换了一打男朋友，最后，还是我们这位助教有办法，四年苦追，从不放松，到底还是打动了她！所以，我有个结论，时间可以治疗一切，也可以改变一切，像周雅安心里的小徐，还有你心里的康——"

"别提！"江雁容喊，"现在不想听他的名字！"

程心雯抬抬眉头，低垂着睫毛，眯起眼睛来看了江雁容一眼。"假如你不想提这名字，有两个解释，"她轻描淡写地说，在那张速写上完成了最后的一笔，又加上一些阴影，"一个是你对他怀恨，一个是你对他不能忘情，两种情形都糟透！怪不得你觉得婚姻生活不美满呢！"

"我没说婚姻生活不美满呀！"江雁容说，拨得吉他叮叮咚咚地响，"只是有点感慨，记不记得我们读中学的时候，每人都有满怀壮志，周雅安想当音乐家，我想当作家，程心雯想当画家，现在呢，大家都往婚姻的圈子里钻，我的作家梦早就完蛋了，每天脑子里都是柴米油盐酱醋茶！周雅安念了工商管理，与音乐风马牛不相及，现在也快和我变成一样了。程心雯，你的画家梦呢？"

"在这儿！"程心雯把那张速写丢到江雁容面前，画得确实很传神。她又在画像旁边龙飞凤舞地题了两句："给我的小甜心，以志今日之聚。"底下签上年月日。"等我以后出了大名，"她笑着说，"这张画该值钱了！"说着，她又补签了名字的英文缩写 C. S. W.。

"好，谢谢你，我等着你出名来发财！"江雁容笑着，真的把那张画像收进了皮包里。

"真的，提起读中学的时候，好像已经好远了！"周雅安说，从江雁容手里接过吉他，轻轻地弹弄了起来，是江雁容写的那首《我们的歌》。

"海角天涯，浮萍相聚，叹知音难遇……"周雅安轻声哼了两句。

"你们还记得'一块五毛'？"程心雯问，"听说他已经离开培人女中了。"

"别提了，回想起来，'一块五毛'的书确实教得不错，那时候不懂，尽拿他寻开心。"江雁容说。

"江乃也离开培人女中了。"周雅安说，"训导主任也换了，现在的培人女中，真是人事全非，好老师都走光了，升学率一年不如一年。"程心雯说："我还记得江乃的'你们痛不痛呀？'"

周雅安和江雁容都笑了起来，但都笑得十分短暂。江雁容不由自主地想起那小树林、荷花池、小桥、教员单身宿舍和——康南。

"记不记得老教官和小教官？"周雅安说，"小教官好像已经有两个小孩了。"

"真快，"江雁容说，"程心雯，我还记得你用钢笔描学号，用裙子擦桌子……"

程心雯大笑了起来。于是，中学生活都被搬了出来，她们越谈越高兴，程心雯和江雁容留在周雅安家吃了晚饭，饭后又接着谈。三个女人碰在一起，话就不知道怎么那么多。直到夜深了，江雁容才跳了起来：

"糟糕，再不走就赶不上最后一班火车了！你们知道，我下了火车还要走一大段黑路，住在乡下真倒霉！田里有蛇，我又没带手电筒，那段路才真要我的命呢！"

"不要紧，我打包票你的先生会在车站接你。"周雅安说。

"他才没那么体贴呢！"

"这不是体贴，这是理所当然，看到你这么晚还没回来，当然会去车站接你。"程心雯说。

"我猜他就不会去接，他对这些小地方是从不注意的！"江雁容说，拿起了手提包，急急地到玄关去穿鞋子。

下了火车，江雁容站在车站上四面张望。果然，李立维并没有来接她。轨道四周空空旷旷的，夜风带着几丝凉意。到底不死心，她又在轨道边略微等待了一会儿，希望李立维能骑车来接，但，那条通往她家的小路上连一个人影都没有，她只得鼓起勇气来走这段黑路。高跟鞋踩在碎石子上，发出咯咯的声音，既单调又阴森。路的两边都是小棵的凤凰木，影子投在地下，摇摇曳曳，更增加了几分恐怖气氛。她胆怯的毛病又发作了，望着树影，听着自己走路的声音，都好像可怕兮兮的。她越走越快，心里越害怕，就越要想些鬼鬼怪怪的东西，这条路似乎走不完似的，田里有蛙鸣，她又怕起蛇来。于是，在恐惧之中，她不禁深深恨起李立维来，这是多么疏忽的丈夫！骑车接一接在他是毫不费力的，但他竟让她一人走黑路！程心雯她们还认为他一定会来接呢！哼，天下的男人里，大概只有一个李立维是这么糊涂，这么自私的！假若是康南，绝不会让她一个人在黑夜的田间走路！家里的灯光在望了，她加快了脚步，好不容易才走到门口，没有好气地，她高叫了一声：

"立维！"

好半天，才听到李立维慢吞吞的一声：

"来了！"

然后，李立维穿着睡衣，出来给她开了门，原来他早已上了床！江雁容满肚子的不高兴，走进了房里，才发现李立维一直在盯着她，眼睛里有抹挑战的味道。

"到哪里去了？"李立维冷冷地问。

"怎么，早上我不是告诉你，我要到周雅安那里去吗？"江雁容也没好气地说，他那种责问的态度激怒了她。

"到周雅安那里去？在她们家一直待到现在？"李立维以怀疑的眼光望着她。

"不是去周雅安家，难道我还是会男朋友去了吗？"江雁容气冲冲地说。

"谁知道你到哪里去了？我下班回来，家里冷锅冷灶，连家的样子都没有！"

"你下班不回家就可以，我偶尔出去一次你就发脾气！凭什么我该天天守着家等你！"

"你是个妻子，你有责任！"

"我是妻子，我并不是你的奴隶！"

"我什么时候把你当奴隶待？下了班回来，还要自己生火弄饭吃，还要给夜游的妻子等门！"

江雁容跳了起来，气得脸色发白。

"你是什么意思？你以为我出去做什么了？"

"我没有说你出去做什么，你大可不必做贼心虚！"李立维愤不择言地说。

江雁容望着他，眼睛里几乎要喷出火来，气得浑身发抖。好半天，才点点头说：

"好，你使人无法忍耐！"

"是我使你无法忍耐还是你使我无法忍耐？今天小周一定要到我们家来参观，让他看到你连鬼影子都不在，冷锅冷灶，我自己生火招待人吃饭，等你等到十点钟小周才走。你丢尽了我的脸，让我在朋友面前失面子，让别人看到你深更半夜不回家，不知道到哪里去鬼混了！"

"你说话客气一点，我到哪里去鬼混了？早上告诉了你要去周雅安家，谁叫你不注意，又带朋友回家来！嫁给你，我就该大门不出，二门不迈，做你一辈子的奴隶？你给我多少钱一个月？"

李立维被刺伤了，他大叫着说：

"嫌我穷你就不要嫁给我！你心里那个鬼康南也不见得比我阔！"

"他比你体贴，比你温柔，比你懂人事！"江雁容也大叫了起来。

　　李立维立即沉默了下来，他盯着她，紧紧地闭着嘴，脸色变得苍白。江雁容走到床边，坐在床沿上，也不说话。许久许久，李立维才轻轻说：

　　"我早就知道你不能忘记他，我只娶到了你的躯壳。"

　　江雁容抬起头来，满脸泪痕。

　　"立维，你别发神经病吧！我不过偶尔出去一次，你就是这副态度！"

　　"你心里只有康南，没有我。"李立维继续说。

　　"你别胡扯，公正一点好不好？"江雁容大声说。

　　李立维走了过来，用手抓住江雁容的头发，把她的头向后仰，咬着牙说："你是个不忠实的女人，躺在我怀里，想着别的男人！"

　　"立维！"江雁容大喊。

　　李立维松了手，突然抱住了她，跪在地下，把头伏在她的膝上。他的浓发的头在她膝上转动，他的手紧紧地扯住了她的衣服。"雁容，哦，雁容。我不知道在做什么！"他抬起头来，乞怜地望着她，"我不好，雁容，我不知道在做什么。我不该说那些，你原谅我。"

　　江雁容流泪了。

　　"我爱你，"他说，"我只是太爱你！"

　　"我也爱你。"江雁容轻轻说。

　　他站起身来，抱住她，吻她。然后，他抚摩着她的面颊，柔声问："只爱我一个？"

　　"是的，只爱你一个。"她说。

　　于是，风暴过去了。第二天早上，他变得无比地温柔。一清早，就蹑手蹑脚地下了床，到厨房去做早餐。江雁容醒来的时候，发现他正微笑地站在床前，手里托着一个托盘，里面放着弄好的早餐。他笑着说：

　　"我要学着伺候你，学着做一个体贴的丈夫。"他停了一下，又加了一句，"比你的康南更体贴。"

江雁容看着他，有点啼笑皆非，然后她坐起身来，从他手里接过托盘，放在桌子上。微笑着说：

"立维，不要再提康南，好吗？"

"你爱他，是吗？"

"那是以前，现在只爱你。"

"我嫉妒他！"李立维坐在床沿上，"想起他还占据着你的心，我就要发疯。"

"不要太多疑，立维，我只属于你，不要再提他了！以后我们谁都不许提他，好不好？"

"一言为定！"李立维说，又咧开一张大嘴，爽朗地笑了起来，望着他那毫无保留的笑，江雁容也不禁笑了起来。李立维高兴地说：

"我们重新开始，永远不吵架，为了庆祝这个新的一天，我今天请假，我们到情人谷玩去！"

"好！"江雁容同意地说。

"啊哈！我先去准备钓鱼竿！"李立维欢呼着跑开。江雁容望着他的背影，叹了口气，摇摇头低声说：

"一个可爱的傻孩子！"

她下床来穿衣服，但是，她的心境并不开朗。望着窗外那随风摆动的芙蓉树，她感到心底的那个阴影正在逐渐扩大中。

这天是星期天，江雁容和李立维都没有出去的计划，他们玩了一会儿蜜月桥牌，李立维说饿了。正好门口来了个卖臭豆腐干的，江雁容问：

"要不要吃？"

"好!"

"我去拿碟子,你去拿钱。"江雁容说,拿了碟子到门口去,又回过头来对李立维笑着说:"你是个逐臭之夫! 快点拿钱,在我的皮包里。"

江雁容在门口买了两块臭豆腐干,等着李立维送钱来,但,等了半天,钱还没拿来,江雁容不耐烦地喊:

"喂,好了没有?"

"好——了。"李立维慢慢地说,声调十分特别。然后他把钱送了出来。关好园门,江雁容把碟子端进屋里,放在桌子上,笑笑说:

"我不吃这个臭东西,你快趁热吃吧,我就喜欢看男人吃东西的那副馋相!"李立维坐在椅子上,望着江雁容。

"你看了多少个男人吃东西?"

"又在话里挑眼了,"江雁容笑着皱皱眉,"你的心眼有的时候比女孩子还多! 赶快吃吧!"

李立维瞪着那两块臭豆腐干:"我不想吃!"

"你又怎么了? 不想吃为什么要我买?"江雁容奇怪地看着他。"C. S. W. 是谁?"李立维冷冷地问。

"C. S. W. ?"江雁容愣住了。

"喏! 这是谁画的?"李立维丢了一张纸给她,她拿起来一看,不禁大笑了起来,原来是程心雯画的那张速写!

"哦,就是这个让你气得连臭豆腐干都不要吃了吗?"江雁容笑着问,笑得连眼泪都出来了,"你真是个多疑的傻丈夫!"

"不要以为我会被你的态度唬倒,"李立维说,"我记得那个日期,那就是你说到周雅安家去了,半夜三更才回来。"

"是的,就是那一天,"江雁容仍然在笑,"那天程心雯也在,这是程心雯画的，C.S.W. 是她名字的缩写。"

"哼，"李立维冷笑了一声，"你以为我会相信你的鬼话？这明明是画画的人用炭笔画的。"

"不，你错了，这是用眉笔画的。"

李立维看着江雁容。"你很长于撒谎，"他冷冰冰地说，"程心雯会叫你小甜心？"

"以前周雅安还叫我情人呢！"江雁容被激怒了，"立维，你不应该不信任我！我告诉你，我并不是个荡妇，你不必像防贼似的防着我！"

"你敢去找程心雯对证？"李立维说，"我们马上进城去找她！"

江雁容望着他，气冲冲地说：

"你如果一定要程心雯对证才肯相信的话，我们就去找程心雯吧！不过，从此，我们的夫妇关系算完！"

"何必那么严重？"

"是你严重还是我严重？"江雁容叫，"我受不了你这份多疑！为什么你每次晚回家我不怀疑你是去找妓女，去约会女朋友，去酒家妓院？"

"我的行动正大光明……"

"我的行动就不正大光明了？我做过对不起你的事情吗？立维，你使人受不了，再这样下去，我没办法跟你一起生活！"

"我知道，"李立维喃喃地说，"你还在想念康南！"

"康南！康南！康南！"江雁容含着眼泪叫，"你又和康南扯在一起，这件事和康南有什么关系？"转过身子，她冲进卧室里，把门关上。背靠着门，她仰着头，泪如雨下。"天哪！"她低喊，"叫我如何做人呢？我错了，我不该和李立维结婚的，这是我对康南不能全始全终的报应！"

窗
外

拾陆

SIXTEEN

她望着窗外，从车头那边飘过来一股浓烟，模糊了她的视线。

她恍惚地觉得，她的前途比这烟也清晰不了多少。

　　结婚两年了，对江雁容而言，这两年像是一段长时间的角力赛，她要学着做一个主妇，学着主持一个家，更困难的，是要学着去应付李立维多变的个性和强烈的嫉妒心。在这一点上，她自认为是失败的，她觉得李立维像只狗似的窥探着她，这使她不能忍耐。尤其，当李立维以固执的语气说：

　　"我知道，你又在想康南！"

　　这种时候，她就会觉得自己被激怒得要发疯。是的！康南，康南！这么许多年来，康南的影子何曾淡忘！事实上，李立维也不允许她淡忘，只要她一沉思，一凝神，他就会做出那副被欺骗的丈夫的姿态来，甚至捏紧她的胳膊，强迫她说出她在想谁。生活里充满了这种紧张的情况，使她感到他们不像夫妇，而像两只竖着毛，时刻戒备着，准备大战的公鸡。因此，每当一次吵架之后，李立维能立即抛开烦恼，又恢复他的坦然和潇洒。而她，却必须和自己挣扎一段长时间。日积月累，她发现康南的影子，是真的越来越清晰了。有时，当她独自待在室内，她甚至会幻觉康南的手在温柔地抚摩着她的头发，他深邃的眼睛，正带着一千万种欲诉的柔情注视着她。于是，她会闭起眼睛来，低低地问：

　　"康南，你在哪里？"

　　这天，是他们结婚两周年的纪念日。在江仰止家里，有一个小小的庆祝宴，饭后，她和李立维请江麟和江雁若去看了场电影。江麟现在已是个大学生了，虽然稚气未除，却已学着剃胡子和交女朋友了。他十分欣赏他这位姐夫，尤其羡慕姐夫那非常男性化的胡子，他自己的下巴总是光秃秃的，使他"男性"不起来。江雁若也是个亭亭玉立的少女了，仍然维持着她"第一名"的记录，好胜心一如江太太，有次，李立维勉励她做个中国的居里夫人，她竟大声抗议说："我不要做夫人！我要做江雁若！将来别人会知道我是江雁若，不会知道我丈夫姓甚名谁！"李立维瞠目结舌，大感此妞不能小觑。

看完电影，他们回到家里，已经是深夜了。李立维立即上了床。江雁容关掉了电灯，倚窗而立，又是月圆之夜！她把头靠在窗棂上，望着那洒着月光的花园，闻着那扑鼻而来的玫瑰花香，不禁恍恍惚惚地想起自己在校园中采玫瑰，送到康南的屋里。

"给你的房间带一点春天的气息来！"

那是自己说过的话，多少个春天过去了，她不知道他在何处享受他的春天？或者，他的生活里再也没有春天了。

月亮真好，圆而大，他们选择了阴历十五结婚真不错，每个纪念日都是月圆之夜。但是，她却有种疲倦感，两年，好像已经很漫长了。

"雁容！"李立维在床上喊了一声。

"嗯。"她心不在焉地哼了一声。

"还不睡？"

"我想看看月亮。"

"月亮有什么好看？"

"如果你懂得月亮的好看，或者我们的生活会丰富些。"江雁容忽然说，自己也不明白为什么要讲这两句话。床上的李立维沉默了，这种沉默是江雁容熟悉的，她知道自己又说错了话，她已经嗅到了风暴的气息。

"你的意思，"李立维冷冷地说，"是嫌我不解风情，没有浪漫的气氛，是吗？"

"我没有什么意思。"江雁容说。

"你时时刻刻在拿我和你心里的康南比较，是吗？我不如你的康南，是吗？我不明白月亮有什么好看，我不会作些歪诗歪词，我不懂温柔体贴，是吗？"李立维挑战似的说，声音里充满了火药味。

"我没有提到康南，"江雁容说，"是你又在提他！"

"你不提比提更可恶！"李立维叫了起来，"你一直在想他，你的心全在他身上，你是个不忠实的妻子，在我们结婚两周年纪念日的晚上，你却在怀念着你的旧情人！"他凶猛地喊："雁容！过来！"

"我不是你的狗，"江雁容昂了昂头，"你不必对我这么凶，我不必要听你的命令！"

"是吗？"李立维跳下了床，光着脚跳到她面前。他的眼睛冒着火，恶狠狠地盯着她。他抓住了她的衣服，拉开了她睡衣的纽扣。

"你做什么？"江雁容吃惊地问。

"看看你的心是黑的还是白的！"

"你放开我，你这只疯狗！"江雁容喊，挣扎着。

"哈哈，我是疯狗，你的康南是圣人，是不是？好，我就是疯狗，我占有不了你的心，最起码可以占有你的人，叫你的康南来救你吧！"他拦腰把她抱了起来，丢到床上，她挣扎着要坐起来，但他按住了她。他的神情像头要吃人的狮子。她气得浑身发抖，嘴里乱嚷着：

"你这只野兽！放开我！放开我！"

李立维把她的两只手分开压着，让她平躺在床上，他俯视着她的脸，一个字一个字地说：

"你是我的妻子，你知道吗？你属于我，你知道吗？不管你这颗不忠实的心在哪个男人身上，你的人总是我的！我就要你，我就欺侮你，我就蹂躏你，你叫吧！"

"李立维！"江雁容喊，眼睛里充满了屈辱的泪水，"不要对我用暴力，如果你凭暴力来欺侮我，我这一生一世永不原谅你！"

"今天是我们的结婚纪念日，你知道吗？"李立维拉开了她的衣服。

"不要！立维，你怎能这样对我？"

"我向来不懂得温柔的，你知道！你是我的，我就可以占有你！"

"不要！不要！不要！李立维，你会后悔的！看吧！你会后悔的！"江雁容大叫着。

午夜，一切过去了。江雁容蜷缩在床角里静静地哭泣，从没有一个时候，她觉得如此屈辱和如此伤心。李立维强暴的行为毁掉了她对他最后的那点柔情。她不断地哭着，哭她内心和身上所受的屈辱，看到李立维居然能呼呼大睡，她恨得想撕裂他。"这是只肮脏的野兽！"她想，拼命地咬着自己的嘴唇，"他是没有良心，没有人格，没有一丝温情的！我只是他的一个泄欲的工具！"她抽搐着，感到自己身上的秽气，就是跳到黄河里也洗不干净了。

清晨，李立维从睡梦里醒来，发现江雁容蜷缩在床角里睡着了。被单上泪痕犹新，脸上布满了委屈和受辱的表情，一只手无力地抓着胸前的衣服，显然是哭累了而睡着了。想起了昨夜的事，李立维懊悔地敲了敲自己的头。"我疯了！"他想，"我不知道在做什么！"望着那蜷缩成一团的小小的身子和那张满是泪痕的小脸，他感到心脏像被人抽了一下。

他了解江雁容那份纤弱的感情，他知道自己已在他们的婚姻上留下了一道致命伤。俯下头，他想吻她，想告诉她他错了，但他不忍再惊醒她。拉了一床薄被，他轻轻地盖在她身上。悄悄地下了床，他到厨房里去弄好早餐，她依然未醒。"可怜的雁容！"他怜爱而懊悔地看着她，"我错了！"

到了上班的时间，他吃了早饭，把她的一份罩在纱罩子底下，预备去上班。又觉得有点放不下心，他匆匆地写了一张纸条："雁容，我错了，原谅我。"压在纱罩子下面。然后赶去上班了。

李立维下班回来的时候，看到门户深扃着，他喊了两声"雁容"，没有人答应，他认为她一定出去了。她有个习惯，每次吵了架就要出去逗留一整天，不是到周雅安那儿，就是到程心雯那儿，要不然就干脆回娘家。"出去散散心也好！"他想，用自己的钥匙开了门。一走进去，他就看到桌上摆着的那份早餐，和他写的那张纸条，都一动都没动。他冲进了卧室里，发现江雁容仍然躺在床上，闭着眼睛，看样子一天都没有起床，他叫了一声：

"雁容！"

她张开眼睛来，望了他一眼，就又闭上了。他这才感到她的脸色红得不大对头，他伸手摸了摸她的额角，烧得烫手。被他这一碰，她立即又睁开眼睛，看到他正伸手摸她，她瑟缩了一下，就滚进了床里，用一对戒备的眼神看着他。李立维缩回了手，苦笑了一下说：

"我不碰你，你别害怕，你在发烧，哪儿不舒服？"

她望着他，仍然一语不发，那神情就像他是个陌生人。这使李立维觉得像挨了一鞭。他在床沿上坐下来，温柔地说：

"你病了！我出去给你买药，大概昨晚受了凉，吃点感冒药试试。你还想吃什么？一天没吃饭？我给你买点面包来，好不好？"

她依然不说话，他看着她。她脸上有份固执和倔强，他轻轻拉住她的手，她立即就抽回了。他无可奈何地说：

"雁容，昨晚我不好，你原谅我好吗？"

她干脆把身子转向了床里，脸对着墙，做无言的反抗。李立维叹了口气，起身来。"她根本不爱我，"他想，"她的心不在我这儿，这是我们婚姻上基本的障碍，我没有得到她，只得到了她的躯壳。"感到自尊心受了刺伤，他在床边呆呆地站了好一会儿。然后才转身走出去，骑车到新店给她买药。

药买回来了，他倒了杯水，走到床边，江雁容仍然面朝里躺着。他勉强压抑着自己说：

"雁容，吃药好吗？就算你恨我，也不必和自己的身体过不去！"

她转过身来，慢吞吞地坐起来吃药，头昏打击着她，一日没吃饭和高烧，使她十分软弱。他伸手来扶她，她本能地打了个冷战，看到这只手，就使她想起昨夜的强暴行为，她心里立即掠过一阵厌恶感。她的表情没有逃过李立维的眼睛，他勉强克制自己将爆发的一阵火气，服侍她吃过药，看到她躺回床上，他问：

"要不要吃面包？我买了一个色拉的和一个咖喱的，要哪一个？"

"都不要。"她简简单单地说。

"勉强吃一点，好吗？要不然你会饿坏。"他依然好言好语地说，一面伸手去拉她。

她皱起了眉头，厉声说：

"把你那只脏手拿开！"

李立维愣了愣。他瞪着她的脸，怒火燃烧着他的眼睛，他咬咬牙说：

"你的脾气别太坏，说话多想一下，我的手怎么脏了？我没偷过，没抢过，没犯过法！"

"你是个禽兽！"江雁容冷冷地说。

"好，我是个禽兽，"李立维冒火了，"你十分高尚，十分纯洁，十八九岁懂得去勾引男老师，天天跑到老师房里去投怀送抱！你高尚得很，纯洁得很！"

"立维！"雁容大叫，从床上坐了起来，她的嘴唇颤抖着，想说话，却一句话都说不出来，只是浑身抖颤。她的头在剧烈地晕眩，房子在她眼前转动，她努力想说话，却只能喘息。李立维咬咬嘴唇，叹了口气，柔声说：

"好了，你躺下休息休息吧，算我没说这几句话！"

江雁容的脸由红转白，又由白转红，李立维被吓住了，他扶住她，摇她，在她耳边叫：

"你怎么？雁容，你怎样？"

江雁容摇摇头，从齿缝里说：

"立维，我们之间完了，我们办离婚手续吧！"

"不！"李立维让她躺下，揽住了她的头，"雁容，我爱你！我只是嫉妒！"他的眼圈红了，懊悔地说："你原谅我，我们再开始，我发誓，以后我再也不提康南！"

她摇头。

"没用了，立维，我们彼此伤害得已经够深了。"她叹了口气，用手指压着额角，"再下去，只有使我们的关系更形恶化。立维，饶饶我，我们分手吧！"

"不！无论如何我不能放你！"他说，像个孩子般流泪了，"我有什么过失，你告诉我，我一定改，但是，不要离开我！"他用手抓住她的衣服，"我爱你，雁容！"

江雁容望着他，他流泪的样子使她难过。李立维继续说：

"我一切都改，我发誓！我会努力地去做一个温柔的、体贴的好丈夫，只要你给我机会。雁容，原谅我的出发点是爱你！不要毁了我的一切！"

他哭得像个傻孩子，她曾爱过的那个傻孩子。于是，她也哭了起来。他抱住她，吻她，乞求地说：

"你原谅我了吗？"

是的，她原谅了。她又一次屈服在他的爱里。但是，这并没有挽救他们的婚姻。那片阴影一天比一天扩大，裂痕也一日比一日加深。江雁容开始感到她无法负担心中的负荷。

这天，报上有台风警报。但一清早，天气仍然是晴朗的。李立维去上班的时候，江雁容叮咛着说：

"下了班就回家，报上说有个大台风，你记得带几个大钉子回来，我们厨房的窗子坏了。假如不钉好，台风来了就要命了。等会儿瓶瓶罐罐满天飞，连抢救都来不及，可别忘了哦！"

"不会忘！"李立维叫了一声，挥挥手，跳上车子走了。

到了下午，天有些阴暗，仍然没有起风的样子。江雁容扭开收音机，一面听音乐节目和台风警报，一面刺绣一块桌布。台风警报说台风午夜时分从花莲登陆，不过可能会转向。江雁容看看天，蓝得透明，看样子，风向大概转了。对于台风，江雁容向来害怕，她有胆怯的毛病，台风一来，天昏地暗，飞沙走石，她就感到像世界末日，而渴望有个巨人能保护她。到下午五点钟，仍然风平浪静，她放心地关掉了收音机，到厨房去做晚饭，现在就是台风来她也不怕了，李立维马上就要回家，在台风的夜里，李立维那份男性气质对她很有点保护作用。只要有他在，她是不怕什么风雨的。

李立维下班的时候，他的同事小周叫住了他：

"小李，和我到一个地方去。"

"不行，"李立维说，"有台风，要赶回去。"

"算了吧！台风转向了。"

"谁说的？"

"收音机里报告的。"

"你要我到哪里去？"

"就是我上次跟你提到的那个女孩子，你去帮我看看，花一笔钱救她出来值不值得？"

"你真想娶她呀？"李立维问，小周看上了一个风尘女子，李立维一直不以为然，但小周坚持说那女孩本性善良，温柔可靠。

"有那么点意思，"小周说，"你去见见，也帮我拿点主意。"

"去是可以，不过见了我就得走。"

"好嘛！知道你老兄家有娇妻，你是一下班就归心似箭，可见女人的魔力大矣哉！"

跟着小周，七转八转，才到了万华一栋大酒楼面前，李立维抬头看看，红红绿绿的灯光射得他睁不开眼睛，门上有三个霓虹灯的字"寻芳阁"。他皱皱眉：

"小周，这种地方可是我生平第一次来。"

"进去吧，没有人会吃掉你。"

李立维进去了，这才发现出来却不大容易，几分钟后，他已被一群莺莺燕燕所包围了。他发现他糊里糊涂地喝了酒，又糊里糊涂地醉了。

而窗外，风雨大作，台风已经以全力冲了过来。

这时的江雁容，正在房间里焦灼地兜圈子。台风来了，饭菜早已冰冷，手表上的指针从七点跳到八点，八点跳到九点，李立维仍然连影子都没有。迫不得已，她胡乱地吃了一碗饭，把门窗都关紧。风夹着雨点，狂扫在门和窗玻璃上，穿过原野的狂风发出巨大的呼啸。"他不可能赶回来了，这个死人！"想起必须和风雨单独搏斗一整夜，她觉得不寒而栗。"这么大的风，他一定回不来了！"她在房内乱转，不知道做些什么好。厨房里哗啦啦一声巨响，使她吓得叫了起来。冲进厨房里，才发现窗子果然被风吹垮了。雨点正从不设防的窗口狂扫进来，她冲过去，紧急地抓住桌上的酒瓶油瓶，把它搬进房里去。还来不及搬第二批，一阵狂风急雨把她逼出了厨房，她慌忙碰上了厨房通卧房的门，用全力抵住门，才把门闩上。立即，厨房里传来一阵兵乒乓乓的声音，她知道，那些剩余的瓶瓶罐罐都遭了殃。

"老天，李立维，你这个浑蛋！"

她咒骂着，窗外的风雨使她恐怖，她把卧室通客厅的门也关上，站在卧室中发抖。她的衣服在刚才抢救厨房用品时已淋湿了，正湿漉漉地粘在身上。窗外的雨从窗缝中钻进来，望着那像喷泉般从窗缝里喷进来的雨水，她觉得恐怖得浑身无力。匆忙中，她拿起一床被单，堵着窗子的隙缝，还没有堵好，电灯灭了，她立即陷入伸手不见五指的漆黑中。放弃了堵窗子，她摸索着找到了床，爬到床上，她拉开棉被，把自己连头带脑地蒙了起来。然后浑身发抖地低声叫着：

"康南，康南！你绝不会让我受这个！康南，"在这一刻，她似乎觉得康南是个无所不在的保护神，"你保护我，你爱我，我知道，世界上只有你是最爱我的！我不该背叛你，我不该嫁给别人！"

　　花园里的一声巨响又使她惊跳了起来，不知是哪棵树倒了。接着，又是一阵哗啦啦，好像是篱笆倒了。厨房里砰然一声，仿佛有个大东西跳进了厨房里。她蒙紧了头，抖得床都摇动了。

　　"李立维，你真没良心！真没良心！"她恐怖得要哭，"我再也不能原谅你！你是个浑蛋！是个恶棍！"

　　这一夜，是她有生以来最恐怖、最漫长的一夜。当黎明终于来临，风势终于收敛之后，她已陷入虚脱无力的状态。室内，一尺深的水泡着床脚，满桌子都是水，床上也是屋顶漏下来的水。她环顾一切，无力地把头埋在枕头里，疲倦、发冷、饥饿都袭击了过来，她闭上眼睛，天塌下来也无力管了。

　　当李立维赶回家来的时候，水已经退了很多，但未消的积水仍然淹没了他的足踝。站在家门口，他惶然四顾，可以想见昨夜的可怕。四面的篱笆全倒了，花园中一棵有着心形叶片的不知名的树，也已连根拔起。那棵为江雁容深爱着的芙蓉树，已折断了七八根枝丫。另外，四株扶桑花倒掉了一株，玫瑰折断了好几棵，幸好江雁容最宝贵的茶花竟得以保全。他带着十二万分的歉疚，越过那些乱七八糟的篱笆，走到门边来。门从里面扣得很紧，他叫了半天门，才听到江雁容的脚步踩着水的声音。然后，门开了，露出江雁容那张苍白的脸，蓬乱的头发和一对睁得大大的、失神的眼睛。

　　"哦，雁容，真抱歉……"他说，内心惭愧到极点。

　　"你到哪里去了？你居然还晓得回来！"江雁容咬着牙说，看到了他，她的怒火全冲了上来。

　　"抱歉，都是小周，他一定要拖我到寻芳阁去看他的女朋友。"

　　"寻芳阁是什么地方？"江雁容厉声问，听名字，这可不是一个好所在。

"是一个酒家的名……"

"好哦!"江雁容歇斯底里地叫了起来,"你把我留在这个乡下和大台风作战,你倒去逛酒家!问问你自己,你这是什么行为?你就是要找妓女,又何必选择一个大台风的日子!你有没有良心?你是不是人哪?"

"天知道,"李立维冤枉地说,"我到那里什么坏事都没做,起先以为台风转向了,后来被那些人灌了两杯酒,不知不觉多待了一会儿,就被风雨堵住了。我跟你发誓,我绝没有做对不起你的事,我连碰都不肯碰她们,一直到早上我出来她们都还在取笑我呢!"

"我管你碰她们没有?你把我一个人丢在家里就该死!你卑鄙!你无耻!没有责任感!你不配做个丈夫!我是瞎了眼睛才会嫁给你!"江雁容失常地大喊大叫,一夜恐怖的经历使她发狂。她用手蒙住脸。"好妈妈,她真算选到了一个好女婿!"

"不要这样说好不好?"李立维的脸色变白了,他感到他男性的自尊已遭遇到严重的伤害,"一个人总会有些无心的过失,我已经认了错,道了歉……"

"认了错,道了歉就算完事了是不是?假如我对你有不忠的行为,我也认个错你就会原谅了吗?"

"我并没有不忠的行为……"

"你比不忠更可恶!你不关心我,不爱我,你把我单独留在这里,你这种行为是虐待!想想看,我原可以嫁一个懂得爱我,懂得珍惜,懂得温存体贴的人!可是我却嫁给你,在这儿受你的虐待!我真……"

"好,"李立维的嘴唇失去了血色,黑眼睛燃烧了起来,江雁容的话又尖锐地刺进了他心中的隐痛里,"我就知道,你一直在想念那个人!"

江雁容猛地昂起了头来，她的脸上有股凶野的狂热。

"不错！"她沉着声音说，"我一直想念那个人！我一直在想念他！不错，我爱他！他比你好了一百倍，一千倍，一万倍！他绝不会上酒家！他绝不会把我丢在乡下和黑夜的台风作战！他有心有灵魂有人格有思想，你却一无所有！你只是个……"

李立维抓住了她的胳膊，把她逼退到墙边，他压着她使她贴住墙，他紧瞪着她，切齿地说：

"你再说一个字！"

"是的，我要说！"她昂着头，在他的胁迫下更加发狂，"我爱他！我爱他！我爱他！我从没有爱过你！从没有！你赶不上他的千分之一……"

"啪！"他狠狠地抽了她一耳光，她苍白的面颊上立即留下五道红痕。他的眼睛发红，像头被激怒的狮子般喘息着。江雁容怔住了，她瞪着他，眼前金星乱迸。一夜的疲倦、寒战，猛然都袭了上来。她的身子发着抖，牙齿打战，她轻轻地说：

"你打我？"声音中充满了疑问和不信任。然后，她垂下了头，茫然地望着脚下迅速退掉的水，像个受了委屈的、无助的孩子。接着，就低低地说了一句："这种生活不能再过下去了！"说完，她才感到一份无法支持的衰弱，她双腿一软，就瘫了下去。李立维的手一直抓着她的胳膊，看到她的身子溜下去，他一把扶住了她，把她抱了起来，她纤小的身子无力地躺在他的怀里，闭着眼睛，惨白的脸上清楚地显出他的手指印。一阵寒战突然通过他的全身，他轻轻地吻她冰冷的嘴唇，叫她，但她是失去知觉的。把她抱进了卧房，看到零乱的、潮湿的被褥，他心中抽紧了，在这儿，他深深体会到她曾度过了怎样凄惨的一个晚上！把她放在床上，他找出一床比较干的毛毯，包住了她。然后，他看着她，他的眼角湿润，满怀懊丧和内疚。他俯下头，轻轻地吻着她说：

"我不好，我错了！容，原谅我，我爱你！"

像是回答他的话，她的头转侧了一下，她的睫毛动了动，蒙蒙眬眬地张开了眼睛，她吐出一声深长的叹息，嘴里模模糊糊地、做梦似的说了几个字：

"康南，哦，康南！"

李立维的脸扭曲了，他的手握紧了床柱，浑身的肌肉都硬了起来。江雁容张大眼睛，真的清醒了过来。她望着木立在床边的李立维，想起刚刚发生的事，她知道她和李立维之间已经完了！他们彼此已伤害到无法弥补的地步，转开头，她低声说：

"立维，你饶了我吧！世界上比我好的女孩子多得很。"

李立维仍然木立着。半天，才在床沿上坐下来，他的脸痛苦地扭曲着，像是患牙痛。

"雁容，你一点都不爱我，是不是？"他苦涩地问。

"我不知道。"江雁容茫然地说。

李立维沉默了，她不知道，但他知道！他从没有获得过这个女孩子！她的心一开始就属于康南，正像她说的，她从没有爱过他！

"假如你不爱我，雁容，当初你为什么要嫁给我？"他又问了一句。

"我不知道！"她大声说，面向床里，"我嫁的时候，对你的了解不很清楚。"

"你是说，你认错了人？"

她从床上坐了起来，双手抱住膝，直望着他。

"立维，别追问了，我们之间已经完了。这样的日子，再过下去只有使双方痛苦。我承认我的感情太纤细，太容易受伤，而你又太粗心，太疏忽。我们的个性不合，过下去徒增烦恼，立维，我实在厌倦吵架的生活！"

"这都不是主要原因，主要的，是有一条毒蛇盘踞在你的心里！"李立维说。

"你总是不肯承认自己的错误。当然，或者这也是原因之一，我也不否认我对康南不能忘情。"江雁容叹了口气，"反正，我们现在是完了！"

"你预备怎么样？"

"离婚吧！"她轻声说。

他觉得脑子里轰然一响。

"你是个硬心肠的女孩子，"他狠狠地说，"我真想掏出你这颗心来看看，是不是铁打的？"他盯着她，她那微蹙的眉梢，如梦的眼睛，温柔的嘴，对他是如此熟悉，如此亲切，正像他心的一部分。他咬咬嘴唇："不，雁容，我不会同意跟你离婚！"

"何必呢，生活在一起，天天吵架，天天痛苦！"

"你对我是一无留恋了，是吗？"他问。

她倔强地闭住嘴，默默不语。他望着她，忽然纵声大笑起来，笑得凄厉。江雁容害怕地望着他，她习惯于他爽朗的笑，但绝不是这种惨笑。他笑得喘不过气来，眼泪渗出了眼角。他用手指着她，说：

"好好，我早该知道，你心目里只有一个康南，我就不该娶你，娶回一具躯壳，你是个没心的人，我有个没心的妻子！哈哈！好吧！你要走，你就走吧！男子汉，大丈夫，何患无妻？我又为什么该臣服在你的脚下，向你乞求爱情！雁容，你错了，我不是这样的男人！在你之前，我从没有向人如此服低！你试试，我的骨头有多硬！"他把拳头伸在江雁容鼻子前面，看到江雁容畏怯地转开头，他又大笑了起来。

"我知道，"他说，"你要去找康南！是吗？去吧！你这个不忠实的、没有情感的、不知感恩的负心人！去吧！我再也不求你！天下何处没有女人，你以为我稀罕你！"他捏住了江雁容的手腕，用力握紧，痛得江雁容大叫。他的态度激发了她的怒气，她叫着说：

"放开我，我没有情感，你又何尝有心有情感！是的，我要去找康南，他绝不会像你这样对人用暴力！"

"他温柔得很，体贴得很，是不是？他是上流人，我是野兽，是不是？"他把她捏得更紧，"那么，去找他，去做他的妻子！他那么好，你怎么又嫁给我了呢？"

她的手腕像折碎似的痛了起来，她挣扎着大叫：

"他是比你温柔，我没有要嫁你，是你求我嫁给你！是妈妈做主要我嫁给你！一切何曾依照我的意志？我只是……"

"好！"他把她摔在床上，他眼睛要喷出火来，"你完全是被迫嫁给我！那么，你走吧！你滚吧！滚到你伟大的康南的怀里去！让我看看你们这伟大的爱情会有多么伟大的结局！你去吧！去吧！马上去！"

江雁容从床上跳了起来，哑着嗓子说：

"我马上走！我永远不再回来！我算认清了你！我马上就走！"

她下了床，冲到衣橱前面，打开门，把自己的衣服抱出来，丢在床上。

"哈哈！"李立维狂笑着，"爱情万岁！"他转过身子，不看江雁容，大踏步地向门外走去。像喝醉了酒一般，他摇摇晃晃地走到车站，正好一班开往台北的火车停了下来，他茫然地跨上车厢，"爱情万岁！"他低低地念，伏在窗口，看着那从车子旁边擦过的飞驰的树木，"爱情万岁！"他又说，对自己发笑。

旁边一个小女孩好奇地看看他，然后摇着她身边的一个中年妇人的手臂说：

"妈妈，看！一个疯子！"

"嘘！"那母亲制止了孩子，一面也对他投过来警戒的一眼。

"哈哈，疯子，做疯子不是比一个清醒明白的人幸福得多吗？"他想着，靠在窗子上。

迷迷糊糊地，他下了车，又迷迷糊糊地，他来到了一个所在，白天，这儿没有霓虹灯了，上了狭窄的楼梯，他大声说：

"拿酒来！"

一个化妆得十分浓郁的女子走了过来，诧异地说：

"哟，是李先生呀，今天早上才走怎么又来了？你不是脸嫩得紧吗？要不要亲亲我呀？"

他一把抱住了她，把头埋在她低低的领口里。

"要死啦！"那女的尖叫起来，"现在是白天呀，我们不开门的，要喝酒到别的地方去！"

"白天跟晚上有什么不同？"李立维说，"说说看，你要多少钱？我们到旅馆去！"

"哟，你不怕你太太了呀？"

"太太！哈哈哈！"李立维狂笑了起来。

江雁容看着李立维走出房间，感到脑中一阵麻木。然后，她机械化地把衣服一件件地装进一只旅行袋里。她昏昏沉沉地做着，等到收拾好了，她又机械化换上一件绿旗袍，在镜子前面慢慢地搽上口红和胭脂，然后拿起了她的手提包，跟跄地走到门口。太阳又出来了，花园中却满目凄凉。跨过那些七倒八歪的篱笆，一个正好骑车子过来的邮差递了一封信给她，她机械地接过信。提着旅行袋，茫然地向车站走，直到车站在望，看到那一条条的铁轨，她才悚然而惊，站在铁轨旁边，她仓皇地四面看了看：

"我到哪里去呢？"她想着，立即，康南的影子从铁轨上浮了起来，浓眉微蹙，深邃的眼睛静静地凝视着她，他的嘴唇仿佛在蠕动着，她几乎可以听到他在低低地唤：

"容，小容，雁容！"

"康南，"她心中在默语着，"在这世界上，我只有你了！"她抬头看看天，"到最后，我还是做了母亲的叛逆的女儿！"

车来了，她上了车。坐定后，才发现手里的信，拆开看，是周雅安的信，要请她到她家去吃她的孩子的满月酒。末一段写着：

> 那天程心雯和叶小蓁也要来，我们这些同学又可以有一个伟大的聚会，谈谈我们中学时的趣事。叶小蓁十月十日要结婚了，你还记得她要把她阿姨丢到淡水河里去的事吗？时间过得多快！程心雯年底可赴美国和她的未婚夫团聚。真好，我们这些同学已经各有各的归宿了！愿天下有情人皆成眷属！我的娃娃又哭了，不多写，代我问候你的黑漆板凳。还有一句，上次程心雯来，我们谈论结果，公认我们这些丈夫及准丈夫里，论风度、漂亮、谈吐、多情，都以你的那位属第一。得意不？
>
> 安

看完信，她茫然地折起信纸，"你的那位"，她知道她再也没有"你的那位"了！愿天下有情人皆成眷属！是吗？有情人都能成眷属吗？她望着窗外，从车头那边飘过来一股浓烟，模糊了她的视线。她恍惚地觉得，她的前途比这烟也清晰不了多少。是的，她们已经各有各的归宿了。但她的归宿在哪里？

　　车子向前面疾驰而去。

窗外

拾柒

SEVENTEEN

我从何处来，没有人知道，我往何处去，没有人明了！

　　这儿只是个小得不能再小的小镇，江雁容提着旅行袋下车之后，几乎就把这小镇看遍了，总共也只有一条街，上面零零落落地开着几家店铺。江雁容四面打量，并没有看到任何中学，走到一个水果店前，她问：

　　"请问你们这儿的县立中学在哪里？"

　　那水果店的老板上上下下地打量着她，问：

　　"你是新来的老师吗？学校还要走四十分钟路呢！"

　　"有没有车子？"

　　"有，公路局车，六点钟才有一班。"

　　她看看手表，才三点半，于是，她决心走路去。问明了路径，她略事犹豫，就提起了旅行袋，正预备动身，那老板同情地说：

　　"太阳大，好热哟！"

　　她笑笑，没说什么。那老板忽然热心地说：

　　"让我的女儿骑车送你去好了，"不等她同意，他就扬着声音喊，"阿珠！"

　　那个被称作阿珠的女孩子应声而出，江雁容一看，是个大约十六七岁的女孩，短短的头发，大眼睛，倒也长得非常清秀。那老板对她用闽南话叽叽呱呱讲了一阵。阿珠点点头，冲着她微微一笑说：

　　"你是新来的老师吗？"说的是一口标准的"国语"。

　　"不，"江雁容有点脸红，"我去看一个朋友。"

阿珠又点点头，推出一辆脚踏车，笑笑说：

"我送你去。"她把江雁容的旅行袋接过来，放在车后放东西的架子上，然后拍拍车子前面的杠子，示意江雁容坐上去。江雁容坐稳后，对那老板颔首示谢，阿珠几乎立刻就踩动了车子。

乡下的路并不难走，但因前日的台风，黄土路上一片泥泞，间或有着大水潭。阿珠熟练地骑着，一面问：

"小姐从哪里来？"

"台北。"

"啊，怪不得那么漂亮！"

女孩的坦率使江雁容又脸红了。阿珠接着说：

"我们这里很少有人穿旗袍和高跟鞋。"

江雁容无法置答地笑笑。阿珠又问：

"小姐到学校去找谁？我就是这个学校毕业的，里面的老师我都认得。"

"是吗？"江雁容的心狂跳了起来，这是个绝好打听康南的机会。这次贸然而来，她原没有把握可以找到康南，五年了，人事的变换有多少？他还会在这个小小的县立中学里吗？压抑住自己激动的情绪，她故意轻描淡写地说："有一位康南老师在不在这里？"

"哦，康老师吗？在。"阿珠爽快地答，"他教过我语文。"

谢谢天！江雁容激动得几乎从车上摔下来。想想看，再过半小时，或者不到半小时，她就可以和康南见面了。康南，康南，他还是以前的康南吗？看到了她，他会多么惊奇，多么高兴！他的小容终于来了！虽然晚了几年，但他不会在乎的！她知道他不会在乎的！

"你是康老师家里的人吗？"阿珠又在问了，"你是不是他女儿？"

"不是！"江雁容又一次红了脸。

"康老师很好，就是不爱理人，也不跟学生玩。"

"有一位罗亚文老师在不在这里？"江雁容问。

"哦，罗老师，教理化的。他跟康南老师最要好了，像康老师的儿子一样。"阿珠说，绕过一个水潭。忽然，阿珠自作聪明地叫了起来："啊，我知道了，你是罗老师的女朋友，是吗？"

"不是！"江雁容尴尬地说。

"康老师很怪哦！"阿珠突然又冒出一句话来，因为不知其何所指，江雁容简直不知如何接口。但，阿珠并没有要她接口的意思，她自管自地又接了下来："我们叫康老师'醉老头'，他一天到晚喝酒，有的时候醉昏了，连课都不上。还有的时候，跑来上课，满身都是酒气。有一次，喝醉了，在他房里又哭又笑，我们都跑去看，罗老师赶去把我们都赶跑了。"

江雁容的心脏像被人捏紧似的痛楚了起来。康南！康南！

阿珠笑了，又说："康老师最脏了，房间里总是乱七八糟，他又不换衣服，衬衫领子都是黑的，我爸爸说，老头子都不喜欢洗澡的。"说完，她又笑了。

康南，他变成什么样子了？江雁容感到无法想象。她那整洁潇洒的康南，她那柔情似水的康南，难道就是现在阿珠嘴里的那个老头子？他已经很老了吗？但是，他再老，也是她那可爱的、诗一样的康南哦！他在她心目里的地位永远不变！可是，现在，她感到一份说不出来的紧张，她渴望马上见到康南，却又害怕见到康南了。

"康老师也不理发，头发好长，也不剃胡子，胡子长得太长了，他就用剪刀乱七八糟地剪一剪，"阿珠又说了，一面说一面笑，似乎谈到一件非常开心的事，"常常脸上一边有胡子一边没胡子就来上课了，哈哈，真好玩，他是个怪人！"

怪人！是的，从阿珠嘴里的描写，他岂止是个怪人，简直是个怪物了！

县立中学在望了，没有高楼大厦，只是四面有几排木板房子的教室，但有极大的空地。和以前江雁容的中学比起来，这儿简直是个贫民窟。在校门口下了车，由于地势较高，没有积水，等到处都是漫天的黄土，风把灰沙扬了起来，简直使人无法睁开眼睛。阿珠指示着说：

"穿过操场右面第三排第二间，就是康老师的房子，罗老师的在最后一间。"

"谢谢你送我！"江雁容说，打开手提包，想给她一点钱，阿珠立即叫了起来：

"啊呀，不要！不要！"说着，就逃难似的跳上自行车向来路飞驰而去，去了一段，又回过头来对江雁容挥挥手，笑着说了声再见。

江雁容目送阿珠的影子消失。她在校门口足足站了三分钟，竟无法鼓足勇气走进去。这么多年了，她再贸然而来，康南不知会做如何想法？忽然，她感到一阵惶恐，觉得此行似乎太鲁莽了一些。见了他，她要怎么说呢？她能问："我投奔你来了，你还要我吗？"如果他斥责她，她又能怎样？而且，来的时候太仓促，又没经过深思，她现在的身份仍然是李立维的妻子，她要康南怎么做呢？

不管了，这一切都先别管！她渴望见到康南，先诉一诉这五年的委屈和思念，那种"思君忆君，魂牵梦萦"的感觉，他想必也和她一样强烈！等见到了康南，一切再慢慢商议，总可以商量出一个结果来。现在，康南是她的一株大树，她是个无所攀依的小藤蔓，她必须找着这棵树，做她的依靠，做她的主宰。

走进学校，她又彷徨了，康南还是以前的康南吗？她感到双腿软弱无力，几乎不能举步。现在正是上课的时间，她敏感地觉察到教室中的学生都在注意她。她加快了脚步，又不由自主地慢了下来，心脏在狂跳着，康南，康南，她多么想见又多么怕见！

操场上有学生在上体育课，她还没有走到操场，学生和老师就都对她投过来好奇的眼光。她的不安加深了。越过操场，往右面走，又穿过一道走廊，走廊后第三排房子，就是阿珠所指示的了。她紧张得手发冷，手心中全是汗，心脏擂鼓似的敲着胸腔，呼吸急促而不均匀。在走廊上，她看到一面大的穿衣镜，她走过去，站在镜子前面："我一定要先冷静一下！我必须先镇定自己！"她想着，在镜子前面深呼吸了一下。

镜子上有红漆漆着的"正心整容"四个字，真巧！以前女中也有一面漆着"正心整容"四字的镜子。江雁容望着镜子，于是，像忽然挨了一棒，她看到了镜子里的自己：长发披肩，虽然被风吹乱了，仍然卷曲自如。搽了胭脂的脸庞呈水红色，嘴唇红而丰满。一件绿色的旗袍裹着她成熟的身子，白色的高跟鞋使她显得亭亭玉立。当然，她并不难看，但她绝不是五年前的她了！直到此刻，她才惊异地发现时间改变人的力量是如此之大！她不再是个穿着白衣黑裙，梳着短发，一脸稚气和梦想的瘦小的女孩子，而是个打扮入时的、成熟的、满脸幽怨的少妇了。她用手摸着面颊，几乎不敢相信这个事实，在这一刹那，她是那么怀念那个逝去的小江雁容。

在镜子前面站了好一会儿，她发现有些学生聚拢了过来，在她身后评头论足地窃窃私语。她慌忙穿出了走廊，从皮包里拿出一条小手绢。手绢带出一串钥匙，掉在地下，她拾了起来，是家里的门匙和箱子的钥匙，是的，家！现在不知道是什么样子了？她走的时候没有锁门，小偷不知会不会光顾？李立维不知道回去了没有？他在盛怒之下，跑到什么地方去了？他总不会自杀吧？不！他不是那样轻易会自杀的人！她停在第二间房子门口了，她站定了，用手压住胸口，怎么在这一刻会想起家和李立维呢？人的思想是多么复杂和不可思议！望着那个木板的小门，她突然失去了敲门的勇气。康南康南康南，这么久思念着的康南，她以为再也见不着的康南，和她就只有这么一扇门之隔了吗？但是，她真不敢推开这一扇门，她简直不敢预测，这一扇门后面迎接着她的是什么？闭上眼睛，她似乎看到康南打开了门，怀疑地、不信任地望着她，然后，他颤抖地拉住了她的手，她投进了他的怀里，接着是一阵天旋地转的快乐、惊喜和恍如隔世般的怆然情绪。真的，她几乎眩晕了。张开眼睛，那扇门仍然合着。深吸了口气，她举手敲了门。

她听到有人走动，然后门开了。她几乎不敢看，但是她看到了，她立即有一种类似解放的松懈情绪。门里站着的，是罗亚文而不是康南。现在，罗亚文正困惑地望着她，显然思想还没有转过来，竟弄不清楚门口站着的是谁？但，接着，他大大地惊异了。

"是江小姐？"他疑惑地说。

"是的。"她轻轻地说，十分不安。

罗亚文的惊异没有消除，愣了愣，才说：

"进来坐吧！"

江雁容走了进去，一阵烟酒和腐气混杂的气味对她扑鼻而来。她惶惑不安地站在房子中间。真的，这是一间乱得不能再乱的房间。一张竹床上杂乱地堆着棉被、书籍、衣服，还有些花生皮。床脚底下全是空酒瓶，书架上没有一本放得好好的书。满地烟蒂烟灰和学生的考卷，书桌上更没有一寸空隙之地，堆满了学生的练习本、作文本和书。还有空酒瓶，一碟发霉了的小菜，以及许多说不出名堂来的怪东西。这房间与其说是住人的，不如说是个狗窝更恰当些。江雁容四面扫了一眼，呆呆地站着，不知如何是好。罗亚文费了半天劲，腾出一张椅子来给她坐，一面说：

"江小姐从台北来？"说着，他敏锐地打量着江雁容和她的旅行袋。

"是的。"江雁容说，局促地坐了下来。

他们有一段时间的沉默，然后彼此都恢复了一些冷静，消失了初见的那份紧张。罗亚文说：

"康南上课去了，作文课，两节连在一起，要五点钟才会下课。"

"嗯。"江雁容应了一声。

"你来——"罗亚文试探地说，"是看看他吗？"

怎么说呢？江雁容语塞地坐着，半天才犹豫地、机械化地说了句：

"是的。"

罗亚文打量着她。然后说：

"我们在报纸上见到过你的结婚启事，过得不错吧？"

又怎么说呢？江雁容皱了皱眉，咬了咬嘴唇，抬起眼睛望了罗亚文一眼。罗亚文继续问：

"有小宝宝了吗？"

江雁容摇摇头："没有。"

罗亚文沉默了一会儿，江雁容也默默地坐着。然后，罗亚文突然说：

"过得不很愉快吗？"

江雁容仓皇地看了罗亚文一眼，苦笑了一下。罗亚文深思地注视着她，脸色显得严肃而沉着。

"我能不能问一句，你这次来的目的是什么？"他单刀直入地问。

"我——"江雁容慌乱而惶然地说，"我——不知道。"是的，她来做什么？她怎么说呢？她觉得自己完全混乱了，糊涂了，她根本就无法分析自己在做什么。

"你离婚了？"罗亚文问。

"不，没有，还没有。"

"那么，你只是拜访性质，是吗？"

"我——"江雁容抬起头来，决心面对现实，把一切告诉罗亚文，"我和我先生闹翻了，所以我来了。"

罗亚文看着她，脸色更加沉重了。

"江小姐，"他说，"这么多年，你的脾气仍然没变多少，还是那么重感情，那么容易冲动。"他停了一下说："说实话，江小姐，如果我是你，我不走这一趟。"

江雁容茫然地看着他。

"康南不是以前的康南了，"罗亚文叹口气说，"他没有精力去和各种势力搏斗，来争夺你。目前，你还是个有夫之妇，对于他，仍然和以前的情况一样，是可望而不可即的。就算你是自由之身，今日的康南，也无法和你结合了。他不是你以前认得的那个康南了，看看这间屋子，这还是经过我整理了两小时的局面。一切都和这屋子一样，你了解吗？如果说得残忍一点，他现在是又病又脏，又老又糊涂，整日烂醉如泥，人事不知！"

"是我毁了他！"江雁容轻声说，低垂了头，"不过，我可以弥补，有了我，他会恢复的……"

"是吗？"罗亚文又叹了口气，"你还是那么天真！他怎么能有你呢？你现在是李太太，他是姓李吧？"

"我可以离婚！"

"你以为能顺利办妥离婚？就算你的先生同意离婚，你的父母会同意你离婚来嫁康南吗？恐怕他们又该告康南勾引有夫之妇，妨害家庭的罪了。而且，江小姐，你和康南也绝不会幸福了，如果你见了康南，你就会明白的。幻想中的爱情总比现实美得多。"

江雁容如遭遇了一记当头棒喝，是的，她不可能办妥离婚，周围反对的力量依然存在。她是永不可能属于康南的！

"再说，江小姐，你知道康南在这儿的工作情形吗？初三教不了教初二，初二教不了，现在教初一，这是他改的作文本，你看看！"

罗亚文递了一本作文本过来，江雁容打开一看，上面用红笔龙飞凤舞地批了个"阅"字，前面批了一个乙字，全文竟一字未改。江雁容想起以前她们的本子，他的逐段评论、逐字删改，而今竟一变至此，她的鼻子发酸，眼睛发热，视线成了一片模糊。

"你知道，如果他丢了这个工作，他就真的只有讨饭了，江小姐，别再给别人攻击他提供依据，他受不起任何风霜和波折了！"

江雁容默默地坐着，罗亚文的分析太清楚太精确，简直无懈可击。她茫然若失，不知该如何是好，只觉得心中酸楚，头脑昏沉。

"你知道，"罗亚文又说，"就算一切反对的力量都没有，他也不能做你的丈夫了，他现在连自己都养不好，他不可能再负担你。他又不是真能吃苦的，他离不开烟和酒，仅仅是这两项的用度，就已超过他的薪水。"

"他不能戒吗？"江雁容软弱地问。

"戒？"罗亚文苦笑了笑，"我想是不可能。这几年来，他相当地自暴自弃。我不离开这儿，也就是因为他，我必须留在这儿照应他。好在，最近他比较好些了，他正在学习着面对现实。江小姐，如果你还爱他，最好不要再扰乱他了。现在，平静对他比一切都重要。或者，再过一段时期，他可以振作起来。目前，你不要打扰他吧！如果我是你，我就不见他！"

江雁容乞怜似的看着罗亚文。

"不见他？"她疑惑地问。

"是的，"罗亚文肯定地说，江雁容感到他有一种支配人的力量。"你想想看，见了他对你们又有什么好处呢？除了重新使他迷乱之外？"

"罗先生，我可以留下来帮助他，"江雁容热烈地说，"我可以为他做一切的事，使他重新振作起来，我可以帮他改卷子，收拾房间，服侍他……"

"别人会怎么说呢？"罗亚文冷静地问，"你的丈夫会怎么办呢？你父母又会怎么办呢？就是本校也不容许你的存在的，学生会说话，教员会说话，校长也会说话，最后，只是敲掉了他的饭碗，把你们两个人都陷入绝境而已，你再想想看，是不是？"

"如果我办好了离婚……"

"还不是一样吗？你的父母不会轻易放手的，社会舆论不会停止攻击的，这个世界不会有容纳你们的地方。"他又叹了一口气，"江小姐，记得五年前我的话吗？你们只是一对有情人，而不是一对有缘人。如果你聪明一点，在他下课回来以前离开这儿吧！对你对他，都是最理智的。你爱他，别再毁他了！"

江雁容悚然而惊，罗亚文的每一个字、每一句话，都深深地打进她的心中，她觉得背脊发冷，手心里全是冷汗。是的，她毁康南已经毁得够深了，她不能再毁他！她茫然四顾，渴望自己能抓到一样东西，支持她，扶助她。她所依赖的大树已没有了，她这小小的藤蔓将何所攀附，何所依归?

"好,"她软弱而无力地说,"我离开这儿!"

罗亚文深深地注视她,恳切地说:

"别以为我赶你走,我是为了你们好,你懂吗?我一生贫苦,闯荡四方,我没有崇拜过什么人,但我崇拜康南,他曾经把我从困境里挽救出来。现在,我要尽我的力量照顾他,相信我,江小姐,我也爱他!"

江雁容泪光模糊,她看看表,已经四点四十分了,那么,再有二十分钟,康南要下课了。她站了起来,提起旅行袋,一刹那间,感到前途茫茫,不知何去何从。罗亚文站在她面前说:

"现在,你预备到哪里?"

到哪里?天地之大,她却无处可去!

"我有地方去。"她犹豫地说。勉强咽下了在喉咙口蠕动着的一个硬块。

"五点十分有班公路局车子开到镇上火车站,六点半有火车开台北,七点十分有火车南下。"罗亚文说。

"谢谢你!"江雁容说,满怀凄苦地向门口走去,来的时候,她真想不到这样一面不见地又走了。康南,她的康南,只是她梦中的一个影子罢了。

"江小姐,"罗亚文扶着门,热诚地说,"你是我见过的女孩子里最勇敢的一个!我佩服你追求感情的意志力!"

江雁容苦笑了一下。

"可是,我得到了什么?"她凄然地问。

得到了什么?这不是罗亚文所能回答的了。站在门口,他们又对望了一会儿,罗亚文看看表,再有十分钟,康南就要回来了。江雁容叹了口气,抬起眼睛来,默默地望了罗亚文一眼,低低地说:

"照顾他！"

"我知道。"

"那么再见了！"她愁苦地一笑，不胜惨然，"谢谢你的一切，罗先生。"

"再见了！"罗亚文说，目送她的背影孤单单地消失在前面的走廊里，感到眼睛湿润了。"一个好女孩！"他想，"太好了！这个世界对不起她！"他关上门，背靠在门上。"可是，这世界也没错，是谁错了呢？"

提着旅行袋，江雁容向校门口的方向走去。那旅行袋似乎变得无比地沉重了。她一步拖一步地走着，脑子里仍然是混乱而昏沉的，她什么也不能想，只是机械化地向前迈着步子。忽然，她感到浑身一震，她的目光被一个走过来的人影吸住了。康南，假如他没有连名字都改变的话，那么他就是康南了！他捧着一沓作文本，慢吞吞地走着，满头花白的头发，杂乱地竖在头上，面容看不清，只看得一脸的胡子。他的背脊伛偻着，步履蹒跚，两只骨瘦如柴的手，抓紧那沓本子。在江雁容前面不远处，他站住了。一刹那间，江雁容以为他已认出了她。但，不是，他根本没有往江雁容的方向看，他只是想吸一支烟。他费力地把本子都交在一只手上，另一只手伸进口袋里去摸索，摸了半天，带出一大堆乱七八糟的破纸片，才找出一支又皱又瘪的烟来。江雁容可以看出他那孩子般的高兴，又摸了半天，摸出了一盒火柴，他十分吃力地燃着一根，抖颤着去燃那一支烟，好不容易，烟燃着了。但，他手里那一大沓本子却散了一地，为了抢救本子，他的烟也掉到了地下，他发出一阵稀奇古怪的诅咒。然后，弯着腰满地摸索，先把那支烟找到，又塞进了嘴里，再吃力地收集着散在地下的本子，等他再站起来，江雁容可以听到他剧烈的喘息声。重新抓紧了本子，他蹒跚地再走了一两步，突然爆发了一阵咳嗽，他站住，让那阵咳嗽过去。江雁容可以看清他那枯瘦的面貌了，她紧紧地咬住了嘴唇，使自己不至于失声哭出来，她立即明白了，罗亚文为什么要她不要见康南，康南已经不在了，她的康南已经死去了！她望着前面那伛偻的老人，这时候，他正用手背抹掉嘴角咳出来的唾沫，又把烟塞回嘴里，向前继续而行。经过江雁容的面前的时候，他不在意地看了她一眼，她的心狂跳着，竟十分害怕他会认出她来。但是，他没有认出来，低着头，他吃力地走开了。她明白，自己的变化也很多，五年，竟可以使一切改变得这么大！

她一口气冲出了校门，用手堵住了自己的嘴，靠在学校的围墙上。

"我的康南！我的康南！"她心中辗转呼号，泪水夺眶而出。她的康南哪里去了？她那诗一般的康南！那深邃的、脉脉含情的眼睛，那似笑非笑的嘴角，那微蹙着的眉峰，那潇洒的风度和那旷世的才华，这一切，都到哪里去了？难道都是她的幻想吗？她的康南在哪里？难道真的如烟如云，如梦如影吗？多可怕的真实！她但愿自己没有来，没有见到这个康南！她还要她的康南，她梦里的那个康南！她朝思暮想的康南！

公路局的车子来了，她跟在一大堆学生群里上了车。心中仍然在剧烈地刺痛着，车子开了，扬起一阵尘雾。康南那伛偻枯瘦的影子像魔鬼般咬噬着她的心灵。她茫然地望着车窗外面，奇怪着这世界是怎么回事？

"那个绿衣服的女人到学校去过，是谁？"有个学生在问另一个学生。"不知道！"另一个回答。

"她从哪里来的？"

"不知道！"

"她要到什么地方去？"

"不知道!"

车停了,她下了车。是的,"我从何处来,没有人知道,我往何处去,没有人明了!"她茫然地提着旅行袋,望着车站上那纵横交错的铁轨。

"嗨!"一个女孩子对她打招呼,是那个水果店的阿珠,"要走了?这么快!"

"是的!"她轻声说,是的,要走了!只是不知道要走向何方。她仍然伫立着,望着那通向各处的轨道,晚风吹了过来,拂起了她的长发。"我从何处来,没有人知道,我往何处去,没有人明了!"她轻轻地念,没有人明了,她自己又何尝明了?

暮色,对她四面八方地包围了过来。

〈全书完〉

一九六三年春

图书在版编目（CIP）数据

窗外 / 琼瑶著 . —长沙：湖南文艺出版社，2018.1
ISBN 978-7-5404-8320-3

Ⅰ . ①窗… Ⅱ . ①琼… Ⅲ . ①言情小说—中国—当代 Ⅳ . ① I247.5

中国版本图书馆 CIP 数据核字（2017）第 239501 号

上架建议：畅销·小说

CHUANGWAI
窗外

作　　者：琼　瑶
出 版 人：曾赛丰
责任编辑：薛　健　刘诗哲
监　　制：毛闽峰　赵　萌　李　娜
特约监制：何琇琼
版权支持：戴　玲
特约策划：李　颖　张园园　谢晓梅　杨　祎
特约编辑：吕　晴
营销编辑：杨　帆　周怡文
装帧设计：利　锐
出版发行：湖南文艺出版社
　　　　　（长沙市雨花区东二环一段 508 号　邮编：410014）
网　　址：www.hnwy.net
印　　刷：北京天宇万达印刷有限公司
经　　销：新华书店
开　　本：860mm×1200mm　1/32
字　　数：245 千字
印　　张：10.25
版　　次：2018 年 1 月第 1 版
印　　次：2018 年 1 月第 1 次印刷
书　　号：ISBN 978-7-5404-8320-3
定　　价：45.00 元

若有质量问题，请致电质量监督电话：010-59096394
团购电话：010-59320018